공대력

공대력

차기철 김지섭 이종구 감우균
임병섭 문성근 김연철

工大力

그린북

진정한 〈기회〉란 어떤 것일까?

10년 전쯤 학번과 전문 분야가 다른 선후배들이 모여 〈연세 기계 CEO 포럼〉을 만들었다. 이 책을 쓴 7명은 모두 이곳의 선후배들이다.

CEO 포럼은 친목을 도모하는 일반 동문회와 조금 다르고, 네트워킹을 목적으로 하는 기업인 모임과는 많이 다른 독특한 분위기가 있다. 엔지니어로서 직접 제품을 개발하고 세일즈 마케팅을 겸하는 공대 출신 리더들이지만, 대부분 문화와 역사, 예술에 관심이 많고 또 그 분야를 좀 더 알기 위해 공부를 계속하는 사람들이 많다. 기계와는 전혀 관련 없어 보이는 성악을 배우는 사람이 있는가 하면, 철인 3종 경기에 도전하기 위해 달리기와 수영을 연습하고, 이미 독보적인 기술력을 가지고 있는데도 또 다른 기계를 개발하기 위해 새로운 연구를 시작한 사람도 있다.

이런 새로움에 대한 호기심과 열정은 아마 엔지니어 특유의 속성 때문일 것이다. 사람들은 기계가 어떤 기능을 지녔는지 먼저 생각하지만, 엔지니어에게 기계란 〈인간의 삶을

변화시키는 흥미로운 물체〉다. 그리고 이 흥미로운 물체를 더욱
잘 만들기 위해서는 인간의 삶과 문화를 이해하며 끝없이
새로움을 추구해야 한다. 새로움에 대한 추구야말로 〈공대력〉의
바탕이라고 생각한다.

그동안 우리는 후배들의 성장에 도움을 주려는 크고 작은
노력과 시도를 해왔다. 우리의 경험을 글로 엮어 후배들과
공유해 보자는 제안은, 장학금을 만들거나 창업을 지원하는
일과는 다른 시도였다. 책을 내는 것에 관해 내부에서는 긍정과
부정, 기대와 우려가 공존했다. 소위 〈꼰대〉가 된 선배들이
뭔가를 가르치려 드는 듯한 내용이 될까 봐, 그 점을 가장
경계했다. 그래서 서로 얼굴을 마주할 때마다 가능한 한 자기
경험을 솔직하고 재미있게 기록하자고 다짐했다. 진로나 인생의
문제를 고민하는 후배가 찾아와 술잔을 마주하고 솔직하게 나눌
수 있는, 그런 이야기를 하고 싶었다. 그리고 마침내 하나둘
완성된 글들을 보며, 나는 〈성공〉이라는 단어보다 〈기회〉라는
단어를 더 깊이 생각하게 되었다.

흔히 〈인생에서 적어도 세 번의 기회가 온다〉고 말한다. 그
기회라는 게 대체 어떤 것인지, 그리고 언제 어떻게 내게 올
건지, 몹시 궁금해하던 시절이 있었다. 내게 오는 기회를 놓치지
말아야겠다고 생각하거나, 일이 조금 잘된다 싶으면 〈혹시 이게

그 첫 번째 기회가 아닐까?〉하는 기대에 마음이 설레곤 했다. 그런데 대학 졸업 후 직장 생활을 거쳐 창업한 뒤 오랜 시간이 지나도 도대체 어떤 게 〈세 번의 기회〉였는지 정확하게 알 수 없었다. 가끔 〈어쩌면 나한테는 아직 한 번의 기회도 오지 않은 것인가?〉하는 생각이 들기도 했다.

이 책을 쓴 저자들의 글을 보며, 나는 그 〈기회〉의 의미가 다르게 해석되어야 한다는 걸 깨달았다. 사람들이 말하는 〈세 번의 기회〉라는 건, 성공할 좋은 기회라는 뜻이 아니라 지금까지 살아온 인생의 모습이나 방법을 크게 전환할 수 있는 〈인생의 변곡점〉을 의미하는 것인지 모른다.

대학원에서 우연히 읽은 논문 한 편에 흥미를 느끼고 평생의 연구 과제를 결정한 인바디의 차기철 대표, 20대 시절 감명 깊게 읽은 책과 존경하는 사람의 조언에서 인생의 가치와 나아갈 방향을 찾은 메르세데스-벤츠의 김지섭 본부장, 그리고 또 다른 저자들 역시 마찬가지다. 이들의 이야기를 읽어 내려가다 보면, 〈기회〉란 지금까지 자신을 지배하고 있던 가치관이나 계획을 크게 바꿀 수 있는 인생의 터닝 포인트라는 사실을 알게 된다. 오랫동안 자신이 갖고 있던 가치관이나 인생 계획을 크게 바꾸는 것은 의지만으로 할 수 없는 경우가 많고, 어렵게 시도해도 많은 위험이 따른다. 그래서 내부적 열망이나 외부로부터의 자극에 영향을 받았을 때 자신의 인생 계획을

바꾸고, 그것을 향해 한 걸음을 내딛는 것이야말로 큰 기회를
잡은 것으로 생각한다.

이 책에 담긴 이야기가 많은 후배에게 그런 〈기회〉로
작용했으면 하는 바람이다. 엔지니어를 꿈꾸거나 공대 진학을
희망하는 후배들에게는 〈기계 기술이 얼마나 무한하고 호기심
넘치는 영역〉인지를 알려 주고 싶었고, 또한 그런 기회가
되리라고 믿는다. 전공에 상관없이 진로를 고민하고 있거나 더
발전적인 삶을 꿈꾸는 사람들에게는 이제부터 나아갈 인생
지도의 밑그림이 될 수 있으리라는 희망을 해본다. 꿈꾸고
도전하고 그걸 성취하는 과정의 노력은 어떤 분야에서나 모두
통한다고 믿기 때문이다.
길고 긴 출간 준비를 마치며 생각나는 사람들이 너무 많다. 맨
처음 책을 만들자는 아이디어를 내놓은 후배 감우균, 우리
이야기에 공감하고 책으로 만들어지도록 지원해 준 열린책들
홍지웅 사장과 편집진, 글 정리를 맡았던 하유미 작가,
물심양면으로 도와준 CEO 포럼의 여러 선후배에게 깊은
감사를 전한다.

2022년 12월, 권병민
연세 기계 CEO 포럼 편집 위원

차례

작은 성공을
출발점으로 삼아라

차기철
㈜인바디 대표 이사

대학 졸업반이 될 때까지 나는 확실한 미래를
설계하지 못했다. 그러나 유학 시절 우연히 접한
논문 한 편에 흥미를 느끼고 연구에 매달린 게
인바디의 출발점이 되었다.

20대, 그 불확실의 시간

언론 인터뷰나 대학의 초청 강연에서 사람들은 내게 〈성공의 비법〉에 관해 묻는다.

먼저 〈성공의 기준이 무엇인가?〉라는 원론적 질문을 던져 보고 싶다. 체성분 분석기 〈인바디〉를 만드는 우리 회사는 미국, 일본, 유럽, 중국, 인도, 아시아, 멕시코 등 총 7곳의 해외 현지 법인을 운영하면서 약 110여 개국에 제품과 서비스를 제공하고 있다. 2022년 현재 세계 체성분 분석기 시장의 50퍼센트 이상을 점유하고 있고, 한국과 미국 시장의 약 80퍼센트, 일본에서는 70퍼센트 정도 시장을 차지하고 있다. 이런 시장 점유율과 매출이 성공의 기준이 될 수 있을까?

나는 〈대표 이사 차기철〉을 성공한 사업가라고 말하고 싶지는 않다. 우리 회사보다 규모가 크고 훌륭한 기업은 얼마든지 있기 때문이다. 다만 한 사람의 엔지니어가 자기 생각대로 기계를 만들고, 그 기계를 세계인이 사용한다는 점에서 〈성공한 엔지니어〉라는 자부심을 가지고 있다.

나의 20대 시절은 대다수 젊은이와 별반 다를 게 없었다. 대학 시절의 나 역시 고민이 많았다. 그래서 현재의 20대들이 느끼는 불확실한 미래에 대한 불안에 깊이 공감한다. 남들이 말하는 좋은 대학에 다니고 있는데도 미래는 불투명한 유리창 너머의 세상 같았다. 나는 무엇을 해야 하나? 내가 선택하는 길이 최선일까? 앞으로 어떻게 살아가야 하나? 성공한 사람들은 〈꿈을 가지라〉고 말하지만, 그 말 역시 막연하게 느껴졌다. 무엇을 꿈꾸고 어떻게 구체화할지 알 수 없었다.

선배들과 이야기를 나눠 보고 강의를 들어 봐도 답을 얻을 수 없었다. 혹시 책 속에서 답을 찾을 수 있을까 싶어, 책도 열심히 읽었다. 그중 클로드 브리스톨이 쓴 『신념의 마력』은 몇 번이나 반복해 읽은 책이다. 〈성공의 힘은 믿음에서 온다〉, 〈능력보다 중요한 것은 마음의 태도다〉, 〈간절한 열망이 원하는 결과를 가져온다〉 등 우리는 모두 자기 생각의 산물이며, 자신이 믿는 바가 바로 자기 자신이라는 말은 누구도 부정할 수 없는 진리였다. 그런데도 그 진리들이 내가 무엇을 원하는지에 관한 답은 되지 못했다. 갖가지 고민으로 채워진 가방을 메고, 출구가 어디에 있는지 모를 어두운 통로를 걷는 기분이었다.

〈내가 전공을 잘못 선택한 걸까?〉 하는 의구심도 생겼다. 사실 고교 시절에는 〈전자과〉에 관심이 있었다. 그런데 어머니의 생각은 달랐다.

「너는 만들기를 좋아하니까 기계공학과가 맞을 거야.」

집에 있는 가전제품들을 뜯어 살펴보고 곧잘 재조립하는 아들이

기계공학과 적성이라고 어머니는 생각하신 모양이다. 아버지는

그보다 분석적이었다. 〈생화학이 앞으로 발전 가능성이 있다〉고

조언했다. 대학을 수석 입학할 정도로 공부를 잘했던 누나는,

아버지의 조언에 따라 식품영양학과를 선택했다. 그런데 내게는

분석적인 아버지의 조언보다, 어머니의 단순한 논리가 묘한

설득력이 있었다. 내가 어떤 기계를 만들고 그게 작동하는

즐거운 상상을 하면서, 나는 별 고민 없이 기계공학과를

선택했다.

그러나 전공 수업은 내 예측을 완전히 벗어났다. 우선 수학

문제를 엄청나게 많이 풀었다. 다시 고3으로 돌아간 것 같은

기분이 들 정도였다. 기본적으로 수학 실력을 갖춘 이과

출신들임에도, 우리는 공업 수학 과목에서 F 학점을 받지 않기

위해 피나는 노력을 해야 했다. 〈역학〉에 관한 공부는 또 얼마나

많이 시켰던지……. 기계공학과가 아니라 역학공학과에 왔다고

할 정도였다.

사실 나는 전공 공부에 재미를 느끼지 못하고 있었다. 강의를

들으면서도 속으론 〈이걸 왜 해야 하나?〉 회의적인 생각을 하곤

했다. 그중에서도 〈기계 설계〉 수업은 가장 큰 시련을 준

과목이었다. 수업 내용을 따라가기도 벅찬데 조교는 깐깐하기

이를 데 없었다. 급기야 프로젝트 과제물 제출이 좀 늦었다고
점수에 반영해 주질 않는 바람에 F 학점을 받고 말았다. 공포의
기계 설계 강의를 4학년 때 재수강하면서, 그 조교 선배가
얼마나 밉고 원망스러웠는지 모른다.

대학을 졸업할 때 내 평균 학점은 2.8이었다. 나는 〈2.8 미만은
다 문제가 있는 것〉이라며 내 학점을 합리화했다. 국내는 물론
세계에서도 거의 독보적인 〈체성분 분석기〉를 만든 사람의
성적이 그 정도였다는 사실에 놀라는 사람이 있는가 하면
반대로 용기를 얻는 사람도 있는 것 같다.

핑계가 아니라, 공부에서 조금만 재미를 느꼈더라도 아마
열심히 했을 것이다. 하지만 그때는 도통 〈재미〉를 느끼지
못했다. 흥미가 없으니 그저 〈이걸 왜 하지?〉 이런 회의가 자주
들었다. 그런데 신기하게도 나중에 회사에서 프로젝트를 수행할
때는 정말 재미있었다. 누가 시키지 않아도 밤을 새우며 연구에
매달릴 정도였다. 확실히 달랐던 그 경험을 통해 〈흥미를 느끼는
것〉이 얼마나 중요한 일인지를 알았다. 흥미를 느끼는 공부나
일이 자신의 〈주제〉가 된다면, 일단 성공을 향한 첫걸음을
내디디는 것이라 생각한다. 그런 의미에서 내 인생의 주제를
결정하는 데는 한 편의 논문이 결정적이었다.

내 인생의 주제는 무엇인가?

대학 4학년이 될 때까지도 나는 확실한 미래를 설계하지 못했다.

그 당시 기계공학과 학생들은 졸업 후 3분의 1 정도는 대학원 진학이나 유학을, 그리고 다른 3분의 1가량은 대기업 일반직이나 연구소 등에 취업하는 게 통상의 진로였다. 나는 그중 33퍼센트 정도의 지점에 속한 사람이라고 자신을 판단했다. 사람들은 나를 연구원이나 교수 유형이라고 했지만, 교수로 강단에 서고 싶은 마음은 없었다. 안주하기보다 도전에 더 이끌렸다. 막연하게 〈사업을 해볼까?〉 하는 생각도 했다. 하지만 그것은 쉽지 않은 도전이었다. 그때는 대학을 졸업한 젊은 사람이 창업한다는 게 쉽지 않은 일이었고, 무엇보다 사업가에 대한 인식이 그리 호의적이지 않았다. 극단적으로 표현하자면 사업하는 사람을 〈장사꾼〉 정도로 여기는 분위기였다. 요즘 젊은이들처럼 남들 시선이야 어떻건 자신의 길을 간다는 자유로운 분위기와 거리 멀던 시절이었다.

그렇게 확실한 방향을 정하지 못한 채 카이스트에 진학하고, 석사 과정 후에는 잠시 회사에 다니기도 했다. 카이스트 진학으로 병역 혜택과 장학금을 받았기 때문에, 군 복무 대신 의무적으로 근무를 해야 했다. 그때 잠시 다닌 D 산업은 대규모의 체육관과 지하철 공사 등을 시행하는 건설사였다. 나는 그 회사의 기술 연구소에서 근무했다. 당연한 사실이지만 중요한 시설물 공사에서는 계측 작업이 굉장히 중요하다. 좋은 계측기가 있으면 작업의 정밀함과 완성도는 더 높아질 게 분명했다. 계측기 가격은 300만 원에서 1천만 원이 넘는 고가의 제품도 있었다. 그래서 회사에 계측기 구매를 요청했다. 아니, 요청을 넘어 거의 조르는 수준이었다. 3년간 줄기차게 계측기 타령을 하는데도 회사에선 끝까지 사주지 않았다. 내가 직접 만든 계측기를 쓰고는 있었지만, 더욱 정밀한 계측기를 갖추면 더 완벽하게 작업할 수 있을 거란 생각을 떨칠 수가 없었다. 만약 그때 회사에서 내가 원하는 계측기를 사줬더라면, 나는 재미있게 직장 생활을 하고 유학 생각도 접어 버렸을까? 가끔 그런 생각을 해볼 때가 있다.

어찌 보면 만족스럽지 않았던 회사 생활이 유학에 관한 결정을 쉽게 도와준 건지도 모른다. 1986년 나는 미국 유타 대학교로 유학을 떠났다. 그리고 하버드 대학교 의과대학에서 박사 후 과정 중 읽게 된 논문 한 편이 운명처럼 내 인생의 화두가 되었다.

프로포절 작성에 관한 수업에서는, 자신의 연구 과제를 기획하고 투자도 받아 오라고 요구했다. 그 연구 과제를 정하기 위해 읽은 논문이 〈체성분 분석의 기술〉을 다룬 것이었다. 논문의 개념은 이해하기 쉬웠다. 우리 신체 구성 성분 중 약 70퍼센트는 물이고, 체내의 물은 전도도가 높은 물질이다. 몸의 전기 저항을 측정했을 때 물이 많은 사람은 저항이 낮고, 물이 적은 사람은 저항이 높다는 것이었다. 또 물과 단백질의 구성이 상당히 비례 관계에 있으므로 측정된 저항으로부터 근육량을 산출할 수 있다는 내용이었다. 마침 그때 한국에서 〈물 먹인 소〉가 사회 이슈로 터졌을 때라, 그 같은 성분 분석에 더 호기심과 흥미를 느꼈다.

개념은 단순한 것 같지만, 복잡한 구조의 세포 조직과 일정하지 않은 인체 형상으로부터 오는 오차가 발생했다. 그 오차의 원인을 규명하려는 많은 논문도 있었다. 나도 몇 가지 의문 사항을 토대로 가설을 세워 보았다.

국내에서는 체성분 분석에 대한 개념이 제대로 정립되지 않은 상태였지만, 미국에서는 이미 분석 기계에 대한 실험 단계였다. 의사와 영양학자들, 그리고 전기과 전공자들에게도 관심과 연구의 대상이었다. 전기과 전공자들은 〈전기가 흘러가서 어떻게 통과하는가?〉라는 구조의 문제를 중점적으로 연구했다. 나는 기계공학과 출신의 관점에서 좀 더 다른 시각과 아이디어로 접근해 보았다. 신체 부위별로 측정하면 더 나을 것 같았고, 그런 아이디어와 함께 몇 가지 새로운 방법을 제시한 게 교수님의 관심을 끌고 좋은 평가를 받았다.

교수님의 도움으로 학교에서 5천 달러의 연구 지원비까지 받았다. 그때부터 본격적으로 내 나름의 가설을 세우고 실험을 시작했다. 학생과 외부인 등 30명 정도의 사람들을 대상으로, 부위별 임피던스를 측정해 측정값을 내는 실험이었다. 한 사람당 데이터 수가 100개 정도 되는데, 나중에는 그 데이터를

다 외울 정도로 실험에 몰두했다. 결과가 이상하면,
피실험자에게 부탁해서 또다시 실험했다. 내가 세웠던 가설대로
실험 증명이 되지 않는 일도 있었지만, 또 다른 의문점을
발단으로 새로운 가설을 세울 수 있었다.
그리고 기계공학과에서 배운 개념들을 모두 적용해 가설을
세우고 실험했다. 체성분 분석에 있어 기계공학과적으로 접근한
연구는 내가 최초였다. 그때 처음으로 〈기계를 공부하길
잘했다〉는 생각과 〈학교 다닐 때 좀 더 열심히 공부할걸……〉
하는 후회가 생겼다. 〈공부는 해두면 언제건 쓸 곳이 있다〉는
어른들의 말씀은 고리타분한 훈계가 아니었다.

거의 6개월 정도를 연구에 매달렸다. 약 두 달은 실험하는
기간이었고, 그 이후는 그간 얻은 데이터로부터 체지방과
근육량 측정 등을 풀어내는 알고리즘 작업을 하는 시간이었다.
측정 데이터로 갖가지 시뮬레이션을 해본 결과, 그동안 다른
사람들이 생각하지 못했던 걸 알아낼 수 있었다.
실험이 생각대로 되지 않아 낙담할 때도 많았지만, 생각했던
대로 결과를 얻을 때는 미칠 듯이 기뻤다. 어느 날은 몸통
부위의 해석을 잘하면 정밀도가 높아진다는 사실을 확인했고,
또 어느 날은 세포 내의 액을 잘 구별하면 정밀도가 더욱
높아진다는 것을 알게 됐다. 내가 만들어 놓은 가설들이 하나둘
맞아떨어지면서, 기존 제품을 능가하는 새로운 형태의 기술에

도전해 보고 싶은 마음이 자라기 시작했다.

계속 연구하고 발전시키면 미국이나 일본에서 만드는 체성분 분석기보다 더 정확한 기계를 만들 수 있지 않을까?

대학 시절부터 오랜 시간 내가 찾아 헤매던 〈주제〉의 단서를 잡은 느낌이었다.

선도자 First Mover

유학을 마치고 귀국할 때까지만 해도 창업을 생각한 건 아니었다. 나는 체성분 분석기를 제품으로 현실화할 회사를 찾고 있었다. 그리고 저울 생산으로 한창 주가를 올리던 C 전자 입사를 결심했다. 그 회사에는 마침 대학 동기가 근무하고 있었고, 친구는 부장이었다. 회사는 나에게 차장 직급을 제안했다. 선뜻 동의할 수 없는 제안이었다.

나는 유학도 다녀왔고 박사 학위도 있는데?

하지만 이내 직급은 대수롭지 않다고 생각을 정리했다. 내가 가진 아이디어와 제품 개발을 실현해 보고 싶은 욕구가 더 컸다. 나는 사장에게 체성분 분석기 제작과 제품화에 대한 의견을 내놓았다. 그리고 한 가지 조건을 덧붙였다. 제품 생산과 판매에 성공하면 내게 이익의 1퍼센트를 성과급으로 달라는 조건이었다. 이런 획기적 제품을 만든다면 사장도 적극적으로 동의하리라 생각하고 있었다. 그런데 뜻밖에도 사장의 반응은 냉랭했다. 그때 사장의 답변은 이런 내용이었다. 〈이전에도 엔지니어 말을 듣고 열 개도 넘는 프로젝트를 했는데, 성공한 적이 없다. 모두 실패였다. 이것도 어차피 안 될 건데, 쓸데없이 그런 제의를 하느냐?〉 사장의 반응은 차갑다 못해 불쾌한 기색이 역력했다.

나중 이유를 생각해 보니 두 가지 문제 때문인 것 같았다. 첫째는 체성분 분석기에 대한 내 설명이 미흡하지 않았나 하는 점. 둘째는 〈이익의 1퍼센트를 달라〉는 제안이 그에게는 황당하게 들렸을지 모른다는 것이었다. 그때만 해도 성과급에 대한 인식이 확실하지 않던 시절이었다. 사장으로서는 〈월급 주는데 무슨 이익의 1퍼센트를 달라는 거야?〉 이런 생각을 했을지 모른다. 하지만 〈이전에 다른 직원도 모두 실패했으니 보나 마나 이것도 실패할 것〉이라는 단정은, 기업의 리더로서는 아쉬운 판단이었다고 생각한다.

다른 회사 몇 군데에 체성분 분석기를 제안해 봤지만, 반응은 대부분 부정적이었다. 눈으로 본 적이 없는 〈최초〉의 제품을 만드는 것, 그리고 그 성패가 어떻게 판가름 날지 확신하지 못하는 불확실 때문이었다. 새로운 제품이나 서비스를 만들고 시장을 선점하는 〈선도자〉가 되기 위해서는 과감한 결단을 내려야 했다. 어느 순간, 체성분 분석기를 제품화하려면 〈창업〉하는 수밖에 없다는 생각에 이르게 됐다.

창업에 관한 뜻을 밝혔을 때, 부모님은 예상대로 반대하고 나섰다. 당시에는 사회적 인식이나 지원 면에서, 개인이 사업하기엔 환경이 열악했다. 〈사업〉이라는 단어는 빚더미, 파산, 패가망신이라는 단어들과 한 묶음처럼 연상되던 시절이었다. 아내도 반길 리가 없었다. 하지만 아내는 반대해 봤자 내가 뜻을 접지 않을 거란 사실도 알고 있었다.

창업 자금은 부모님이 주었던 전세 자금 중 2천만 원을 떼어 내 마련했다. 직원을 뽑으면 줘야 할 월급을 계산해 보니 내가 가진 자본금이 별로 큰 액수가 아니었다. 사무실 임대료도 부담이었다. 고민 끝에 친구 회사에 방을 빌리기로 했다. 1995년 1월 1일, 삼성동 뒷골목 남의 회사 지하 작은 공간에서 첫발을 내디뎠다. 그게 〈인바디〉의 시작이다.

회사 설립 후 1년 동안은 모든 문제에 〈부딪혀 해결해 나가는 시간〉이었다. 창업 3개월이 지난 후 드디어 월급 줄 직원 두 명을 뽑았다. 내가 잘 모르는 분야를 담당할 전자과 출신 직원들이었다. 한국생산기술연구원에 있던 기계공학과 친구 은탁 박사를 통해 중소 기업을 지원하는 자금이 있다는 것도 알게 됐다. 7천만 원의 지원금을 받게 된 것도 소득이었지만, 무엇보다 기술 지원을 받을 수 있었던 게 좋았다. 우리는 전자 회로를 만드는 지식이 부족해 애를 먹고 있었는데, 한국생산기술연구원에서 소개해 준 전문가들 덕분에 고주파 임피던스 회로를 만드는 데 성공할 수 있었다. 그렇게 개발에 매달린 결과, 1년 3개월 만에 드디어 체성분 분석기를 만들었다. 그리고 1996년 3월, 야심 차게 코엑스에서 개최된 「국제 의료기기·병원설비 전시회」에 참가했다.

엄밀하게 말하자면 그 당시 제품은 완성품이 아니었다. 약 80퍼센트 정도 작동되는 상태에서 일단 저질러 보자는 생각으로 세상에 선을 보인 것이었다. 그런데 전시회에서 사람들의 반응이 의외로 좋았다. 체성분 분석기의 원리에 대한 설명을 듣고 흥미를 보였다. 초창기 기계는 현재의 것보다 처리 속도가 느려서, 한 번 측정하려면 약 3분 정도의 시간이 걸렸다. 10명을 측정하려면 30분이 걸리는 셈이었다. 그런데도 사람들은 생전 처음 보는 기계에 대한 호기심과 자기 몸에 대한 궁금증으로, 우리 부스 앞에 길게 줄을 섰다. 일단 사람들의 관심을 끄는 제품이란 걸 확인한 게 성공이었다. 내가 벌인 사업에 불안해하던 가족들도 전시회에 와보고 안심하는 눈치였다.

첫 판매가 이루어진 건 전시회가 끝나고 7개월이 지난 뒤였다. 그때까지 나는 연구 개발에만 전념했을 뿐, 마케팅이나 시장 공략에 대해서는 전혀 알지 못했다. 그래서 초기에는 무작정 대형 병원을 찾아가, 의사들에게 체성분 분석기에 관해 설명했다. 열 번쯤 찾아가고 설명하면 의사들은 체성분 분석기의 필요성을 이해하고 구매 의사를 보였다.

가장 큰 관심을 보인 건 경희대학교 한방병원이었다. 인바디의 검사 결과지로 환자들의 몸 상태에 관한 이해를 돕고 재미있게 대화할 수 있다는 점을 높이 평가했다. 대학 병원 한 곳에서 호평받자 다른 곳들에 영업하기가 더 수월했다. 마침 한방병원의 비만 클리닉 붐이 일던 때라 그 덕을 보기도 했다. 처음 하나를 팔고 나자 그다음 달에는 두 개, 다다음에는 다시 세 개로 점점 수요가 늘기 시작했다.

사업은 순조롭게 진행되는 듯 보였지만, 사장으로서 나는 늘 불안한 상태였다. 이번 달을 간신히 보내고 나면, 다음 달은 또 어떻게 될까? 한 달, 한 달을 고민해야 했다. 그런 불안이 3년 정도는 계속됐던 것 같다.

다행스럽게 매출은 계속 상승세를 그렸다. 창업 2년 반쯤이 지났을 때 투자받은 5억 원에 손을 대지 않아도 될 정도였다. 회사를 시작하고 4년쯤 되었을 때는, 심적으로 안정감을 찾을 정도의 수익금이 쌓였다. 그제야 몇 년간 혼자서 시달린 〈한 달 살이〉의 불안증에서 벗어날 수 있었다.

위기의 반전

인바디의 코스닥 등록까지는 약 5년 정도의 시간이 걸렸다. 꽤 빠른 성장이었지만 그 시간이 순탄하기만 했던 건 아니다. 회사의 존립이 송두리째 흔들릴 정도로 혹독한 시련을 겪으며 얻은 성장이었다.

사실 코스닥 등록 이전부터 해외 영업에 더 정성을 기울이고 있었다. 그중에서도 일본은 내 마음속 승부처였다. 판매 가격은 국내보다 훨씬 높게 책정했는데, 우리 제품에 대한 자부심이기도 했다.

인바디에 대한 호평과 함께 조금씩 판매 실적이 나기 시작할 즈음, 일본의 한 기업으로부터 〈특허권 소송〉을 당하는 일이 발생했다. 그 회사는 체중계를 전문으로 만드는 〈타니타〉라는 정밀 기계 제조업체였다. 그들은 〈저울 위의 전극을 밟고 올라서서 체지방을 측정하는 것이 자신들의 기술과 유사하다〉는 이유를 들어 특허권 침해 소송을 제기했다. 회사를 창업한 지 겨우 3년이 지난 1998년이었다. 우리는 당시 고작 매출 몇십 억 원의 신생 회사였고, 그들은 몇십 년 역사를 지닌 세계적 기업이었다. 무엇보다 그 회사가 관련 기술에 관한 해외 특허를 선점한 상태라, 소송에서 패하면 우리 제품은 해외 판매를 전혀 할 수 없다는 게 가장 큰 문제였다.
2년간 지속된 소송은 치열했다. 일본에서 특허권 분야의 최고 전문가로 꼽히는 변호사를 선임했다. 법적인 부분은 변호사가, 기술 관련 분야는 내가 맡아서 공동 대응을 하기로 했다.
난생처음 겪어 보는 소송에 관한 두려움이 밀려왔다. 하지만 내게는 최고의 장점이자 믿는 구석이 있었다. 나는 이미 대학원 시절부터 관련 분야 논문을 누구보다 많이 읽었던 터였다. 일본

쪽에서 어떤 공격을 해도, 각종 논문 자료를 근거로 반박할 수 있었다. 그래서 이긴다는 신념은 가지고 있었지만, 매번 논문을 검토하며 서면 자료를 준비하는 일은 극도의 스트레스였다. 그런데도 뛰어난 변호사의 법적 견해와 나의 기술적 반론이 더해져, 재판은 우리의 승리로 끝났다.

통쾌한 결정타는 뜻밖의 곳에서 터졌다. 일본 기계공업국에서 체성분 분석기와 유사한 제품들을 모두 모아 성능 비교 실험을 했는데, 우리 제품이 월등한 차이로 1등을 차지한 것이었다. 심사 위원으로 참석했던 많은 교수 사이에서도 인바디의 우수성에 대한 호평이 이어졌다. 더욱 의외였던 것은, 소송을 제기한 회사의 반응이었다. 타니타는 두말없이 〈인바디 제품의 우수성〉을 인정했다.

그 경험에서 나는 일본인들, 또는 일본 시장의 특성을 제대로 배웠다. 그들은 기술력에서 자신들보다 약하거나 뒤떨어지면 완전히 무시하지만, 월등하다고 생각하면 확실히 인정한다는 사실이었다.

실제 제품 판매에서도 그런 사실을 경험할 수 있었다. 일본의 한 스포츠 센터에 인바디를 팔았던 적이 있다. 제품 하나를 사고, 그들은 하루가 멀다고 질문을 보내왔다. 일본에 법인이 있기는 했지만 업무가 허술하던 때라, 그 질문은 고스란히 대표인 내게로 전달됐다. 질문 중에는 별의별 사소한 내용이 다 포함돼 있었다. 〈뭐 이런 걸 다 묻나?〉 싶은 내용도 있었지만, 나는 매번 상세하고 꼼꼼한 답변을 작성해 보냈다. 사업 초기의 열성적 초심이 불타오르던 때라 정말 엄청나게 성실한 답변서를 작성했던 것으로 기억한다. 그렇게 받은 질문이 거의 150여 차례에 이르렀다. 아주 사소한 것들이라도 기술적인 문제가 발생했을 때는, 일본 법인을 통해 대부분 고쳐 주며 문제를 해결해 나갔다.

그렇게 1년이 지난 후 놀라운 일이 벌어졌다. 그 스포츠 센터에서 우리 제품 150대를 구매하겠다며 연락이 온 것이다. 제품의 기술력에 대해 신뢰하기까지는 꼼꼼하게 물어보고 확인하는 과정이 필요했지만, 믿음이 확인된 후에는 더할 수 없이 전적인 신뢰를 보냈다.

150번의 질문에 관한 답변은 고객을 위한 서비스 응대로만 끝난 게 아니었다. 질문에 답하는 과정에서 제품의 보완점을 찾아내고, 그걸 기반으로 업그레이드하며 제품의 질을 높일 수 있었다. 우리 회사에도 큰 도움이 된 과정이었다.

열등감은 나의 원동력

인바디로 신체의 성분을 분석하듯, 내 속성에 대해 분석해 본 적이 있다. 나는 수줍음이 많고 적극성이 부족한 편이다. 그런데 대조적일 만큼 한편으로는 엄청난 투쟁심을 지니고 있다. 그 투쟁심이 27년이란 시간 동안 회사를 성장시키는 원동력이 된 건지도 모른다. 그렇다면 그 투쟁심은 어디에서부터 온 것일까?

어려서부터 나는 열등감에 시달렸다. 환경이 그럴 수밖에
없었다. 동생은 전국에서 몇 등 했느냐를 따질 만큼 수재였고,
누나 역시 전교 1, 2등을 다툴 정도로 공부를 잘했다. 내 성적은
그런 누나와 동생에 비할 수준이 아니었다. 중학교에 입학했을
당시엔 전교에서 3분의 1 정도에 속할 정도로 평범한
성적이었다. 그래도 열심히 공부했더니, 나중에는 890명 중
11등을 할 만큼 성적이 올랐다. 목표는 당대 최고 명문인
경기고등학교였다.

경기고등학교 합격자 발표가 있던 날을 지금도 잊지 못한다.
학교 전경, 합격자 명단이 붙어 있던 곳, 희비가 엇갈리던
사람들의 표정……. 그 모든 게 지금도 눈에 선하다. 합격자
명단 어디에도 내 수험 번호 486번은 없었다.

내가 틀렸던 문제도 또렷이 기억한다. 객관식 시사 문제였다.
〈도시의 인구 집중을 막기 위한 정책은 무엇입니까?〉
제시된 보기 중에 〈전철〉과 〈녹지대〉를 두고 고민했다. 사실
녹지대란 말은 그때 시험장에서 처음 접해서 정확한 뜻을 알지
못했다. 나는 〈전철〉을 답으로 적었지만, 정답은 〈녹지대〉였다.
너무 억울했다. 차라리 일반적으로 뉴스에서 쓰던 〈그린벨트〉를
보기로 제시했더라면 맞췄을 텐데……. 〈전철도 인구 분산
효과가 있는 거니까, 시험 문제가 잘못된 거 아닌가?〉 당시

시험에서 다섯 문제를 틀리면 합격권 탈락이었는데, 그 한 문제로 내 당락이 판가름 났다.

고교 입시 실패는 엄청난 충격이었다. 내 인생 최초의 실패이자 좌절이었다. 우리 집에서는 상상도 못 할 진학 실패를 만든 장본인이 됐다는 게 너무 힘들었다. 입시 실패, 원하지 않았던 2차 학교로의 진학, 가족 안에서의 열등감……. 그런 바탕이 있었기에, 늘 〈나는 뭘 할 수 있는 사람인가?〉라는 의문에 스스로 시달렸다.

미국 유학 시절엔 그 열등감과 더욱 치열하게 부딪혀야 했다. 유타 대학교 박사 과정에 들어가면서 나는 〈바이오엔지니어링〉으로 전과했다. 기계공학과나 전기과는 동양인 유학생이 70~80퍼센트에 달했지만, 바이오엔지니어링 전공에는 한국인이 없었다.

하지만 나는 바이오엔지니어링 박사 입학 자격 시험Qualifying Exam에서 떨어지고, 지도 교수도 정하지 못한 채 2년의 세월을 보내고 있었다. 시험은 너무 어려웠다. 다섯 개의 시험 문제를 제시하고 그중 세 개를 선택해 시험을 보는데, 한 문제의 답을 작성하기 위해서 최소한 논문 열 편을 읽어야 할 정도의 깊이 있는 문제들이었다. 영어도 난관이었지만, 문제 자체가 답하기 어려운 문제들이었다. QE를 통과하는 비율도 높지 않았다. 나는 다음 해에 다시 시험을 봐도 합격하기 어려울 것 같다는 생각에 더 우울했다.

생활비 해결도 문제였다. 서른 살에 결혼하고 아내와 함께
유학을 떠난 상태였다. 아무리 아껴도 두 사람의 생활비로 월
600달러가 필요했다. 그런데 새벽 5시부터 오전 9시까지 청소
아르바이트로 버는 돈은 월 300달러였다. 아내도
아르바이트해서 보탰지만, 생활비는 늘 부족했다. 방학
기간에는 하는 수 없이 아르바이트를 늘리기로 했다. 오전에는
청소하고 오후에는 학교 밖의 구둣방에서 구두를 수선했다.
공부와 과제는 밤을 새우는 수밖에 없었고, 그런 생활은 약 1년
정도 이어졌다.

그해 학기 말이었다. 그날도 제출 시한이 다가온 리포트를
쓰느라 밤을 꼬박 새웠다. 리포트를 끝내고 한숨 돌리는 순간,
나도 모르게 비명이 터져 나왔다.

「아, 청소!」

리포트에 몰두해 깜빡 잊은 청소 아르바이트가 그제야
떠올랐다. 급한 마음에 외투를 챙기며 현관문을 열다가 다시
한번 좌절해야 했다. 오늘 아침만 아니라 어제 아침도 빼먹은
것이었다. 밤새 눈이 엄청나게 내려 온 천지가 새하얗게 변해
있었다. 발이 푹푹 빠지는 눈길을 달려 청소할 건물로 달려갔을
때, 지옥문이 내 앞에 열리고 있었다.

건물 청소 관리자는 나를 보자마자 다짜고짜 욕을 퍼부어 댔다.
세상에 태어나 한 번도 듣지 못했던 온갖 욕설을 다 들은 것

같았다. 그날로 청소 아르바이트는 끝이었다.

집에 돌아와 며칠을 고민했다. 공부는 계속할 수 있을지 확신이
없는 상태에서, 생계 수단이던 아르바이트까지 잘리고 나자
〈이제 내가 할 수 있는 게 없다〉는 절망감이 밀려들었다.
경제적으로나 정신적으로 더 이상 버티지 못할 것 같았다.
남편을 따라 미국까지 와서 고생만 하는 아내를 보는 것도
안쓰러웠다. 그때 유학생 중 기혼자들은 거의 한 동네에 모여
살았다. 남편들이 학교에 간 후 아내들은 함께 모여서 시간을
보내곤 했는데, 언젠가부터 아내가 그 모임에 나가지 않는다는
걸 알게 됐다. 말하지 않아도 여러모로 편치 않은 우리 상황
때문에 자존심 상한 탓이라는 걸 알 수 있었다. 사랑하는
사람에게 그런 상처를 주고 있다는 사실도 〈내가 얼마나 못난
사람인가〉 하는 열등감에 빠지게 했다.
늦은 밤 잘못 접어든 길의 막다른 골목에 선 기분이었다.
〈한국으로 돌아갈까?〉 하는 생각도 했지만, 슬프게도
비행기표를 살 돈조차 없었다.
절박한 심정으로 학과장 면담을 신청했을 때, 그가 조교 자리를
제의하지 않았다면 유학 생활은 어떻게 끝을 맺었을지 모른다.
고맙게도 학과장은 다른 교수에게 부탁해 또 다른 일자리까지
추천해 주었다.
어떻게 해도 통과하지 못할 것 같던 QE도 학과장의 도움으로

해결 방법을 찾을 수 있었다. 조교로 일하게 되자 학과장과 개인적인 이야기들을 나눌 기회가 생겼다. 나는 솔직하게 QE에 관한 고민을 털어놓았다. 재시험에서도 낭패를 보면 학교를 포기해야 할지도 몰랐다. 그는 내가 직접 시험 문제 세 개를 고르고 집에서 답을 작성해 제출하도록 예외적인 허용을 해주었다. 시험 규정을 바꾼 파격적인 배려였다.

눈 내린 그 아침의 악몽은 오히려 전화위복이 되었다. 무엇보다 확실히 알게 된 건, 아무리 절망적인 상황이라도 포기하지 않으면 길을 찾을 수 있다는 사실이었다. 그렇게 찾은 길을 열심히 걸어 1991년 유타 대학교에서 생체공학 박사 학위를 취득했다.

고교 입시 실패와 유학 생활 초기 2년은 내 인생의 큰 시련이었다. 그런데 돌이켜 보면 그런 좌절과 절박한 심정은 나를 다음 단계로 보내는 원동력이 되었다. 고등학교 입시 실패는 원하는 학교에 대한 목표를 더 확실하게 설정하도록 만들었다. 카이스트에 합격했을 때 아버지로부터 〈잘했다!〉 그 한 마디 칭찬을 들으며, 예전 입시 실패의 쓰라린 상처가 조금은 아무는 느낌이었다. 유학 생활의 경험은 사업할 때 〈절실하게 진심으로 매달리면 못 할 일이 없다〉는 신념의 근거가 되어 주었다. 실패로부터 떠안은 열등감을 극복하려는 의지와 노력은 나를 조금씩 더 끈기 있고 강한 사람으로 만들었고, 그 힘으로 계속 전진할 수 있었다.

스타트업, 경험보다 잠재력

미국 유학을 마치고 짧은 직장 생활까지 경험한 후 창업했을 때,
나는 38세였다. 가끔 〈좀 더 젊었을 때 창업했더라면 어땠을까?〉
하는 생각을 하곤 한다. 10년쯤 더 어린 나이에 현재와 같은
창업 환경이었다면, 더 기발하고 창의적인 생각으로 월드
와이드 웹을 능가하는 무엇인가를 개발할 수도 있지 않았을까?
창업은 한 살이라도 이른 나이에 하는 게 좋다.

전 세계가 스타트업 경쟁을 벌이고 있다. 그리고 세상은
초스피드로 변화하고 있다. 〈10년이면 강산이 변한다〉는 말은
이미 의미를 잃은 지 오래다. 지금은 1년이 길다고 느껴질
정도로, 한 달도 아닌 거의 매분 매초 사이에 변화를 느낄
정도다. 타성에 젖어 머리가 굳은 사람은 아쉽게도 이런 빠른
변화에 적응하기가 어렵다. 현재 상황에서 경쟁력을 가진
〈선수〉는 〈잠재력을 가진 젊은 사람〉이다. 일은 어려서
배울수록 빠르고 확실하게 습득된다. 나는 정말 탐나는
잠재력을 가진 학생들을 만날 때면 〈대학을 꼭 끝까지 다녀야
하느냐?〉고 물어본다.

젊은 친구들의 참신한 능력을 시험해 보고 싶어, 대학에서
전자과를 1년 다닌 휴학생을 우리 회사 인턴으로 채용했다. 이

학생 역시 내가 먼저 〈우리 회사에서 일해 보지 않겠느냐?〉고
제안한 경우다. 그 친구가 가진 잠재력이 어떻게 발휘되는지
지켜보고 싶었다.

한번은 그에게 상당히 복잡한 회로를 만드는 업무를 주었다.
일을 시켜 놓고도 과연 해낼 수 있을지 기대 반 의문 반이었다.
그런데 그는 인터넷을 뒤져서 스스로 제작 방법을 습득하고,
복잡한 회로를 훌륭하게 만들어 냈다. 학교에서 배운 지식의
단순 실행이 아닌, 스스로 연구하며 방법을 찾아낸 훌륭한
성과였다.

이런 창의적인 사람들에게는 강의실의 여러 가지 제약이 오히려
성장의 걸림돌이 될지도 모른다. 대학 교수님들이 들으면 펄쩍
뛸 일인지 모르지만, 공부는 일을 배운 뒤에 해도 늦지 않다는
게 내 생각이다.

누군가는 창업 이전에 〈조직에서의 경험이 중요하다〉고 말한다.
물론 대기업 등 큰 조직에서 업무를 경험하는 것은 나름의
장점이 있다. 하지만 그 경험이 때로는 단점이 되기도 한다.
창업 초창기에 대기업 출신을 경력 직원으로 채용한 적이 있다.
이 사람은 뭔가 일이 제대로 되지 않으면 〈여기는 시스템이
없다〉는 말을 자주 했다. 물론 시스템은 중요하다. 하지만
사막을 농지로 바꾸는 것 같은 벤처 생태에서, 시스템만
찾다가는 아무것도 할 수가 없다. 또 하나, 시스템에 의존하는

사람은 전체를 보는 능력이 떨어진다. 바퀴처럼 돌아가는 시스템 안에 갇혀 자신이 맡은 부분에만 충실하기 때문이다. 만약 직장 생활 20년 경험자와 창업 희망자인 젊은이에게 각각 3천만 원을 주고 〈가게를 차려 보라〉고 하면, 어느 쪽의 성공률이 높을까? 나는 경험상 후자의 성공률이 높다고 본다. 직장 생활을 해본 사람은 일의 순서, 성공 확률, 한계 등 경험을 머릿속에 두고 일하지만, 초심의 도전자에겐 그런 경험이 없다. 이리저리 부딪혀 넘어져도 어떻게든 길을 찾아낸다. 경험이나 경력보다 잠재력이 더 성공 가능성이 크다고 보는 이유다.

나는 우리 회사 직원들에게도 〈월급 받고 맡은 일만 하지 말고, 자신의 업무를 바탕으로 새로운 시도를 해보라〉고 자극을 준다. 좋은 아이디어가 있으면 지원하겠다고 공언하고, 실제 지원으로 이어진 사례도 있다.

학교에 다닐 때는 밤새워 공부하고 연구하는 걸 당연하게 여겼는데, 회사에서는 밤을 새워 일하면 손해 보는 심정이 되고 억울해한다. 자기 능력을 월급으로 산정해 버렸기 때문이다. 나아가 월급 안에서만 일하는 피동적인 상황에 익숙해진다. 그래서 나는 월급 제도가 사람을 망친다고 생각한다.

직장 생활은 〈많은 일〉을 해야 한다. 창업이 그와 다른 점은 〈새로운 많은 일〉을 한다는 것이다. 피동적으로 많은 일을 하며 살 것인지, 능동적으로 새로운 많은 일을 할 것인지는 각자의 능력과 선택이다.

성공 요소의 분석

내가 사업을 하겠다고 했을 때 여러 우려의 시선 중 하나는 내 성향에 관한 것이었다. 〈내향적이고 앞에 나서는 것도 좋아하지 않는 차기철이 사업을 한다고?〉

사람들의 말처럼 나는 나서는 걸 극히 싫어한다. 사교성도 별로 없다. 학창 시절부터 귀에 못이 박히도록 〈너는 교수를 하면 좋을 것 같다〉는 말을 들었다. 사람들이 생각하는 나는 〈조용한 모범생〉이었다.

그런데 실제의 나는 사뭇 달랐다. 내향적이고 나서기 싫어하는 성향이었음에도, 늘 뭔가를 하려고 시도하고 있었다. 시도하는 일에 대해서는 목적의식도 분명했다.

전공으로 밥벌이를 못 하면 〈가수를 할까?〉 하는 생각을 한 적이 있다. 실제 학교 축제에서 무대에 올라 기성 가수들과 노래를 한 적도 있다. 내가 대학 3학년 때 〈대학가요제〉가 생겼는데 그렇게 아쉬울 수가 없었다. 아마 1, 2학년 때 그런 대회가 있었더라면 가요제에 나갔을지도 모른다.

대학 시절의 내 모습을 돌이켜 보면, 무엇을 하든지 목적이 분명하고 그 안에서 원하는 걸 쟁취하려는 의식이 뚜렷했다. 심지어 당구나 카드놀이도 친구들에게 지지 않으려고 열심히 했다. 공부만 빼고는 무엇이건 쟁취하려는 욕구가 강했다.

주변을 살펴보면 공대 출신 사업가 중에는 나와 비슷한 성향을 보이는 사람이 적지 않다. 내성적인 걸 넘어 자기만의 세계에 머물며 세상과 거리를 두는 은둔형도 있다. 사람들은 흔히 뛰어난 친화력에 스마트폰에는 최소 몇백 명의 전화번호가 저장된 인적 네트워크를 자랑하는 인물을 〈사업가 유형〉으로 떠올리지만, 사교적인 성격과 화려한 언변이 사업가의 덕목은 아니다. 벤처 스타트업에선 네트워크보다 〈기술력〉이 중요하다. 창업을 말할 때 동시에 떠올리는 〈자금〉도 이차적인 문제다. 기술 창업에서 자금의 비중은 전체의 10퍼센트 이내라고 본다. 정말 중요한 90퍼센트는 기술적 역량과 경영 능력이 어느 정도인가 하는 점이다.

첫째, 기술적 역량은 단순히 공부해서 이루어지는 게 아니다. 자신의 아이템에 대해 실제적인 부분까지 충분히 알고 있어야 한다.

나는 약 3년간 체성분 분석 기술에 몰두했다. 아침에 일어날 때는 어제 했던 실험 생각을 하면서 일어났고, 심지어 꿈속에서도 실험에 관해 생각했다. 한 가지에 능통하기 위한 노력을 설파한 〈1만 시간의 법칙〉처럼, 자신이 정한 주제와 관련된 분야를 섭렵하고 몰두하면, 새로운 세상을 보게 된다. 나는 이런 과정을 통해 내가 만들고 판매하는 제품을 완벽하게 알고 있었기에, 제품에 관해서는 자신 있게 대결할 수 있었다.

둘째, 경영은 어떤 자세로 일하는지, 그리고 문제는 어떻게 해결하는지에 따라 달라진다.

사업을 시작하면 해야 할 일이 너무 많다. 좋은 사람을 뽑아야 하고, 그들을 가르쳐야 하고, 비즈니스 구상도 해야 한다. 공대 출신 사업가의 장점은 모든 비즈니스를 공학적으로 접근해서 본다는 점이다. 나는 내가 누구보다 논리적인 사람이라고 생각한다. 어떤 일을 할 때, 논리적 판단 기준에서 결정하므로 실수할 확률이 낮아진다.

창업 후 처음 제품을 출시할 때, 가격 책정을 어떻게 할 것인가를 두고 의견이 분분했다. 300만 원으로 하자는 사람부터 4천만 원은 받아야 한다는 사람까지 제각각이었다. 그러자 어떤 직원이 〈설문 조사〉를 하자는 의견을 냈다. 나는 하마터면 〈헛소리〉라고 말할 뻔했다.

우리 회사가 판매하는 제품은 다수의 사람이 쓰지만, 구매자인 특정 인물 한 사람을 설득하면 되는 제품이다. 100명 중 한 사람이 좋다고 하면 되는 제품을 두고, 일반인 다수를 상대로 설문 조사를 하는 건 비논리적이다. 결국 제품 가격은 재료비와 인건비, 임대료, 교통비, 부가세 등을 더해 적정선이라고 여긴 1650만 원으로 결정했다. 판매 가격을 정하자 또다시 의견이 분분했다. 어떤 직원은 비싸서 팔리지 않을까 봐 걱정하기도 했다. 초창기엔 가격을 깎아 달라는 거래처도 있었다. 하지만 시간이 흐르며 가격을 문제 삼는 곳은 없었다. 심지어 일본에서는 국내보다 두 배 가격으로 팔아도 매출이 올랐다.
사람들에게 필요하고 질적으로 인정받는 제품은, 시장이 그
가치를 인정한다는 걸 확인할 수 있었다.

지금은 미국 체성분 분석기 시장의 80퍼센트를 우리 제품이
차지하고 야구단과 농구단 등 스포츠 업계에서도 3분의 2
정도를 점유하고 있지만, 시작은 쉽지 않았다. 프로 농구 명문
구단인 LA 레이커스에 인바디 한 대를 팔기 위해 공을 들인
시간은 5년이다.
처음에 그들은 우리 제품에 별 흥미를 보이지 않았다. 그래도
계속 찾아가 제품에 관해 설명하고 자료를 전달했다. 농구단에
제품을 판매하는 게 미국 시장에 대한 중요한 참고 자료가 될
거라고 생각했다.
내 생각은 적중했다. 농구단 코치 한 사람이 인바디를 사용해
선수단 관리를 해보더니 열렬한 예찬론자가 된 것이다.
구단에서도 꽤 위상이 높았던 그 코치는 주변과 다른 구단에도
우리 제품을 적극적으로 홍보해 주었다. LA 레이커스에 판 제품
한 대가 거액의 홍보비를 들여 광고하는 것보다 훨씬
효과적이었다.
내게는 그 5년이 실험 기간이나 마찬가지였다. 사업을 정석대로
배워서 한 게 아니라 나만의 방식으로 실험하듯 접근해, 다른
사람들이 얻지 못한 결과물을 얻어 낸 것이다.

성공의 방식은 저마다 다르다. 그러나 성공에 이르기까지 인내와 끈기가 필수 조건이란 건 변함없는 사실이다.

「흥미를 느끼는 공부나 일이 자신의 〈주제〉가 된다면, 일단 성공을 향한 첫걸음을 내디디는 것이라 생각한다. 그런 의미에서 내 인생의 주제를 결정하는 데는 한 편의 논문이 결정적이었다.」

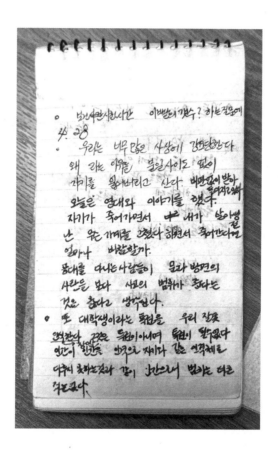

대학 시절 고민과 그때그때 떠오른
생각을 적은 수첩들을 지금도 가지고
있다. 메모하는 습관은 생각을
정리하거나 아이디어를 발전시키는 데
많은 도움이 된다.

나는 수줍음이 많고 나서는 걸 그다지
좋아하는 편이 아니다. 그러나
한편으로는 대조적일 만큼 엄청난
투쟁심을 지니고 있다. 그 투쟁심이
회사를 이끌고 성장시키는 원동력이
되었다고 믿는다.

작은 성공이 출발점이다

「어떤 일에 몰두해서 그것을 성취하기를 원합니까? 아니면 돈을 많이 벌기를 바랍니까?」

창업 희망자들에게 내가 던지는 질문이다. 솔직한 요즘 젊은이들은 〈사업은 원래 돈 많이 벌려고 하는 거 아닌가요?〉 하고 단도직입적으로 되묻는다. 물론 비즈니스를 잘하면 돈을 많이 벌 수 있다. 하지만 창업하자마자 큰돈을 벌겠다고 욕심내며 〈대박〉을 외친다면 굉장히 큰 오류다. 스타트업은 아주 작은 규모로 시작해야 한다. 소수를 만족시키고 결과물이 나오면 점점 확대해 가는 게 바람직하다.

〈작은 성공에서부터 시작합시다!〉

나는 이 말을 정말 좋아한다. 성공을 가르치는 말 중에 가장 실용적인 말이라고 생각한다. 세상에는 성공을 가르치는 많은 말이 있지만 그 말은 들을 때만 잠시 가슴을 설레게 할 뿐, 돌아서면 잊기에 십상이다. 성공은 말이나 글로 배울 수 있는 게 아니다. 축구 강의를 열심히 듣는다고 운동장에 나가자마자 손흥민 선수가 될 수 없는 것과 같은 이치다.

성공하는 모습은 이럴 것이다.

어떤 청년의 가슴에 오랫동안 간직한 바람이 있었다. 이런저런 시도를 해봤지만 잘되지 않았다. 그런데 이상하게도 그 바람은 시간이 지나도 사라지지 않고 마음속에 더욱 또렷해졌다.

우연한 기회에 그것에 도전할 기회를 얻었고, 용기를 내 맞서게 되었다. 그리고 노력 끝에 조그만 결과를 거두었다. 이 청년은 그 결과를 귀하게 여기며 조금씩 키워 나가기 시작했으며, 주변 사람들도 알아볼 수 있을 만큼 뚜렷한 성공을 거두었다. 청년은 자신이 얻은 작은 성공을 가다듬고 발전시키며 자신의 일부로 만들어 간다. 이 모습은 나의 성공 과정이기도 하다.

내 경험을 토대로 대학 졸업생 4명을 모아 창업 실험을 해봤다. 이들에게 아이템을 제공하고 개발 자금도 지원했는데, 개발을 시작한 지 2년쯤 지났을 때 이들이 몹시 망설이고 있다는 걸 알았다. 〈과연 이게 사업이 될까?〉 의구심을 느끼는 것 같았다. 시간이 좀 더 흐르자 취업할 기회마저 놓치는 게 아닌지 불안해하는 모습이었다.

우여곡절 끝에 〈롬브〉라는 이름으로 체중계 제품이 완성되고 시판에 들어갔다. 첫 달에 30대, 둘째 달에 100대, 셋째 달에 120대로 판매가 늘어나면서, 그들은 완전히 다른 사람으로 바뀌었다. 눈에 보이는 성과에 흥분하고, 이제 자신들의 미래를 구체적으로 설계하기 시작했다. 드디어 꿈을 가지게 된 것이다. 물론 이 성공이 도착지는 아니다. 이제 겨우 몇 걸음을 내디뎠을 뿐, 앞으로 그들 앞에 어떤 험난한 길이 펼쳐질지 알 수 없다. 하지만 지나온 길이 불안과 의심의 연속이었다면, 이제부터는 희망을 품고 갈 것 같다.

오랜 노력과 도전이 성공으로 변하는 과정에서 분명한 종소리가 울려 퍼지는 〈시점〉이 있다. 나는 이 시점을 〈작은 성공〉이라고 말한다. 진로나 미래를 막연하게 걱정할 필요는 없다. 자신이 원하는 일에서 거둔 어떤 결과물, 그 작은 성공에서부터 시작하면 된다. 아름드리 소나무도 아주 작은 씨앗이 싹을 틔워 성장한 것이다.

경영인보다 전문가

아버지는 책이나 신문 기사를 읽다가 내용이 좋으면 내게도 〈읽어 보라〉고 권했다. 그중 일본의 한 배구단에 관한 실화를 다룬 글이 있었다. 지방 소도시의 작은 회사 직원들로 구성된 여자 배구단이 열심히 훈련해서 전국 대회에 나가 우승하고, 뛰어난 실력을 인정받아 그 단일팀으로 올림픽 출전까지 하게 되는 만화 같은 이야기였다. 선수 출신도 아닌 평범한 직장인들이 올림픽 선수가 되기까지, 그들은 피나는 노력을 한다. 그리고 자신들은 꼭 해낼 수 있다는 신념으로 서로를 이끌어 간다.

어렸을 때부터 나는 이런 이야기들을 좋아했다. 〈하면 된다〉는 신념, 어떤 역경을 만나도 이겨 낼 수 있다는 믿음, 원하는 것을 얻기 위해 끝없이 노력하는 끈기…… 이런 가치들을 실천하기 위해 노력했다.

내가 조금 성공을 거둔 뒤에는 이런 신념이나 가치를 더 많은 사람과 나누고 싶다고 생각하게 됐다.

나는 다른 사람의 성공에 관심이 많다. 잠재력 있는 젊은이들을 훈련해 멋진 기업의 CEO를 만드는 게 꿈이다. 나 자신이 젊은 시절 많은 방황을 겪은 뒤 창업했기 때문에, 젊은이들의 창업과 성공에 더 관심을 쏟게 된다. 〈인바디벤처센터〉에서 사무실을 무상으로 제공하며 창업에 관심 있는 학생들을 지원하는 일이나, 모교인 연세대학교 기계공학과 학생들을 세계 최대 규모의 ICT 융합 전시회인 「소비자 가전 전시회CES」에 참여하도록 지원하는 것도, 젊은 친구들이 〈창업〉에 관심을 기울였으면 하는 바람에서다.

공학도들이 창업에 도전해 볼 분야는 여전히 많다. 〈누가 더 열심히 노력해서 그 기회를 잡을 것인가〉의 경쟁이다. 선배의 역할은 젊은이들이 고민하고 연구할 환경을 만들어 주는 것이다. 무엇이 자기만의 아이템이며 성공 방식인지는 자기 스스로 찾아야 한다.

세계적 기업이 된 마이크로소프트와 구글, 그리고 애플도 처음에는 작은 벤처 기업이었다. 이들이 창업한 지 20~30년 만에 기존의 거대 기업들을 밀어내고 세계적 기업이 된 것처럼, 지금 창업하는 이 땅의 누군가가 20년 뒤에 구글과 애플을 능가하는 기업을 만들게 될지도 모른다.

창업하고도 나는 자신이 사업가라고 생각하지 않았다. 늘 나의 정체성은 〈엔지니어〉였다. 지금도 스스로 경영인보다는 전문가(스페셜리스트)라고 생각한다. 사업 초창기부터 〈절대 망하면 안 된다〉는 생각이 너무 강해 사업 전개에도 지극히 보수적이었다. 한참 뒤에야 〈좀 더 적극적으로 사업을 해봤더라면 좋았을 텐데……〉 하는 생각이 들었다.

㈜인바디는 매년 약 20퍼센트의 성장률을 보이며 독보적인 세계 1위라는 평가를 받고 있다. 이제는 이 안정적인 기반 위에서 여러 가지 도전을 해보고 싶다.

최근 출시한 〈인바디 BWA2.0〉은 세계 최초로 3MHz 고주파를 사용하여 인체 내의 총 체수분을 정확하게 측정할 수 있는 제품이다. 영양과 체수분 관리가 중요한 암 환자나 중환자들의 관리에서, 주관적인 의사 임상 소견보다 정량적인 수치로 관리가 가능하다는 점, 그리고 환자들의 수명 연장에까지 이바지할 수 있다는 자부심이 있다. 현재의 체성분 분석이라는 기능을 넘어, 이용자의 종합적인 건강 관리 정보를 제공하는 서비스 사업은 계속 구체화하는 중이다.

〈인바디〉라는 하드웨어의 원천 기술 위에서 확장할 수 있는 비즈니스는 열 배, 그 이상이라고 본다. 내가 잘할 수 있는 일은, 그 사업들의 가능성을 따져 기획하고, 길게 보며 발전시키는 것이다. 잘할 수 있는 일을 오래 할 수 있다는 게 얼마나 큰 행운인지 모른다.

요즘 가장 관심을 쏟는 연구 영역은 〈혈압계〉다. 현재 출시되는 혈압계 중 최고는 일본 〈오므론〉 제품을 꼽는다. 혈압계의 선두 주자인 오므론은, 뛰어난 품질로 세계 시장의 50퍼센트를 차지하고 있다. 그 오므론 제품을 뛰어넘는 혈압계를 만드는 게 목표다. 최고의 제품을 능가하는 기술, 그리고 일본 회사를 상대로 한 승리, 확실한 목표가 정해진 만큼 그걸 쟁취하기 위해 이번에도 최선을 다할 것이다.

〈간절한 열망은 자신이 원하는 결과를 가져온다〉는 신념의 마력을 나는 믿는다.

차기철 ㈜인바디 대표 이사. 연세대학교 기계공학과를 졸업하고, 한국과학기술원 기계공학 석사와 유타 대학교 생체공학 박사, 하버드 대학교 의과대학 박사 후 과정을 마쳤다. 1995년 인바디를 설립하여 1년 3개월 만에 체성분 분석기 〈인바디〉를 세상에 선보였다. 1995년 IR52 장영실상, 2012년 과학기술훈장 웅비장, 2019년 백남상 공학상, 2021년 상공의날 산업포장을 수상했으며, 2022년 IR52 장영실상 명예의 전당에 헌액되었다. 지금까지 약 20여 편의 논문을 발표하였으며, 80여 건의 특허를 보유하고 있다.

열망하는 사람은
자가 발전한다

김지섭

메르세데스-벤츠 해외 시장 관리 1본부장

2002년 10월 메르세데스-벤츠 코리아 최초의
신입 사원 선발 경쟁률은 800대 1이었다. 3일간
진행된 특별 면접에서는, 경쟁자와 협상하거나
팀별로 종이 교량을 제작하는 특이한 과제들이
주어졌다.

10년 먼저 만든 명함

평생 잊을 수 없는 강의가 있다. 그 두 시간은 내 인생에 가장 큰 동기 부여를 했기 때문이다.

〈기구학〉을 담당했던 기계공학과 최용제 교수님은 좀 특별한 분이었다. 강의 진행 방식이나 내용이 상당히 흥미롭고 재미있는 반면, 강의 시간에 떠들거나 다른 짓을 하는 학생은 가차 없이 강의실 밖으로 내쫓을 만큼 엄격했다. 강의 내용도 교재에 국한하지 않았다. 외제 자동차에 관한 정보가 거의 없던 그 시절, 람보르기니나 쉐보레 같은 차 이야기에서부터 학생들의 삶에 도움이 될 조언까지 그야말로 피와 살이 되는 내용들이었다.

그렇게 흥미롭던 기구학 종강 시간이었다. 교수님은 교재는 덮어 둔 채 작은 종이를 하나씩 나눠 주었다. 명함 크기의 흰 종이를 받아 들고 의아해하는 학생들에게 교수님이 말씀하셨다. 「나눠 준 종이는 여러분의 미래 명함이다. 10년 후 자기가 하고 싶은 일의 직함을 써봐라.」

뜻밖의 일이었다. 그때까지 구체적인 미래의 모습을 그려 본
적이 없었다는 사실을 깨달았다. 몇몇 친구는 카드를 받은 지
얼마 지나지 않아 내용을 적어 넣고는 강의실을 나갔다. 나는
선뜻 명함을 작성하지 못하고 있었다. 쉽게 결정할 문제가 아닌
듯했다.

그때부터 두 시간 동안 정말 진지하게 인생에 관해 생각해 봤다.
내가 좋아하는 것은 무엇인가? 내게 동기 부여가 되는 것, 내가
신나서 할 수 있는 일은 무엇인가? 끝없이 자신에게 질문을
던지며 생각의 가지치기를 이어 갔다. 그렇게 질문하고
정리하면서 오랫동안 마음속에 자리 잡고 있던 생각에
다다랐다. 그건 〈어떻게 하면 외국에 갈 수 있을까?〉 하는
물음이었다.
아버지의 외국 근무를 따라 중고등학교를 미국과 영국에서 보낸
나는, 다시 외국으로 나가고 싶었다. 일찍 맛본 자유로운 삶에
대한 열망이었다.
〈어떻게 하면 외국에 갈 수 있을까?〉
그 질문에서 출발해 방법을 찾고 생각을 정리해 보니 답은
의외로 간단했다. 외국계 회사에서 일하면 꿈을 이룰 수 있을
거란 생각이 들었다.
나는 교수님이 나눠 준 종이 위에 정성껏 10년 후 내 직함을
적어 넣었다.

〈외국 회사 임원 김지섭〉

교수님은 자신이 만든 명함을 지갑에 넣어서 다니라고
말씀하셨다. 늘 자신의 꿈을 잊지 말라는 당부를 그렇게 대신 한
것이다. 실제 나는 졸업 후 몇 년간 그 명함을 지갑에 넣고
다니며 가끔 꺼내 보곤 했다. 내 손으로 쓴 〈외국 회사
임원〉이라는 직함이 나를 분발하게 했고, 명함 속의 그 자리와
먼 지점에 있다고 느낄 때는 다시 마음을 다잡게 했다. 명함은
일종의 〈미래에 관한 셀프 보증서〉 같은 것이었다.

몇 년 후 지갑을 분실하면서 아쉽게도 명함은 잃어버렸지만,
나는 마침내 그 꿈을 이루었다. 대학을 졸업하고 정확히 11년
만이었다. 〈메르세데스-벤츠 코리아 제품 전략 기획팀 상무
김지섭〉이란 글자가 또렷하게 새겨진 명함을 갖게 된 것이다.

실패의 선물

나는 어렸을 적부터 〈자동차〉를 좋아했다. 환경의 영향도
있었다. 미국은 자동차의 나라다. TV를 켜면 차를 소재로 한
만화나 드라마를 흔하게 볼 수 있었다. 인공 지능 자동차 키트가
나오는 「전격 Z작전」이나 「A-특공대」는 내가 열광적으로
좋아한 프로그램들이었다.

런던에서 고등학교를 다닐 때는 마음에 둔 로망카도 있었다.
아침 등굣길에 지나던 골목에는 늘 검은색 벤츠 190E가 한 대
서 있었다. 190E는 C 클래스의 선조라고 할 수 있는 중형

세단인데, 등굣길에 보던 차의 버전은 쿠페였다. 1980년대
말부터 1990년내 초 당시 영국에서 유행하던 젊은이들의 차인
포드 에스코트나 MG 메트로와는 차원이 다른 넘사벽
차량이었던 데다가, 쿠페 버전은 당시 흔하지 않은 후방 펜더와
사이드 스커트가 장착되어 있어 자동차 애호가들에게는 감동 그
자체였다.

골목을 지날 때마다 고전적 디자인에 단단한 느낌의 그 차를
보면서, 〈언젠가 저 차를 가지고 말겠다〉고 생각하곤 했다.
그때까지만 해도 내가 자동차 회사에서 일하게 될 거라곤 전혀
생각하지 못했다.

대학 졸업 후 한두 차례 입사와 퇴사를 반복하다 국내 한
정유사에 정착하게 되었다. 입사 동기는 간단했다. 그 정유사는
외국 법인과의 합작 회사 형태였고, 근무하다 보면 외국에 나갈
기회를 얻을 수 있을 거란 기대를 하고 있었다. 그때까지 내
목표는 오직 외국에 나가는 것이었다.

그 당시 회사는 자동차 포털 사이트를 만들려고 준비 중인
단계였다. 스타트업을 하려면 투자를 받아야 하고, 그러기
위해서는 한글과 영어로 된 두 가지 버전의 도큐멘테이션이
필요했다. 나는 토익 만점자였다. 영어 도큐멘테이션을 만들기
위한 번역에서 그 실력을 유감없이 발휘했다.

하지만 그렇게 공을 들였음에도 그 사업은 결과적으로

실패였다. 국산 자동차는 물론 수입차의 신차와 중고차를 모두
거래할 포털을 만들었지만, 당시만 해도 인터넷이나 휴대
전화로 차를 산다는 걸 꺼리는 분위기였다. 어쩌면 사업 자체가
너무 시대를 앞서간 것인지도 모른다. 게다가 포털 이름이
〈얄개닷컴〉이었다. 야후와 함께 추진한 사업이어서 붙여진, 그
웃기는 이름을 나는 끝까지 반대했지만 소용없었다. 결국
파격적인 상호만 남긴 채, 신차 쪽은 포기하고 중고차는
SK엔카로 넘어갔다고 들었다.

신사업은 실패로 돌아갔지만, 전혀 소득이 없었던 건 아니었다.
그때 포털을 만들기 위해 자동차 업계에 관해 공부한 것들이
훗날 메르세데스-벤츠 입사에 상당한 도움이 되었기 때문이다.

그 당시 정유사들은 입사하면 대략 2년간 정유 공장에서
근무해야 했다. 업무가 힘들거나 조직 생활의 어려움이 있었던
건 아니었다. 문제는 나 자신이 느끼는 정체감이었다. 나보다
먼저 대기업에 취업한 선배들을 보며 〈따분한 삶〉이라고 느꼈던
그 상태 속에 내가 들어가 있었다.
어느 날 선배의 안내로 공장의 열 교환기 위에서 하루를 보낼
기회가 있었다. 정유 공장에서 나오는 열을 빼내는 열 교환기는
아랫목처럼 따뜻했다. 열 교환기 위에 누워 수많은 생각을 했다.
여자 친구 생각, 미래에 관한 고민, 그리고 마지막에 다다랐을
때 신통하게도 〈10년 안에 뭔가가 되겠다〉는 다짐을 잊지

않았다. 기구학 마지막 강의 시간, 내 손으로 직접 만든 그 명함을 늘 잊지 않고 있었다.

메르세데스-벤츠에 입사한 건, 역사적인 〈한일 월드컵〉이 열린 2002년이었다. 수입 자동차 회사 중 후발 주자였던 메르세데스-벤츠는 〈아시아 경영 어소시에이트 프로그램〉이라는 명칭 아래 신입 사원을 모집했다. 회사 차원에서 적극적인 글로벌 인재를 육성하겠다는 의도였다. 합격자는 신입 사원 그 이상의 혜택을 누릴 수 있었다. 한시적으로 호주에 가서 살 수 있고, 18개월의 교육 기간에는 외국에 두 번이나 보내 주는 조건이었다. 무엇보다 파격적이었던 건 벤츠 C 클래스 차량이 제공된다는 사실이었다. 2000년대 초반만 해도 서울 시내 거리에서 수입차 보기가 쉽지 않던 때였으니 엄청난 혜택이었다.

경쟁률은 800대 1로 치열했다. 장장 사흘에 걸쳐 진행된 면접은 지금도 기억에 남는다. 첫 번째는 산업 전반에 대한 지식을 어느 정도 갖추고 있느냐에 대한 테스트였다. 나는 이미 전 직장에서 자동차 관련 사업을 준비하느라 자동차 업계에 관한 조사와 공부를 충분히 한 상태였고, 그 지식을 응시 과정에서 충분히 발휘할 수 있었다. 그다음은 태스크를 주고 경쟁 상대들과 협상 업무를 시켜 그 능력을 보는 것, 그리고 세 명씩 조를 짜서 주어진 프로젝트를 수행하는 테스트도 있었다. 심지어 저녁을 함께하며 식사 예절은 어떤지 살펴보기까지 했다. 자신들이 뽑아야 할 대상의 협업 능력을 중시한다는 인상을 받았고, 업무 능력만이 아니라 일상생활에서의 예의도 중시한다는 걸 알 수 있었다.

800대 1의 경쟁률을 뚫은 합격자는 단 세 명이었다. 나는 메르세데스-벤츠 코리아 최초의 세일즈 마케팅 사원 중 한 명으로 선발되었다. 전 직장에서 자동차 관련 사업이 실패했을 때 적잖이 실망했지만 그 일을 준비하느라 공부하고 조사한 자료들은 원하는 회사로 이직하는 데 큰 자산이었다. 실패가 준 선물인 셈이다. 좋은 경험이건 쓰라린 경험이건, 모든 경험은 차곡차곡 쌓여 반드시 문제 해결의 도구가 된다는 걸 다시 생각할 수 있었다.

세일즈 마케팅의 밑천이 된 전공 지식

입사하고 얼마 지나지 않아 정말로 호주에서 일할 기회가 주어졌다. 국내에 메르세데스-벤츠 코리아가 설립되던 당시는 수입차 시장 전반이 원시적인 형태에 가까웠다. 우리 회사는 사무실 책상에서 실무를 가르치는 게 아니라 직원들을 현장으로 내보내 교육했다. 직접 실무를 담당하며 배우는 6개월의 OJT를 통해, 선진국의 수입차 시장이 어떻게 돌아가는지 직접 보고 배우도록 기회를 준 것이다.

업무 하나하나가 새롭고 흥미로웠다. 영업팀에서는 어떤 시스템을 쓰는지 보고 배울 수 있었고, 마케팅팀에 갔을 때는 직접 프로젝트를 수행하며 업무를 배울 기회도 있었다.

당시 호주에서는 메르세데스-벤츠의 〈스마트〉라는 2인승 차를 수입하게 되었고, 회사는 시드니 마라톤 대회 〈City2Surf〉 후원자로 참여하며 신차를 홍보하고 한창 마케팅 분위기를 띄우는 상태였다. 그 프로젝트에서 마라톤 대회 관계자들이 타는 〈폴로 미 카Follow Me Car〉를 비롯하여, 안내 차량과 결승선 도열 차량 등을 지원하는 후원 업무를 맡아 신나고 재미있게 일했던 기억이 난다. 곳곳에 주차된 스마트를 보러 온 사람들에게 차량에 관해 설명하고, 언론사 관계자들과 함께 스마트 10대를 몰고 시드니 시내를 돌기도 했다. 우리 차량 행렬을 보고 손뼉을 치며 좋아하는 어린이들과 호기심에 찬 시선 등 시민들의 호의적 반응을 보고 행사가 성공했음을 예감했다. 2000년대 초 메르세데스-벤츠의 스마트가 얼마나 파격적이었는지 자동차 관계자들은 잘 알고 있다.

메르데세스-벤츠의 직원이 되어 맡은 첫 프로젝트를, 한국도 아닌 호주에서 성공적으로 끌어낸 성취감은 말로 설명하기 힘들 만큼 벅찼다. 한 번도 상대해 본 적 없던 언론사, 차량 통관 에이전시, 차량 스티커 제작 업체, 차량 운송 업체, 그리고 시드니시 공무원과 마라톤 관계자들…… 그 속에서 이루어지는 업무 자체가 하루하루 배움의 연속이었다. 나는 서툴었지만 호주인 특유의 〈잇츠 올라이트! 괜찮아!〉 정신 덕분에 작은 실수들 속에서도 다시 더 좋은 해결책을 찾아낼 수 있었다.

외국에서도 내가 뭔가를 해낼 수 있다는 자신감을 확인하면서
명함이 다시 떠올랐다.
〈김지섭, 잘 가고 있어!〉

성공적인 이벤트로 신뢰를 얻은 후 시드니와 멜버른 지역을
돌아다니며 영업 사원들의 교육 현장을 경험했고, 호주 법인은
세일즈 프로세스에 관한 모든 비결을 나에게 전수해 줬다. 그
OJT를 통해 배운 것을 토대로 한국에 돌아와서는 한국
딜러들에게 세일즈 프로세스와 마케팅 방법을 교육하고
관리하는 업무를 맡았다.
메르세데스-벤츠에는 독특한 기업 문화가 있다. 직원이
한 업무를 5년 정도 담당하면, 다른 업무로 바꿔 주는 것이다.
직원들이 새로운 영역을 개발하고 가능성을 찾아 도전해 보라는
취지에서다. 그런데 어떤 사람은 다른 업무에 배치되면 회사를
그만두는 경우도 있었다. 새로운 업무에 적응할 자신이 없거나,
익숙해진 일만 계속하고 싶어 하는 사람들이었다.

이제까지 해오던 것과 다른 업무를 맡는 건 또 다른 도전이다.
나는 그 기회를 큰 도전의 발판으로 삼을 수 있었다. 2014년
나를 〈서비스 마케팅 상무〉로 보낸 브리타 제거 사장은, 내게
확실한 동기를 부여했다.
「서비스 분야 일을 제대로 배워 봐. 이 일을 잘 해내면 분명히

승진에 도움이 될 거야.」

브리타 사장의 말대로 어려운 상황들을 극복하고 서비스 마케팅 부분을 이끌어 가며 성과를 냈고, 2015년에는 고객 서비스 부문 총괄 부사장으로 승진하였다. 그리고 2020년에는 메르세데스-벤츠 코리아의 사장 직무 대행에 임명돼 최고위직에 올랐다.

내가 서비스 마케팅 상무로 임명될 당시 메르세데스-벤츠 코리아의 서비스 부서는 분위기가 좋지 않았다. 보통 자동차 회사에서는 판매가 8할이라면 서비스는 2할 정도를 차지한다. 그런데도 수익은 2할을 차지하는 서비스 쪽이 훨씬 높은 경우가 많다. 성숙한 자동차 시장일수록 더욱 그렇다. 그런데 당시 메르세데스-벤츠 코리아는 매출 9할에 서비스는 1할 수준이었다. 한마디로 서비스 분야를 그리 중시하지 않았다. 나에게 신임이 두터웠던 브리타 사장은 〈루저 디파트먼트〉로 인식되는 분야를 혁신하여 서비스에 대한 인식을 바꿔 보라며 한껏 의욕을 고취했다.

실제 일을 맡고 보니 서비스 분야는 상당히 복잡했다. 무상 고객과 유상 고객을 구분하고, 사고가 나면 유상 수리인지 보험 적용인지에 따라 상황이 달라졌다. 고객 불만도 일일이 대응해야 했다.

한번은 문제가 생긴 차량에 대해 고객 클레임이 발생했는데, 기술팀에서는 〈차를 고치기 힘들 것 같으니 차라리 환불해 주자〉고 했다. 사실 수리가 원활하지 않은 차들은 차량을 교체해 줌으로써 고객 클레임으로부터 빨리 벗어나는 게 더 간단한 해결책일 수 있다. 하지만 문제가 무엇인지 파악조차 하지 않은 채 차를 교체해 줄 수는 없었다. 생각 끝에 나는 차를 뜯어 보자고 제안했다. 고가의 차를 뜯어 보자는 과감한 제안에 기술자들은 난감해하는 눈치였다. 하지만 문제의 원인을 정확하게 알아야 그에 따른 수리나 보상을 할 것이고, 이후 같은 문제가 발생했을 때 적절한 처리를 하겠다고 판단했다. 소맷자락을 걷어붙이고 직접 작업에 참여해 차를 분해하다시피 하며 꼼꼼히 살펴보았다. 그리고 결국 문제가 무엇인지 찾아낼 수 있었다. 복잡한 상황이었지만, 간단히 말하면 회전축과 관련된 모멘트 토크 저항 문제였다. 학교에서 배운 동역학 지식을 이처럼 업무에 유용하게 쓰게 될 줄은 몰랐다.

그 일을 경험하며 중요한 사실을 깨닫게 되었다. 그때까지 〈세일즈 마케팅〉은 경영학 전공자가 해야 하는 일이라고 여겼던 생각을 바꾸게 된 것이다. 또한 사장이 서비스 부서로 나를 보낸 이유도 더욱 확실히 알게 되었다. 학창 시절 기계공학을 전공하면서 동역학이나 공업 수학을 공부할 때 〈왜 이런 걸 다 알아야 하느냐?〉고 잔뜩 푸념했었다. 하지만 결국 그 모든 것이 〈필요한 공부〉였다. 전공 공부에서 습득한 기계에 관한 지식이 있었기에 자동차를 뜯어 보고 문제를 이해할 수 있었다.

그 이후 내 앞에서 쉽게 〈차량 교환〉이나 〈환불〉을 이야기하는 딜러나 직원은 없었다. 간혹 문제가 생긴 차량을 마주할 때면 누구보다 자신이 있었다.

「그 차 엔진은 내려 봤어요?」

내가 기계에 관해 아는 사람이기에 기술자들도 내 의견을 가볍게 여기지 못했다. 내가 속속들이 아는 제품을 마케팅한다는 건 더할 수 없는 무기였다.

어느덧 나는 신차 판매와 마케팅에 서비스 전문가까지 되어 있었다. 그리고 메르세데스-벤츠 코리아의 가장 큰 부서를 이끌며 〈조직 운영〉에 대해서도 많은 것을 배웠다.

한 부서 또는 조직을 이끄는 일은, 직원들이 업무 성과만 내게 함으로써 완성되는 게 아니다. 나는 직원들이 자기 일에 대하여 〈중요성〉을 깨닫기를 바랐다. 그래서 서비스 부서원들이 어렵고, 복잡하고, 사람을 상대하는 까다로운 업무에 대해 루저 멘털이 아니라, 자신이 하는 일이 얼마나 중요한가를 생각하고 결과에 대해 자랑스러워했으면 하는 희망이 컸다.

첫 차는 영업 사원이 팔지만, 두 번째 차는 서비스 품질이 판다. 서비스가 좋지 않으면 재판매로 이어지기 힘들고, 충성 고객 즉 〈벤츠 팬〉이 생길 수가 없다. 내가 서비스 총괄을 맡은 6년 반 동안 부서원들이 그런 자존심을 가질 수 있도록 노력했고, 내가 처음 맡았던 2015년보다 지금 더 발전했기를 바란다. 최소한 우리 부서원 중에 루저는 단 한 명도 없다고 자부한다.

인생 비례의 법칙, 얻는 것과 잃는 것

어떤 사람은 이력만 살펴보고 내가 학창 시절 모범생이었을 거라는 매우 호의적인 추측을 하곤 한다. 대학 시절을 단적으로 설명하자면, 나는 2학년까지 4학기 동안 학사 경고를 세 번이나 받은, 아슬아슬한 학생이었다. 사람들이 상상하는 모범생과는 거리가 멀었다. 공부 잘하는 〈엄친아〉는 바로 우리 형이었다. 우리 형제는 아버지의 외국 발령 때문에 중고등학교 시기를 미국과 영국에서 보냈다. 형은 모든 걸 스스로 해내는 데다 공부도 잘하는 엄친아였다. 나는 형과 같은 학교에 다녔는데, 형이란 존재는 내게 영광이자 상처였다. 새 학기가 시작될 때 처음 만나는 선생님들은 내가 우리 형의 동생이란 걸 알고는 엄청난 호감을 보였다.

「네가 스티브 김 동생이야?」

나를 바라보는 눈빛에는 애정과 기대가 가득했다. 그럴 수밖에 없었던 게, 형은 성적만이 아니라 행동 하나하나가 모범생의 표본이었다. 다른 학생들이 하기 싫어하는 일도 형은 자청해서 도맡았다. 쉬는 시간에 학교 매점에서 빵이나 우유를 파는 아르바이트는 늘 인기가 없었다. 짧은 휴식 시간을 일하는 데 쓰려는 사람은 없었던 것이다. 그런데 형은 자청해서 그 일을 했다. 그리고 보수로 받은 푼돈을 아껴서 부모님과 나에게 선물을 사주곤 했다.

형과 달리 나는 공부와 학교 생활에 별 열정이 없었다. 수업을

빼먹는 날이 적지 않았고, 수업에 들어가도 몰래 빠져나와
혼자만의 시간을 보내곤 했다. 새벽에는 부모님 몰래 집을 나와
창고 파티장에서 밤을 보내기도 했다. EDM 음악이 영국에서
시작되었다는 사실을 아는 사람은 많지 않을 것이다. 그 시절
영국에서는 폐업한 창고 같은 곳에 레이저 장비와 음향 시설을
갖추고 나이트클럽을 운영하는 곳들이 있었다. 어둑한 공간
귀를 찢는 듯한 테크노 음악 속에서, 약에 취해 눈이 풀린
젊은이들이 청춘의 무게를 견딜 수 없는 것처럼 흔들거렸다.
밤새도록 그런 창고의 구석에 박혀 있다가 아침 7시쯤 집으로
돌아오곤 했다.

10대 시절 나의 방황은 내 의지와 상관없는 외국 생활, 그것도
한곳에 정착하지 못하는 삶에 대한 불만이었다. 아버지가
직장에서 미국으로 발령이 나는 바람에 중3 때 갑작스러운 외국
생활이 시작됐다. 나는 그때 기준으로는 조숙하게도 여자
친구가 있었는데, 그 친구와 이별해야 한다는 게 너무 힘들었다.
요즘처럼 SNS나 국제 무료 통화 수단이 없던 때라, 적은 용돈을
쪼개서 전화 카드를 사곤 했다. 겨우 4, 5분간 이어지는 국제
전화는 아쉽기만 했다. 전화기를 붙잡고 말은 몇 마디 하지도
못한 채 펑펑 울곤 했다. 〈이별〉이나 〈그리움〉이라는 아픈
감정을 감당하기에 벅찬 나이였다.
더 견디기 힘들었던 건, 온 가족이 미국으로 이주한 지 얼마

지나지 않아 아버지가 또다시 영국으로 발령 난 것이었다. 이제
겨우 생활에 적응하고 친구도 사귀었는데……. 형과 내 학교는
물론 거주지까지 정해진 상태라 이번에는 영국과 미국으로
나뉘는 두 집 신세가 되었다. 하지만 1년 3개월 정도 지나
우리는 한 가족 두 나라 생활을 청산하기로 했다. 경제적으로나
심리적으로 가족 모두 너무 힘들었기 때문이다. 결국 형과 내가
영국으로 학교를 옮겨 가게 되면서, 나는 그사이 정이 들었던
친구들과 또다시 헤어져야 했다.

〈도대체 나한테 왜 이러는 거야?〉

그때 나는 늘 화가 난 것 같은 상태였다. 그렇지 않아도 한창
감수성 예민하고 친구 좋아하는 나이에, 나의 의지와 상관없이
반복되는 이별이 너무 힘들었다. 좋아하는 사람들과의 관계를
잃는 상처가 너무 컸다. 〈그래도 조기 유학으로 남보다 빨리
영어 실력을 갖추게 된 건 인생의 플러스가 아니냐?〉고 말하는
사람들에게 나는 주저 없이 〈No!〉라고 말한다. 영어 실력을
얻는 것보다 〈정서적 뿌리를 내리지 못하는 상태〉가 너무
고통스러웠다. 만약 내게 선택권이 있었다면 나는 정서적으로
안정된 삶을 선택했을 것이다. 인생에서 무언가를 얻기
위해서는 다른 한쪽의 상실을 감수해야 할 때가 있다는 걸
나이가 든 다음에야 받아들였지만, 그때 나는 아직 어렸다.

방황은 곧 일탈로 이어졌다. 영국은 성인과 동반하면 16세부터
음주가 가능했다. 동네 형들을 따라다니며 술을 마시고 심지어

담배도 피웠으니 학교 생활이 제대로 될 리가 없었다. 뭘 하고
싶은지도 모르겠고, 만신창이가 되고 만 것 같았다.

아버지의 영국 근무가 끝나고 한국으로 돌아오는 과정은 더
극심했다. 형은 미국으로 건너가 공부하게 하고, 나는 한국에
돌아와 대학에 진학해야 한다고 했다. 형은 혼자 두어도 걱정할
게 없지만, 문제 많은 나는 부모님이 지켜봐야 한다는 게
이유였다. 한국에 돌아와 대학에 진학해야 한다는 말은, 곧
한국식 입시 준비를 해야 한다는 의미였고 그때까지 공부한 적
없던 국어와 역사를 새롭게 공부한다는 건, 갑자기
에베레스트산에 오르는 것과 같은 전혀 다른 경지였다. 그러나
한국적 사고에 익숙한 우리 부모님에게는 〈무조건 주입식
교육〉이라는 대책이 있었다. 1년 동안 하루 여덟 시간씩의 과외.
〈수학의 정석〉과 〈국어〉 공부를 집중적으로 했다.
돌이켜 보면 예민한 감수성으로 극심하게 방황했지만, 그
이면에는 내 나름의 끈기도 있었다. 거의 지옥 훈련 수준인
1년간의 과외를 거쳐 어쨌거나 대학 입시를 통과했으니 말이다.
〈기계공학과〉를 선택한 건 형의 조언 덕분이다. 미국에서
항공기계공학을 전공하던 형은 내게 기계공학과에 진학하라고
권했다. 공부 잘하고 완벽한 형에 대한 신뢰 때문이었을까? 나는
형이 권한 대로, 망설임 없이 기계공학과에 지원했다.

기계공학의 정의는 〈도전〉이다

기계공학과에서 〈역학〉을 그렇게 많이 공부할 줄은 정말
몰랐다. 아마 전공 공부에 대한 완벽한 정보를 파악하지 못하고
기계공학과에 진학한 학생이라면 나처럼 당황하는 사람이
있을지도 모른다. 소위 4대 역학으로 지칭되는 재료 역학,
열역학, 동역학, 유체 역학……. 〈기계공학과가 아니라 역학과로
개명해야 하는 거 아니냐?〉는 볼멘소리가 절로 나왔다. 그러나
기계공학이 결국 역학이라는 사실을 파악하게 되면서 조용히
운명에 순응해야 했다.

대학 시절 내 최대의 시련은 〈공업 수학〉이었다. 나는 수학을 못
하는 편이 아님에도 공업 수학은 마치 외계의 학문 같았다.
적분을 두세 번 더하고 부피를 적분하면 뭔가 된다는데, 그게
뭔지 영 알아들을 수가 없었다.

〈뭐 하러 적분을 두 번 더하지?〉

아무리 이해하려고 애를 써도 안 되자, 급기야 공업 수학을 못
하는 이유를 합리화하기 시작했다.

〈삼중 적분 같은 걸 이해하고 척척 푸는 사람은 절대 평범한
인간이 아닐 것이다, 이런 고난도 문제는 우주로 쏴 올릴 로켓
궤적을 계산하거나 파생 상품 같은 걸 만드는 천재나 수재들이
해결할 분야다, 고로 나처럼 평범한 사람이 이해를 못 하는 건
당연한 일이다…….〉

이런 자기 편의적 논리를 전개하며 스스로를 위로했다. 하지만

어떤 이유로 합리화를 해봐도 F 학점을 피할 길은 없었다. 군대에 다녀와 재수강을 했지만 공업 수학은 끝내 이해할 수 없는 영역이었다. 결국 이해하는 걸 포기하기로 했다. 복잡한 풀이를 달달 외워서 시험을 치렀고 재수강에서 C 학점을 받은 것만도 다행이었다.

공업 수학은 참패했지만 내가 흥미를 느끼는 과목은 최선을 다해서, 그리고 재미있게 공부했다. 기구학 수업은 여러 가지 의미에서 재미있었고 기억에 남는다. 기구학 1학기 말 시험은 필기가 아닌 실기 제작이었는데, 과제 조건은 다음과 같았다. 〈각자 물품을 사서 A4 용지 상자 안에 들어갈 정도 크기의 기구를 만들되, 그 기구가 2미터 전진했다가 다시 2미터 후진하도록 완성할 것.〉 구로에 가서 팔과 다리 역할을 할 부품이 든 〈과학 상자〉를 사고, 청계천에서 〈PCB 보드(인쇄 배선 회로용 기판)〉를 샀다. PCB 보드는 브레인을 만들 재료였다. 그것들을 이용해 모터 두 개로 다리를 만들고, PCB 보드의 플러스 마이너스 전류를 반대로 줘서 설정한 거리만큼 전진했다가 다시 후진하도록 설계했다. 결과는 성공이었다. 정확히 2미터를 전진한 후 다시 2미터를 후진하는 도구를 보면서, 작지만 짜릿한 성취감을 느꼈다. 기구학은 A 학점이었다.

그런데도 전공 수업은 대체로 어려웠다. 커리큘럼 자체가

도전이었다. 피 말리는 쪽지 시험은 왜 그렇게 자주 보는지,
교수님들이 악마처럼 느껴질 때도 있었다. 실습은 또 어떤가?
다른 학생들은 축제 분위기에 한껏 들떠 있는 화창한 봄날,
후줄근한 교련복 차림으로 불꽃 튀는 용접을 하거나 네모난
쇠를 동그랗게 만들기 위해 팔이 빠지도록 줄질할 때면 〈내가 왜
기계공학을 선택했을까?〉 회의에 빠지기도 했다. 하지만
사회생활을 시작하고 특히 자동차 회사에서 일하게 되면서,
내가 기계공학을 전공했다는 게 행운처럼 느껴질 정도였다.
어려워서 학점이 낮았건, 흥미를 느껴서 성적이 좋았건, 대학
시절 공부해 두었던 모든 것은 쓰임이 있다. 어떤 문제에 부딪혀
해결 방법을 찾으려고 끙끙거리다가 대학 시절 낡은 교재를
들춰 볼 때가 있었는데, 가물가물 잊혀 가던 강의 내용이
떠오르며 단서를 찾을 때도 있었다. 그럴 때면 강의실에서부터
축적해 온 시간이 현재의 나를 만들었다는 사실에 가슴 한편이
찡해진다.
지금은 어디에서건 자랑스럽고 당당하게 말한다.
「저는 엔지니어입니다!」

터닝 포인트

냉정하게 말하건대 대학 시절 나는 좀 애매한 학생이었다.
공부는 적당히 하면서 열심히 놀았던 나에게 전환점이 된 건
〈군 입대〉였다.

학사 경고를 세 번이나 받고 2학년을 마쳤을 때, 아버지는
직장에서 다시 LA로 발령받았다. 형은 이미 미국에서 공부하고
있었기에 나도 미국으로 데려갈 줄 알았다. 그런데 부모님은
이번에도 고개를 저었다.

「넌 이제 군대에 가라.」

첫째 이유는 미국 학비가 비싸서 형에 나까지 뒷바라지하기
힘들다는 거였지만, 내심 다른 기대를 했던 것 같다. 공부는
대충이고 노는 데 열성인 아들에게는 군대가 안전하며, 잘하면
군 생활을 통해서 철들지도 모른다는 기대였을 테다. 그러니까
나는 나라를 지키고, 군대는 나를 지키는 특이한 구조가
만들어진 셈이다. 아버지의 미국 발령은 2월이고 내 입대
시기는 7월인데 얼마나 미덥지 않으면 〈절대 학교도 다니지
말고 놀다가 군대에 가라〉고 당부했을 정도였다. 그러면서
컴퓨터 학원과 타자 학원에 다닐 비용은 넉넉하게 따로 챙겨
주었다. 한마디로 〈행여 학교 다니면서 친구들과 놀 생각 말고
행정병이 되기 위해 필요한 준비나 열심히 하라〉는 현실적인
압력이었다.

부모님은 미국으로 떠나고 신촌 원룸에서 혼자 지낸 5개월 동안,
입대를 앞둔 스물한 두 살 남자들이 느끼는 온갖 불안과 갈등은
다 겪었던 것 같다. 자유롭고 독립적인 내 본질이 군대라는
집단생활 속에서 깨져 버릴 것 같은 두려움이 앞섰다.

20대 시절의 나는 온갖 깔끔한 티를 다 내는 성격이었다. 찌개를

먹을 때 친구가 숟가락만 한 번 담가도 그 음식을 먹지 않았고, 길거리 음식조차 먹지 않았다. 더구나 단체 생활이라니……. 누군가와 함께 자야 한다는 것도 걱정이었다. 땀 냄새 풍기는 남자들 옆에서 잔다는 건 생각만으로도 견디기 힘들었다. 하지만 결론부터 이야기하자면, 나는 군대 생활을 통해 길거리 음식을 맛있게 먹게 됐고, 땀 냄새 풍기는 남자들 속에서 자는 것도 극복했으며, 심지어 유격 조교로 병사들의 모범이 되기까지 했다.

처음부터 군대 생활에 잘 적응했던 건 아니었다. 한여름 훈련소는 훈련 자체보다 무더위를 견디는 게 힘들었다. 온몸에 땀띠가 돋아 사람 피부인지 파충류 표피인지 헷갈릴 지경이었다. 도무지 적응할 수 없을 것만 같았다. 그런데 시간이 지나고 군대 생활에 적응하며 〈규칙적 생활〉에 이점이 많다는 걸 알게 됐다. 규칙적으로 먹고 자고 몸을 움직이자 자연스럽게 육체가 건강해졌고, 정신적으로도 강해지는 걸 느꼈다. 나는 1급 현역 판정을 받고 5기갑 여단 소속 39전차 대대에서 군 복무를 했다. 정비 대대에서 총포와 탱크 부품을 관리하는 보직이었다. 지금도 그렇지만 군대는 정말 다양한 능력을 갖춘 별의별 사람이 다 모이는 곳이다. 그 사람들과 어우러져 잘 지내는 것도 하나의 퀘스트다. 군수 행정병으로 일주일에 한 번씩 여단에 부품 보급을 받으러 갔다 올 때면, 선임이 시키는 은밀한 심부름이 있었다. 대부분 사제 물품을 반입하는 일이었다. 그런 심부름을 요령껏 해내는 것만으로도 칭찬과 인정을 받았다.

우리 부대가 미2사단과 합동 훈련할 때는 전투 대대장 통역으로 차출되기도 했다. 연세대학교 공대생에 영어 능통자라는 게 알려지면서 나를 바라보는 동기나 선임들의 시선이 달라졌다. 〈사람들이 나를 좋아한다〉는 건 그저 우쭐해지는 기분이 아니라 정서적인 포만감이었다. 그런 경험을 통해 〈칭찬받으면 더 잘하고 싶은 마음이 생긴다〉는 걸 알게 됐고, 〈나도 중요한 사람이 될 수 있다〉는 더 큰 자신감을 얻게 됐다. 군대를 그렇게 부정적으로 생각했던 내가 유격 조교까지 하게 되리라고는 나 자신도 생각하지 못한 일이었다.

입대 전까지만 해도 앞날에 대해 확신이 없었다. 뚜렷한 계획도 없으면서 〈제대하면 미국으로 갈까?〉 하고 생각했다. 그런데 군에서 시간이 흐르며 〈제대하면 더 열심히 공부하고 한국에서 대학을 마치겠다〉는 생각으로 바뀌었다. 현실 인식이 긍정적으로 바뀌기 시작한 것이다. 실제 제대 후 복학했을 때 공부에 관한 나의 태도는 확실히 달라져 있었다.

어떤 사람은 입대를 청춘의 한 시기를 빼앗기는 것처럼 억울하게 생각한다. 하지만 나는 지금도 〈내 인생의 터닝 포인트는 입대였다〉고 자신 있게 말한다. 단점을 극복하고,

자신감을 찾은 값진 기회였다. 어떤 기회를 유익한 것으로 만드느냐, 헛된 것으로 만드느냐는 자신이 그 기회를 어떤 마음으로 어떻게 활용하는지에 차이가 있다고 믿는다.

「내가 기계에 관해 아는 사람이기에 기술자들도 내 의견을 가볍게 여기지 못했다. 내가 속속들이 아는 제품을 마케팅한다는 건 더할 수 없는 무기였다.」

메르세데스-벤츠의 심장인 독일
슈투트가르트 본사. 세상을 움직이려는
우리 회사의 목표를 엿볼 수 있다.

나의 인생 도서인 『연금술사』. 나는 이
책에 나온 〈열망하다〉라는 말을
좋아한다. 간절히 원하기에 노력하고
시도하며 이 자리에 올 수 있었다.

나는 외부 자극을 적극적으로
받아들이고 좋은 영향을 에너지로
바꾸어 스스로 동기화한다. 그게 나의
원동력이다.

Aspire, 너의 열망은?

군대에 다녀온 뒤 복학했을 때, 모델 지망생인 여자 친구가 있었다. 그 친구는 늘 가방 속에 책을 가지고 다녔는데, 책 읽는 속도가 상당히 빨랐다. 자신이 읽어 보고 내용이 좋은 책은 내게도 권했다. 주변으로부터 별로 간섭을 받아 본 적이 없는 내게 〈담배 좀 그만 피우라〉고 잔소리하기도 했다. 좋아하는 이성 친구를 넘어, 참 괜찮은 사람이었다.

그 친구를 통해, 모델이라는 직업이 겉으로는 화려해 보이지만 이면에는 고충도 많다는 걸 알게 됐다.

「너는 왜 모델이 되려고 하니?」

「내가 원하는 일이니까. 난 꼭 모델이 될 거야!」

자신이 원하는 목표를 이루기 위한 친구의 노력과 열정은 대단했다. 끊임없이 공부하고 연습하는 모습을 보면서 〈사람이 무언가를 저렇게 간절하게 갈망할 수도 있구나〉 하고 감탄했었다. 그때까지 나는 어떤 것을 그토록 열망해 본 적이 없었다. 무언가를 이루고자 하는 〈집념〉이라는 단어를 형상화하면, 바로 그때의 친구 모습일 것 같다. 연애에서도 배울 게 있었다.

나는 조금이라도 본받을 게 있는 사람의 조언에는 절대적으로 순응한다. 여자 친구의 조언도 적극적으로 받아들였다. 그 영향으로 책도 많이 읽었다. 20~30대에 읽는 책들은 사고 영역을 넓히는 것만이 아니라 인생 전반에 지대한 영향을 미친다. 그때 읽었던 책들 중 지금도 가장 좋아하는 책은 파울로 코엘료의 『연금술사』다. 꿈을 믿고 그것을 실현하기 위해 먼 여정을 떠나는 양치기 산티아고를 통해, 작가는 질문을 던진다. 〈자신이 진정으로 원하는 것은 무엇이고 또 삶의 의미는 무엇인가?〉

그건 바로 그 당시 내가 골몰하고, 또 골몰했던 문제였다. 군대를 다녀와 복학 후, 잠시 방황하던 때가 있었다. 첫 번째는 IMF 외환 위기가 터져서 미국 유학 계획이 좌절됐을 때였다. 외환 위기가 닥치자 달러당 700~800원이던 환율이 2천 원으로 치솟았다. 초유의 외환 위기로 이미 유학을 가 있던 사람들도 비용 부담을 이기지 못하고 귀국하는 사태가 발생했다. 유학 뒷바라지가 어려워지자 부모님은 〈한국에서 취업하라〉고 권했다. 내 마음속은 여전히 외국에 나가 일하고 싶다는 생각으로 가득한데…… 나는 뭘 해야 하지? 복잡한 도로의 한복판에서 방향을 잃은 것 같았다. 대학 3학년 때였다. 두 번째는 아버지가 직장에서 겪는 부침(浮沈)을 보면서였다. 아버지는 평생 자신이 맡은 일만 묵묵히 해온 사람이었고, 대학 졸업 이후로는 큰 기복 없는 삶을 살아온 분이었다. 그런 아버지 덕분에 일찍이 외국 생활을 경험하고 다른 사람보다 많은 혜택을 받았다. 그런데 아버지가 본인 의지와 상관없이 세상의 복잡한 셈법에 따라 고초를 겪는 걸 보면서, 정말 많은 생각을 했다. 아들로서만이 아니라 같은 남자로서, 세상을 살아간다는 것에 대해 많은 생각을 한 기회였다. 유학 좌절로 흐트러졌던 마음을 다시 한번 다잡았다.

〈제대로 살아야겠다!〉

그렇게 흔들리고 다잡기를 되풀이할 즈음 읽은 『연금술사』는 한 줄, 한 줄 내 가슴을 울리다 못해 각인되는 듯했다. 문장이 얼마나 좋았던지 한글판, 영어판, 스페인어 원서까지 구해서 몇 번을 읽었다.

> When you want something, all the universe conspires in helping you to achieve it. (네가 무언가를 간절히 원할 때, 온 우주는 너의 소망이 실현되도록 도와준다.) It's the possibility of having a dream come true that makes life interesting. (인생을 흥미롭게 만드는 건 꿈을 이룰 수 있다는 가능성이다.)

aspire. 열망하다. 내가 가장 좋아하는 단어다.

내가 추구하는 인생은 명료했다. 곧고 바르게 열심히 살아서 성공하는 것. 스스로 자랑스럽다고 자부할 수 있는 삶이 목표였다. 무언가를 열망하는 사람은 간절함을 갖는다. 간절하기에 포기하지 않고 끝없이 시도하고 도전한다. 포기하지 않기에 그 열망을 이룰 수 있는 가능성이 있다. 코엘료의

표현처럼, 기대하는 무언가를 이룰 가능성이 있는 인생은
얼마나 흥미로운 날들인가?
예전의 내가 그랬던 것처럼, 잠시 길을 잃은 기분이라면
스스로에게 조용히 물어보길 바란다.
〈나는 무엇을 열망하고 있는가?〉

외국어 실력에 정직해야 하는 이유

나는 남보다 이르게 갖춘 영어 실력의 덕을 크게 봤다. 군
생활에서, 취업할 때, 그리고 직장 생활에서도 남보다 뛰어난
영어 실력은 확실한 무기였다. 요즘은 영어 실력은 필수고, 그
외에 또 다른 외국어 구사 능력이 있어야 경쟁력 있는 것으로
여긴다. 세계적 기업에서 일하려면 외국어 능력은 당연한
조건이다. 그러나 어설픈 실력을 믿었다가는 오히려 마이너스가
될 수도 있다. 이 사실을 말하려면 내 쓰라린 경험을 고백해야
할 듯하다.

2017년 메르세데스-벤츠 독일 본사에서 면접을 본 적이 있다.
전 세계에 부품을 판매하는 〈마케팅 총괄 책임자〉를 뽑기 위한
인터뷰였다. 글로벌 기업에서 일하는 사람들이 본사 근무를
희망하는 가장 큰 이유는, 본사에서 주요 업무를 수행해 봐야
확실한 네트워크가 구축되기 때문이다. 2017년의 마케팅 총괄
책임자 선출에는 각국에서 30명 정도가 지원하고, 그중에서

1차로 다섯 명을 추린 후 독일에서 면접을 진행하도록 예정돼
있었다. 나는 메르세데스-벤츠 코리아 임직원들의 격려와
응원을 받으며 마치 국가 대표라도 되는 기분으로 면접을 보러
갔다.

그 면접은 처음부터 끝까지 잊히지 않는다. 나는 그동안 착실히
경력을 쌓아 왔고 충분히 본사에서 근무할 자격이 된다고
생각했기에 어느 정도 기대감도 있었다.

패널 인터뷰는 영어로 진행되었다. 그런데 인터뷰 진행 중
면접관 한 사람이 〈독일어를 할 줄 아느냐?〉고 물었다. 나는
별생각 없이 〈조금 할 줄 안다〉고 답했다. 실제 나는 어느 정도
독일어 구사 능력을 갖추고 있었다. 그러나 불과 몇 분 만에
나는 그 대답을 후회했다.

독일어로 질문하는데 대체 무슨 말인지 알아들을 수가 없었다.
드문드문 단어들이 귀에 들어오긴 했다. 하지만 질문 내용을
제대로 파악하지 못하니 답할 수가 없었다. 이마에 식은땀이
배어났다. 그런 나를 바라보던 면접관이 냉정하게 말했다.

「지금 내가 한 질문들은 아주 기본적인 것들인데, 이런 내용에도
답하지 못할 정도면 독일어를 할 수 있다고 말하면 안 되지
않나요?」

송곳 같은 지적을 받는 순간, 그야말로 정신력이 산산이 깨져
버리는 느낌이었다. 변명의 여지가 없었다.

다섯 명이 치른 면접에서 내 최종 성적은 2등이었다. 1등이 되지

못한 이유는 독일어 때문이었다. 독일어 실력이 미흡하다는
자체보다, 부족한 언어 실력임에도 〈독일어를 좀 한다〉고 답한
게 더 마이너스 요인이었을 것이다.

그 면접 실패 이후 독일어 공부에 총력전을 기울였다. 본사 근무
지원은 둘째 문제였다. 어설픈 실력으로 진땀을 흘렸던
굴욕에서 벗어나야 했다. 의욕적으로 독일 문화원의 〈괴테
인스티튜트〉에 등록했다. 일주일에 세 번 저녁 강의를 듣기 위해
저녁 약속이나 모임도 모두 포기했다. 그런데도 독일어는
생각만큼 늘지 않았다. 회사 업무를 마치고 저녁 7시부터
10시까지 수업을 들으려니 몸이 너무 힘들고 나중에는 만성
피로 상태가 되었다. 하지만 포기란 있을 수 없었다. 고민 끝에
내게 조그만 즐거움을 주던 아침 골프 연습을 포기하기로 했다.
아예 단독으로 선생님을 모시고 업무 시작 전 오전 한 시간씩
독일어 공부에 전념했다.
외국어를 배우기에 제일 쉬운 방법은 대상 언어의 이성 친구를
사귀는 거라고 하지만 난 그 방법을 쓰기엔 이미 늦었다. 하지만
요즘은 마음만 먹으면 언어 배우기가 정말 수월한 환경이다.
유튜브로 원어 뉴스, 드라마, 영화 등을 시청하고 스마트폰에
앱을 깔아 오후에 커피 마시며 문장도 만들어 보고 하니 할
만했다. 외국어 공부는 어휘력이 첫째다. 단어와 그 단어가
들어간 적용 문장을 외우고 또 외웠다. 단어 1천 개 정도를

외우고 나니까 그제야 듣고 말하기가 좀 편해졌다. 독일어
능통자가 되지는 못하겠지만 전체적인 이야기의 흐름만
따라가도 어느 정도 성공이다. 독일어를 듣고 영어로
대답하거나 자기 생각과 태도를 결정할 수 있는 정도만 돼도
업무에 많은 도움이 된다. 상대방이 이야기하는데 멍하게
앉아서 〈무슨 소리인가〉 하는 것보다 동료들에게도 최소한 이런
노력은 보여야 한다고 생각한다.

외국 회사에서 일하기 위해서는 그 나라의 언어 구사 능력이
실력인 동시에 예의라고 할 수 있다. 우리나라 기업에서 일하는
외국인들이 한국어를 배우기 위해 노력하면 부가적인 인정을
받는 것과 마찬가지다.

셀프 모티베이션

나는 행동주의자다. 무엇인가 필요를 느끼면 곧바로 행동한다.
몽테뉴나 돈키호테를 존경하는 이유도 그들의 두려움 없는
행동력 때문이다. 내가 운동을 적극적으로 하게 된 동기도
행동력 덕분이었다.

2015년 그리스인 디미트리스 실라키스 사장이 메르세데스-
벤츠 코리아를 이끌고 있을 때였다. 사장과 나는 함께 부산으로
출장을 갈 기회가 있었다. 그 무렵은 나름대로 열심히 운동하던
때라 아침에 피트니스 센터에서 운동하다가 창밖을 내다보니,
해운대 바닷가를 열심히 뛰는 사장이 보였다. 아침을 먹으면서

우리는 자연스럽게 운동 이야기를 하게 됐다. 사장은 실내에서 러닝 머신 위를 달리는 나를 이해하지 못하겠다는 듯 말했며.
「날씨가 이렇게 좋고 바다도 멋진데, 왜 햄스터처럼 기계에서만 뛰고 있나?」
사장의 제의로 그다음 날 아침 함께 바닷가를 뛴 게 반전의 계기였다. 아침 공기를 마시며 바닷가를 뛰어 보니 실내에서 러닝 머신 위를 뛰던 때와 완전히 기분이 달랐다. 계속 그 기분을 느끼고 싶었다. 서울로 돌아온 다음에는 남산 산책로를 달렸다. 그렇게 매일 뛰다 보니 어느새 10킬로미터는 쉽게 뛸 수 있게 됐다. 자전거도 타기 시작했다. 그것 역시 꾸준히 하다 보니 100킬로미터 정도는 가볍게 타며, 서울에서 춘천 정도는 자전거로 쉽게 다녀올 수 있게 됐다.

어느 날 문득 〈수영만 좀 하면 철인 3종 경기에 나갈 수 있겠다〉는 생각이 들었다. 이 역시 곧바로 실천에 옮겼다. 2021년 1월부터 집중적으로 수영 연습에 들어갔다. 본격적인 연습에 들어간 지 6개월 후에는 1.5킬로미터를 40분에 주파할 수 있게 되었다. 수영 실력은 기분 좋게 날로 늘고 있다. 이제 목표는 확실하다. 독일에서 근무하면서 〈철인 3종 경기〉에 도전하는 것이다. 물론 완주가 목표다.

그날 〈왜 햄스터처럼 기계 위에서만 뛰느냐〉며 자극을 준 사람이 없었더라면, 나는 여전히 스포츠 센터에서 운동하며 철인 3종 경기 같은 건 꿈도 꾸지 못할지 모른다.

내게는 결정적인 순간마다 좋은 자극과 영향을 준 사람들이 있었다. 그리고 그 좋은 영향을 받으면 나는 곧바로 행동으로 옮겼고 한 걸음씩 더 나아갈 수 있었다.

종강 시간에 명함을 만들게 한 최용제 교수님은, 내게 의미 있는 영향을 준 첫 번째 인물이다. 그의 강의는 늘 흥미로웠다. 교재에 있는 내용만이 아니라 연관 분야에 관해서도 다양한 지식을 얻을 수 있었다. 람보르기니나 쉐보레에 관한 이야기는 교재에 나오지 않는 것들이었지만, 그런 이야기들이 덧붙여져 전공 공부에 대한 흥미를 배가시켰다. 〈10년 뒤 자기 모습을 생각해 보고 명함을 만들어 보라〉고 했던 시간은, 내 인생 전체에 걸쳐 가장 값진 고민을 했던 두 시간으로 남아 있다.

두 번째 인물은 첫 직장이나 다름없는 정유사 기획팀에서 만난 류기돈 선배다. 그때까지 공돌이 마인드에 머물렀던 나를 경영자 마인드로 바꿔 준 사람이다. 경영에 대한 그 이전 내 지식은 〈매출에서 비용을 뺀 게 수익〉이라는 완전 초보 수준이었다. 그런 내게 선배는 DPL이라는 경제성 평가 프로그램을 가르쳐 주고 그걸 활용할 수 있도록 이끌어 주었다. 예측할 수 있는 모든 변수를 상정해 현재 가치Net Present Value를 결정하는 방식을 세세하게 알려 주었다. 경제성 평가가 완벽하게 이루어져야 사업을 할 것인지 말 것인지가 결정되었다. 그런 업무들을 배워 나가며 경영에 대해 조금씩 이해하기 시작했다. 한마디로 〈공돌이 마인드에서 경영자 마인드로〉 발전하는 발판을 만들어 준 셈이었다.

내게 지대한 영향을 미친 세 번째 인물은 현재 메르세데스-벤츠의 마케팅 및 판매 책임자인 브리타 제거 관리 이사다. 나를 서비스 부서로 보내 〈서비스 마케팅〉에 눈뜰 수 있도록 기회를 준 바로 그 사람이다. 그녀는 여러 직함을 가지고 있지만 한마디로 요약하면 메르세데스-벤츠 본사 보드 멤버로 서열 2위의 막강한 실력자다.

2013년 브리타 제거가 메르세데스-벤츠 코리아 대표로 부임했을 때, 그녀는 세쌍둥이를 기르는 43세의 워킹 맘이었다. 육아와 직장 일을 거의 예술적으로 양립하는 것도 놀라웠지만, 업무 능력과 열정은 경이로울 지경이었다. 자신이 확신하고 목표를 정한 일에 대한 추진력은 타의 추종을 불허했다. 그녀가 추진하는 일들을 성공적으로 이끄는 데는 비법이 있었다.

브리타 사장은 직원들에게 동기 부여하는 데 탁월했다. 나를 서비스 마케팅 파트로 보내면서 〈루저 부서를 뒤집으면 승진에 도움이 될 것〉이라는 확실한 동기를 준 것도 마찬가지였다. 명확한 동기 부여는 직원들을 능동적이고 진취적으로 움직이게 한다. 결과적으로 사장이 추진한 업무는 성공을 거둘 수밖에 없다.

그녀는 멘토로서도 완벽했다. 직원들과의 관계에 마음을 다했다. 나는 그때까지 관계에 무성의한 사람들을 많이 봐왔다.

자칭 멘토라면서 자신과 내가 나눈 대화 내용조차 기억하지
못하는 사람도 있었다. 그로부터 조언을 구하기 위해서는 두
번째 만나도 처음 했던 이야기부터 다시 시작해야 했다. 그런데
브리타 사장은 달랐다. 직원들이 했던 이야기를 정확하게
기억해, 다음에 만날 때면 그 이전 나누었던 이야기에서부터
대화를 풀어 갔다. 내가 독일어 공부가 어렵다고 고민을 말한
다음부터는 〈독일어 공부는 잘돼 가?〉 하고 먼저 묻는 식이었다.
그건 단순한 기억력의 문제가 아니라, 상대를 존중하는
마음에서 비롯되는 태도였다.
그 모습을 보고 배운 대로 나도 직원들의 이야기를 열심히
듣는다. 업무에 관한 것이건 사적인 내용이건, 귀담아듣고 잊지
않으려고 메모도 한다. 직장은 업무 능력을 최우선으로 하는 것
같지만, 그 능력을 배가하기 위해서는 인간 사이의 이해와
존중이 먼저 이루어져야 하는 곳이다.

브리타 사장이 내게 준 결정적인 영향은 또 있었다.
사실 나는 입사한 후 거의 미친 듯이 일만 하고 있었다. 낮에는
근무 시간이니까 당연히 일하고 저녁에는 거의 매일 딜러들과
밥 먹고 술 마시며 인간관계를 만드는 데 시간을 할애했다. 일을
정말 잘하고 싶었고, 그렇게 해야 성공한다고 생각했었다.
심지어 결혼하고도 일을 우선으로 앞세우는 생활이 이어졌다.
아내와 나의 갈등은 아슬아슬하게 수면 위를 오르내리고

있었다.

그런데 브리타 사장 부부가 사는 모습은 전혀 달랐다. 아내는 글로벌 기업의 사장, 남편은 로펌 변호사로 부부가 만만치 않은 업무 강도에 시달릴 텐데도, 그들은 현명하게 육아 책임을 나누며 가정과 일의 균형을 맞추고 있었다. 마치 가족 모두 서로를 위해 존재하는 사람들 같았다. 그들의 모습을 통해 일과 가정을 양립하는 지혜를 배웠고, 그게 얼마나 값진 것인지도 알게 되었다. 조금씩 나의 문제에 눈뜨기 시작했고, 생활에도 변화가 생겼다.

코카콜라 전 회장이었던 더글러스 N. 대프트는 그 유명한 2000년 신년사에서 인생을 〈다섯 개 공을 저글링 하는 것〉에 비유했다. 직장, 가족, 건강, 친구, 그리고 자신의 영혼을 의미하는 다섯 개의 공을 공중에 던지며 저글링 하는 상상을 해보라는 것이다. 직장이라는 공은 고무공이어서 떨어뜨리더라도 바로 튀어 오르지만, 가족, 건강, 친구, 그리고 자신의 영혼은 유리로 된 공이어서 하나라도 떨어뜨리면 상처 입고 긁히고 깨져 다시는 이전과 같이 될 수 없다고 했다. 결국 저글링에 성공하기 위해서는 〈인생의 균형〉을 맞추라는 조언이었다.

퇴근 후 모임을 줄이고 가족과 보내는 시간을 늘려 갔다. 지친 내 몸과 영혼을 들여다보는 데도 시간을 조금 할애했다. 그렇게 시간이 흐르고 조금씩 정상적인 저글링을 하는 상태가 된다음에야 〈가족〉이 얼마나 큰 원동력인지를 절감하였다.

나는 외부에서 주어지는 자극이나 영향을 적극적으로
받아들인다. 그리고 그 좋은 영향을 에너지로 바꾸어 스스로
동기화한다. 셀프 모티베이션을 하는 것이다. 어떤 사람은
기구학 종강 시간에 무엇을 했는지조차 기억하지 못할지
모르지만, 나는 그 두 시간을 직장 생활 10년의 동력으로
만들었다. 그게 바로 자기 동기를 부여하느냐, 하지 못하느냐의
차이다.

2015년경 우리나라가 메르세데스-벤츠 판매 세계 5위에 오를
무렵, 〈말레이시아에 가서 서비스 총괄을 할까?〉 하는 생각을 한
적이 있었다. 〈이렇게 큰 시장에서도 그럭저럭 잘 지내는데 작은
시장에 가면 더 편안하게 살 수 있겠지〉라는 생각과 함께
〈이제는 좀 편하게 가도 되지 않을까?〉 하는 현실에 대한 타협
같은 것이었다.

그 이야기를 들은 브리타 사장은 단호하게 말했다.

「사실이야? 너 몇 살인데 벌써 뒷걸음을 치려고 해? 은퇴할
사람들이 갈 지역을 왜 네가 가? 넌 더 큰 시장에 나가서
일해야지.」

한발 더 나아가 〈그런 큰 시장으로 진출하기 위해서는 박지성
같은 올라운드 플레이어가 되어야 한다〉고 덧붙였다.

그 말을 듣는 순간 2004년 독일 본사에서 근무했던 기억이

되살아났다. 당시 메르세데스-벤츠 본사는 그야말로
〈넘사벽〉이었고 꿈의 직장이었다. 회사 업무 환경과 분위기가
멋졌고, 그 속에서 일원으로 일한다는 자체가 또 멋졌다. 본사
근무는 회사에 대한 애정을 더 크게 만든 경험이기도 했다.
〈그래, 독일로 가야지!〉
〈더 큰 시장으로 나가라〉는 그 말이 또다시 내게 동기를
부여하고 있었다.

한 걸음 더 전진, 또 다른 도전

꿈을 이룰 기회는 뜻밖의 상황에서 찾아왔다. 2020년 8월,
메르세데스-벤츠 코리아 신임 대표 이사 사장으로 임명됐던
비에른 하우베르 메르세데스-벤츠 스웨덴 및 덴마크 사장이
일신상의 사유로 한국 부임을 반려하는 상황이 생겼다. 당시
나는 고객 서비스 부문 총괄 부사장으로 재직 중이었다. 회사는
국내 시장에 대한 이해도가 높다는 점과 그간의 근무 역량 등을
높이 평가해 나를 사장 직무 대행으로 임명했다. 브리타 사장의
〈올라운드 플레이어가 되어야 한다〉던 말이 얼마나 중요한
의미인지를 절감할 수 있었다. 18년간 영업, 마케팅, 제품 전략,
기획, 고객 서비스 등 업무 전반을 거치며 쌓았던 경험은, 나에
대한 회사의 신뢰를 높여 준 동시에 갑자기 찾아온 기회 앞에
담담한 자신감을 느끼게 했다.
신입 사원으로 들어온 회사를 대표하는 자리를 맡게 되었다는

것, 그리고 한국인 사장이 임명된 적이 없는 메르세데스-벤츠 승용차 부문에서 최초로 한국인 대표가 되었다는 사실은 자부심을 느끼는 동시에 영광이었다. 하지만 현실은 회사 안팎으로 해결해야 할 문제들이 쌓여 있었다. 전임 사장이 자리를 비워 두었던 2개월이라는 경영 공백도 있었다. 새로운 사무실을 돌아보며 호흡을 가다듬었다. 위기의 순간 강해지는 방법은 차분히 기본으로 돌아가는 것이다.

사장 직무 대행이 된 지 3주 만에 〈더 뉴 GLB〉, 〈더 뉴 GLA〉, 〈더 뉴 GLE 쿠페〉를 최초로 공개하는 행사를 치렀다. 코로나 시국을 고려해 회사 공식 유튜브 채널을 통한 신차 발표였고 특별 전시관에는 제한된 인원만 방문이 허용됐지만 반응이 뜨거웠다. 그런데도 판매 실적은 한순간도 방심할 수 없는 부분이었다. 다행히 신차 판매는 순항하고 있었고, 주력 모델인 신형 E 클래스도 성공적으로 론칭할 수 있었다. 사장 직무 대행 초반 약간의 어려움도 있었지만, 결과적으로 수입차 시장에서 1위를 지킬 수 있었고, 업계와 미디어에서는 〈위기를 돌파하는 경영 능력〉이라며 후하게 평가해 주었다.

숙제를 마친 뒤의 보상처럼 2021년 7월 1일 자 독일 본사 발령 소식이 날아왔다. 이번에는 경쟁도, 살 떨리는 면접도 없었다. 온전히 내 능력을 인정받은 승진보다 값진 발령이었다.

글로벌을 넘어 인터내셔널로

2022년 11월 현재, 나는 독일 슈투트가르트의 메르세데스-벤츠 본사에서 〈해외 시장 관리 1본부장〉으로 해외 지역 신차 판매 총괄 업무를 담당하고 있다. 판매량이 높은 해외 지역은 미국과 중국, 그다음이 한국, 일본, 호주, 중동 등이고, 내 업무는 현지 해외 지사에서 본사의 방침들을 잘 따르도록 관리하는 것이다. 그렇지 않아도 업무량이 어마어마한데, 올해 2월 러시아-우크라이나 전쟁으로 러시아에 대한 차량 공급을 끊으면서 그 후폭풍이 모두 내 담당 마켓으로 몰려오는 바람에 정신없는 상반기를 보내야 했다.

독일에 와서 처음 출근하고 업무를 시작했을 때 가장 많이 들었던 질문 중 하나가 〈한국인이 어떻게 이 자리에 오게 되었느냐?〉 하는 것이었다. 그도 그럴 것이 그간 해외 시장 관리 본부장은 독일인이 맡는 것을 통상의 관례처럼 여겨 왔기 때문이다. 내가 생각해도 좀 특이한 인선이기는 하다. 아마 메르세데스-벤츠가 추구하고 있는 〈인터내셔널 기업으로의 도약과 개인적인 역량, 그리고 한국 시장의 위상이 더해진 결과가 아닐까〉 하는 생각을 해본다.

이곳 독일 본사는 메르세데스-벤츠의 심장이다. 영업 본부, 공장, 연구소 등이 모두 여기 슈투트가르트에 있다. 최종 의사 결정권을 쥐고 있는 높은 사람들을 엘리베이터와 복도에서 만나는 곳이기도 하다. 메르세데스-벤츠 코리아에서

2010년부터 임원으로서 특별한 대접을 받았던 나지만, 여기에서는 그냥 일개 부사장급 직원이다. 말 그대로 〈From Hero to Zero〉다.

한국에서 일할 때와 업무 성격도 많이 다르다. 한국에서는 매일 뭔가 실질적인 일들을 해낸 반면, 본사에서는 전략적인 마인드가 필요한 업무를 많이 한다.

이 두 가지 상황의 차이는 〈전술tactics은 전투battle를 이기기 위한 것이고, 전략strategy은 전쟁war을 이기기 위한 것〉이란 점이다. 전술적인 마인드는 올해 어떻게 차를 더 많이 팔고 목표 달성을 할 것인가를 생각하는 반면, 전략적인 마인드는 향후 5년에서 10년의 장기적인 목표와 계획을 수립한다. 어떤 제품군으로, 어떤 커뮤니케이션 메시지를, 어떤 매체를 통해 전달하며 고객을 매료시킬 것인가? 현재와 미래의 모든 고객에게 어떤 브랜드 경험을 선사할 것인가에 대해 생각하는 마인드라고 할 수 있다.

이런 장기적인 계획에 해외 지사들이 방향을 맞추도록 유도하는 것이 중요하다. 그래서 이곳에서 많이 쓰는 말이 〈align〉이다. 독일 본사와 해외 지사들이 일치하도록, 또는 그렇게 되기 위한 〈조정〉을 해야 하기 때문이다. 그러나 해외 지사들이 일률적으로 본사 전략에 맞출 수 있는 것은 아니다. 그래서 항상 문제가 생기고 도전 과제들이 발생한다.

이런 도전들을 극복하기 위해서는 〈멀티 플레이어〉가 되어야 한다. 독일에서 일하며 멀티 플레이어가 얼마나 중요한지 다시금 깨닫는 중이다. 조직에서의 멀티 플레이어는 무수히 많은 임의의 상황을 파악하여 문제 해결에 도움이 되는 사람이다. 이들은 자신의 문제만이 아니라 주변의 고민까지 세심하게 파악해 문제 해결을 이끌고 상황에 맞게 대처할 줄 안다. 사실 이 정도도 대단하지만, 글로벌 기업에서 진정한 능력자라면 〈업무적인 멀티 플레이어이면서 문화적인 멀티 플레이어〉가 되어야 한다. 다른 문화권의 직원들은 간혹 이해되지 않는 행동을 한다. 그들의 의도는 참으로 다양하므로 서로의 차이를 확인하기 위해 외교적 수완이 필요한 예도 있다. 다른 문화권과의 차이를 직면할 때는 저항이 아니라 이해가 필요하다.

독일 사람들과의 사이에서도 문화 차이를 느낀다. 독일인들은 대화 중 조용한 사람은 바보라고 생각한다. 잘 몰라도 질문하고 생각을 말해야 한다. 어떤 사실을 모르면 조용히 있어야 하는 것으로 여기는 동양적 문화와는 천지 차이다. 즉시 표현하지 않으면, 〈다음에······〉를 기약하는 두 번째 기회는 없다.

지금 자동차 업계는 미래를 향한 성장통을 겪고 있다.

첫째, 수십 년간 내연 기관 엔진을 주된 동력원으로 사용하던 것에서, 배터리를 이용한 전기 모터를 동력원으로 사용하는 방식으로 변화하는 중이라는 점이다. 현재 판매하고 있는 내연 기관 파워 트레인의 투자비 회수도 끝나지 않은 많은 자동차 제조사가 이 기술을 조기에 버리고 전동화로 전환해야 할 처지에 놓여 있다. 물론 시기 상조라고 말하는 이들도 있다. 하지만 이 역시 장기적인 관점에서 〈전술적인 마인드〉로 전략을 세우지 않는다면, 그 제조사는 10년 후 도태될 것이 분명하다. 누가 어떤 기술을 선점하고 보유하느냐에 생존이 걸려 있고, 그래서 보이지 않는 기술 전쟁이 벌어지는 중이다.

둘째, 수십 년간 영업점을 통한 오프라인 판매가 주된 판매 채널이었던 방식이 온라인 직판으로 변하고 있다. 여기에 반도체 부족 사태, 물류 대란, 자원 고갈, 러시아-우크라이나 전쟁 등으로 인해 많은 불확실성을 안고 미래로 가야 한다. 그래서 전략적인 사고가 중요하다. 변하지 않으면 죽기 때문이다. 나 역시 매일 업무에서 일하는 관점을 바꾸는 데 많은 어려움을 겪고 있다. 그런데도 메르세데스-벤츠는 미래를 맞이할 준비가 되어 있다고 자신한다. 훌륭한 제품과 서비스, 완벽한 럭셔리 경험으로 고객들을 끊임없이 매료시킬 것이고, 또 새로운 제품(내연 기관, 전기차 양립), 판매 방식, 혁신적인 서비스와 에코 시스템으로 고객을 만족시키며 고객 베이스를 키워 나갈 것이라 확신한다.

20년 이상을 외국 회사에서 근무했지만, 이곳 독일 본사에서

1년을 보내며 느끼는 것은 〈비즈니스가 점점 상상을 초월할 만큼 인터내셔널해진다〉는 사실이다. 메르세데스-벤츠는 〈독일 회사〉라는 강한 이미지를 걸어 내기 위해서 큰 노력을 기울이고 있다. 글로벌 기업이 아닌 인터내셔널 기업이 되기 위한 노력이다. 글로벌 기업이 독일에 본사를 두고 독일인들이 해외에 나가 비즈니스를 행하는 자국 중앙 집중식이라면, 인터내셔널 기업은 자국을 벗어나 해외 현지의 제원으로 국제 비즈니스를 행하는 것이라고 할 수 있다. 예컨대 많은 인터내셔널 기업이 자국민만이 아닌 외국인들을 특기에 맞춰 채용하고 있으며, 해외 지사에도 로컬 인원을 지사장 등으로 임명해 글로컬리제이션을 추구하고 있다. 한국인인 내가 독일 본사의 해외 시장 관리 담당으로 임명된 것도 이런 추세의 영향이 있었을 것이다. 나아가 외국 회사에 입사하거나 해외에서 일하고 싶은 꿈을 가진 젊은이들에게는 더 많은 기회가 주어질 수 있다는 희망적 변화이기도 하다. 〈세상은 넓다〉라는 말을 매 순간 어지러울 정도로 실감한다. 이 넓은 세상에서 자신의 영역을 구축하기 위해서는 이제 글로벌을 넘어 인터내셔널한 사고와 방식으로 진화가 필요하다.

김지섭 메르세데스-벤츠 해외 시장 관리 1 본부장이자 〈20년 벤츠맨〉. 연세대학교 기계공학과를 졸업하고, 2002년 메르세데스-벤츠 코리아에 800대 1의 경쟁률을 뚫고 입사하였다. 2014년 서비스 마케팅 상무로 임원이 되었으며, 2020년 사장 직무 대행에 임명되었다. 2021년 한국인 최초로 메르세데스-벤츠 독일 본사의 본부장으로 발탁되어 해외 지역 신차 판매 총괄 업무를 담당하고 있다.

3

성공은 머리에서 시작해 끈기로 완성된다

이종구

㈜광산기공 대표 이사

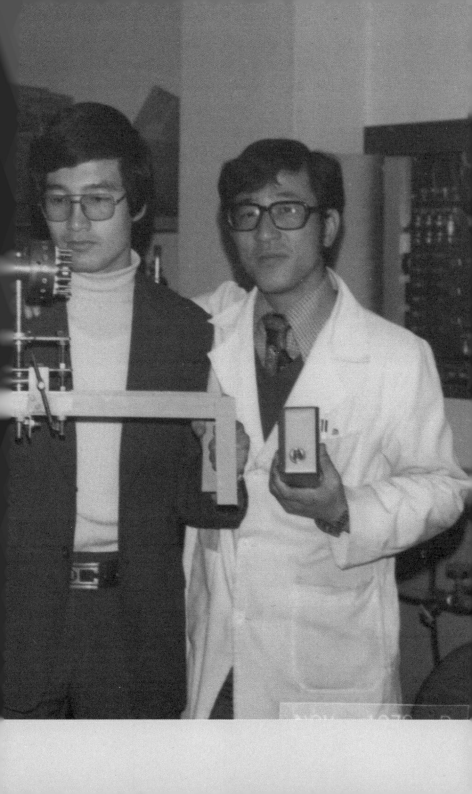

대학 졸업반 당시 이미 결정된 대기업 입사를
포기하고 그보다 규모가 작은 기업에 입사했다.
주변 시선이나 외형적인 조건은 배제하고,
자신이 원하는 걸 주체적으로 판단하는 게 내
선택 기준이었다.

운명을 결정한 두 번의 선택

오래전 TV 예능 프로그램 중에 「인생 극장」이라는 게 있었다.
인생의 갈림길에 선 사람 앞에 두 가지 예시가 나오고, 어떤
길을 선택하느냐에 따라 전개되는 이야기와 결말을 확인하는
형식이었다. 가지 못한 길은 어떻게 되었을까? 궁금증과
호기심으로 재미있게 봤던 기억이 있다. 인생은 선택의
연속이며, 자신이 선택한 것에 대해서는 책임을 져야 한다는
부담감을 가질 수밖에 없다. 그래서 선택의 순간이 오면
망설이고, 그 선택이 어떤 결과를 초래할 것인가를 가늠해 보며
고심하게 된다.

살아가며 마주하는 숱한 선택의 갈림길, 그중 〈대학 진학〉과
〈사회 진출〉을 결정하며 마주하는 선택의 고민은, 인생의
방향을 설정하는 문제이기에 더 깊이 고민하고 신중할 수밖에
없다. 나 역시 그랬다. 하지만 한 가지 확실한 기준은 있었다. 나
자신이 〈무엇을 원하는가?〉를 가장 절대적인 선택 기준으로
삼았다는 사실이다.

대학에 진학하며 기계공학과를 선택한 것은 전적으로 나의
주체적인 판단과 결정이었다. 부모님은 의대에 가기를
바라셨다. 친할아버지와 외할아버지 두 분이 모두 한의사였고
어머니와 이모님은 간호사로 일했기에 당연한 바람이었는지
모른다. 그런데 나는 의사가 되고 싶지 않았다. 밤늦게까지
일하면서 극심한 스트레스에 시달리는 의사라는 직업이 그다지
매력적으로 보이지 않았다. 화학과 출신인 담임 선생님은
〈화공과〉를 추천했지만 그 역시 흥미를 느끼는 분야가
아니었다.

고등학교 시절의 나는 문과와 이과 기질이 섞인 복합적
성향이었다. 문학과 철학을 좋아하는 한편, 무엇인가 개발하고
남보다 앞서 성취감을 맛보는 걸 좋아했다. 발명가 기질이
있었고 모험심도 충만한 편이었다. 미래에 대한 확고한 계획은
없었지만, 스스로 공학을 공부하는 게 맞다고 생각했다.
여러모로 생각해 볼 때 나는 이공계 적성이었다. 어떤 일의 완료
시점을 이야기할 때, 〈다 되어 간다〉 같은 막연한 대답을
싫어하고 〈80퍼센트 진행됐다〉처럼 숫자로 정확하게 답이
나오는 걸 좋아하는 성향을 봐도 그랬다.

어린 나이였지만 성적이나 주변 어른들의 의견에 의존하지
않고, 자신을 객관적으로 바라보며 주관적으로 판단할 수
있었다는 게 다행스럽기도 하고 꽤 기특하게 여겨지기도 한다.

대학을 졸업하며 직장을 선택할 때도 마찬가지였다. 나는 졸업
직전까지 진로에 대한 최종 결정을 하지 못하고 있었다. 현명한
친구들은 1, 2학년 때 미리 고민하고 어느 정도 결정하는 것
같았지만, 나는 생각이 많았다. 사실 취업은 이미 결정이 난
상태였다. 그 당시 가장 전망 좋은 직장으로 꼽혔던
현대자동차에 입사가 확정되어 있었다. 하지만 내 마음
한편에는 대학원에 진학해 교수가 되고 싶다는 꿈이 있었다.
그걸 선뜻 실행할 수 없는 건 부모님과 집안 형편 때문이었다.
나는 늦둥이 외아들이고 이미 부모님은 연로한 상태였다.
게다가 내가 대학에 입학하던 해부터 아버지의 건강에 문제가
생겨, 집안 형편이 그리 풍족하지 못했다. 마지막으로 가장 큰
걸림돌은 〈3년간의 국방 의무〉를 이행해야 한다는 점이었다.
한마디로 이상과 현실이 괴리된 상태였다.
가장 현실적인 방법은 졸업과 동시에 현대자동차에 입사해
회사에 다니다가 적당한 시기에 휴직하고 입대하는 것이었다.

졸업을 두 달 정도 앞둔 1978년 12월쯤이었다. 평소 친하게
지내던 친구가 찾아와 뜻밖의 이야기를 해주었다. 강원산업에서
신입 사원을 모집하는데 특례 보충역으로 군대 면제가 되는
조건이라며 함께 지원하자는 것이었다. 기계공학과 출신 모집
인원은 두 명이고, 학과 게시판에 모집 공고를 붙이는 걸 보고
바로 오는 길이라고 했다.

그 이전까지 특례 보충역 제도는 공업 고등학교와 공업 전문
대학 출신에게만 적용되고 있었다. 특례 보충역 제도를 〈기계
1급 자격증을 소지한 대졸〉까지 확대 시행한다는 뉴스를 언뜻
본 것 같았다. 그 제도가 우리 학교에서 처음 적용된다니
그야말로 놀라운 소식이었다.

곧바로 학과장 교수님의 추천서를 받아서 강원산업에 입사
지원서를 보냈다. 그때부터의 과정은 그야말로 일사천리로
진행되었다. 이틀 후에 면접을 보고 일주일 후부터 포항
공장으로 출근하라는 인사 명령까지 받았다. 오랫동안 고민하던
직장과 군 문제가 단번에 해결되어 버린 것이다.

부모님이나 주변 사람들은 현대자동차 입사를 포기한 걸 몹시
아까워했다. 당시 강원산업은 공장 직원이 2천5백 명 정도 되는
큰 규모의 회사였지만 현대자동차와 비교하기엔 차이가 컸다.
그런데도 나는 군 문제와 취업이라는 두 개의 조건을 만족하기
위한 실리를 선택했다. 그 후 대졸자에게 군 복무를 대체해 주는
제도가 여러 가지 생겼지만, 연세대학교 기계공학과에서 그
합법적 혜택을 받은 것은 친구와 내가 최초일 것이다.

중요한 선택의 갈림길에 섰을 때 나는 주변 시선이나 외형적인
것들을 생각하지 않았다. 오직 주체적으로 생각하고 내가
원하는 결정을 했다. 고3 때와 대학 졸업반 시절 두 차례의
결정은 인생의 큰 관문을 통과하는 사건이었고, 평생을
엔지니어로 살아갈 운명 같은 선택이었다.

수학을 공부하는 이유

내 나름대로 확신하여 선택한 전공이었지만, 사실 대학에
진학한 다음에는 공부를 그렇게 열심히 하지는 않았다. 나만
그랬던 건 아니었던 것 같다. 그 시절에는 공부를 아주 열심히
하는 학생은 10~20퍼센트 정도 안팎이었고, 나머지는 각자의
관심사를 따라 다양한 분야를 탐닉하며 분주하게 대학 생활을
했다. 산업 발전이 한창이던 시절, 대학을 졸업한 전문 인력의
수요가 컸던 시절에 누릴 수 있던 여유였다.

나는 복합적인 성향만큼 관심사와 취미 생활도 다양했다.
카드나 당구를 비롯한 잡기는 못 하는 게 없었고, 바둑은 1급
실력이었다. 운동을 좋아해 친구들과 축구와 야구를 하고, 문학
서클에도 들어갔다. 그렇게 놀면서도 근근이 학점을 유지할 수
있었던 건 고등학교 때부터 남보다 좀 뛰어났던 수학과 물리
실력 덕분이었다. 기계공학 전공 수업의 기본은 〈역학〉이다.
그런데 모든 물리 법칙의 기본이 역학이다 보니, 전공 수업에
대한 이해도가 높을 수밖에 없었다.

공업 수학 때문에 골머리를 앓는 친구들은 내가 실컷 축구를
하고도 F 학점을 받지 않는다는 사실에 분노했다. 수학 공부
비결을 묻는 친구에게 무심코 〈수학은 생각을 잘 전개해 보면
풀이가 재미있지 않아?〉라고 되물었다가 온갖 비난과 원망을
받기도 했다. 그러나 그 말은 진심이었다. 수학은 문제를 푸는
과정에서 본인이 제대로 풀고 있는지, 또는 정답을 낼 수

있는지를 스스로 판단할 수 있는 경우가 대부분이다. 문제의 핵심을 정확하게 파악하고 그것과 관련 있는 여러 공식이나 이론들을 잘 조합해서 차근차근 정답에 접근할 때 느끼는 감정은, 짜릿함을 넘어 통쾌하기까지 하다.

대학 시절 나는 아르바이트로 입시 학원에서 수학을 가르친 적이 있다. 내 강의는 학생들 사이에 꽤 명성을 얻어서, 소위 〈1타 강사〉로 학원가에서 스카우트 경쟁이 붙을 정도였다. 학생들은 끊임없이 수학 공부의 비결을 물었다. 〈졸업하면 쓸모도 없는 공부를 왜 이렇게 어렵게 해야 하느냐?〉고 불만을 토로하는 학생들도 있었다. 하지만 최근 각광받는 직업들에서는 수학 실력이 필요한 분야도 많아, 졸업하면 쓸모없는 학문으로 치부해 버릴 수 없게 되었다.

수학은 사고(思考)하는 학문이다. 숫자의 계산은 그에 앞선 길고 긴 사고의 과정을 결과로 표현한 것에 불과하다. 그리스나 로마 시대 수학자 중에 철학자가 많은 것도, 결국은 수학자가 가진 사고의 깊이가 철학의 그것과 절대 다르지 않기 때문일 것이다. 우리가 중학교 시절에 배운 이차 방정식은 그저 계산식에 불과하다. 하지만 고등학교에서 미분과 적분을 배우면서 거리를 시간으로 미분하면 속도가 되고, 속도를 시간으로 한 번 더 미분하면 가속도가 된다는 사실을 알게 된다. 나아가 가속도 함수를 적분하면 속도가 되고 속도 함수를 적분하면 그 물체의 총 이동 거리가 된다는 것을 알고 나면, 미분과 적분은 단순한 수학 계산이 아니라 세상 이치를 설명하는 철학 이론이라는 사실을 깨닫게 된다.

수십 톤 무게를 가진 비행기가 하늘을 나는 원리, 물보다 수천수만 배 무거운 철로 만든 배가 가라앉지 않고 물 위에 뜨는 이유, 수천 미터 상공에서 떨어지는 물방울이 일정한 속도에 이르면 왜 더 이상 가속이 되지 않는지 등등 내가 살면서 접한 많은 신기하고 궁금한 현상들이 수학으로 설명되는 것이 너무 경이로웠다.

현대 사회에서 수학은 더욱 생활과 밀접한 학문이다. 정치에서 중요한 수단이 된 여론 조사는 수학의 통계학 이론을 응용한 대표적 분야다. 또 현재 가장 유망한 분야로 꼽히는 인공 지능이나 빅 데이터 등도 결국은 수학 이론에 근거하여 생성되고 발전해 온 첨단 기술이다. 수학과 철학이 닮은꼴이고 서로 통한다면 미래를 주도할 첨단 기술과 이론도 결국은 철학과 통한다고 보는 게 맞는다는 생각이다.

많은 사람이 스티브 잡스를 〈인문학에 대한 이해가 가장 깊은 기술자〉라고 평한다. 어쩌면 스티브 잡스는 수학과 철학의 교차점에 서서 깊이 사색하며, 세상 사람들이 열광할 제품을 구상하고 개발해 낸 것이 아닐까? 그런 의미에서 한창 각광받는 인공 지능이나 빅 데이터 등의 분야에 관심을 두는 어린 학생이나 후배들 역시, 숫자 계산에 치우친 수학 공부가 아닌 수학 문제의 핵심을 파악하기 위한 깊은 사색의 즐거움을 느꼈으면 한다. 사지선다형 문제의 답을 찾는 공부가 아닌 수학적인 사색의 매력에 빠져드는 사람이야말로 유능한 기술자가 될 거라 믿는다.

기계는 정직하다

나는 공부 외에 다른 분야에 꽤 관심이 많았다. 그중 하나는 교내 방송국 활동이었다. 중고등학교 때부터 라디오 청취하는 걸 좋아했기에, 방송에 관한 관심은 자연스러운 것인지도 몰랐다. 백양로를 걸으며 스피커를 통해 흘러나오는 음악을 듣다가, 나도 방송 제작에 참여해 보고 싶다는 생각이 들었다. 사실 방송국 시험을 치르면서도 붙을 거라는 기대는 별로 하지 않았다. 그런데 필기 시험 합격과 함께 면접 통보까지 받게 되었다. 기대 반 떨림 반으로 면접에 응했지만 실망이었다. 나는 프로듀서나 아나운서를 희망하고 있었는데, 방송국 선배들은 내게 〈엔지니어〉를 권했기 때문이다. 〈공대생이니까 엔지니어를 하는 게 좋겠다〉는 생각은 너무 뻔한 편견 아닌가? 나는 엔지니어는 하지 않겠다고 거절했다. 단지 방송국 활동을 하기 위해 내가 원하지 않은 보직을 받아들이는 건 시간과 에너지 낭비라는 생각이 들었다.

시간이 흐른 뒤 가끔 〈그때 대학 방송국 활동을 했더라면 어땠을까?〉 하는 생각을 해볼 때가 있다. 그쪽 일에 더 깊은 매력을 느꼈더라면? 그랬다면 졸업 후 중공업 회사가 아니라 방송국 입사 시험을 쳤을까? 이 역시 가지 않은 길이라 결론을 알 수는 없지만, 또 다른 기회가 되었을지도 모를 일이다.

그렇게 자유롭고 낭만적이었던 대학 생활을 만끽하다, 입사 지원서를 쓰고 열흘 남짓 만에 직장인 생활을 하려니 무엇보다 육체적으로 힘들었다. 그 당시는 국내 중공업 사업이 확장, 발전하는 단계였기에 업무 강도가 높은 편이었다. 회사 근무 시간은 오전 8시부터 오후 6시까지가 정규 근무 시간이었고, 그 이후에도 야근이나 잔업이 상당히 많았다.

처음 배치된 부서는 기술부 설계실이었다. 과장님을 포함해 10명 정도가 설계실에서 일했는데 대졸 직원은 내가 유일했다. 그때만 해도 설계실의 주요 업무는 외국에서 도입된 기술을 복사하는 수준이어서 특별히 대졸 엔지니어를 필요로 하지 않았던 것 같다.

나는 입사 때부터 〈선임 기사〉라는 직함을 달고 일을 시작했다. 그런데 막상 일을 시작해 보니 공고 졸업생들보다 실무를 모르는 게 아닌가 싶어 당혹스러울 때가 있었다. 현업에서 사용하는 용어부터 생경했다. 나사, 스크루라고 하면 쉽게 통할 것을 실무에서는 〈내지〉라는 일본어를 썼다. 모른다고 하자니 창피하고. 혼자 끙끙거리다가 사전이나 대학교 때 교재를 뒤져

확인한 적이 한두 번이 아니었다. 그래서 첫 월급을 받고 곧바로 서점에 가서 〈기계 용어 사전〉과 〈국어사전〉을 샀다. 그 사전들은 지금도 소중히 보관하고 있다. 가끔 꺼내 보면 열심히 일했던 그 시절이 떠오르곤 한다.

신입 사원 때는 이런 일도 있었다. 유압 기계가 고장 났다며 이사님이 수리를 위한 출장에 같이 가자고 하는데, 덜컥 겁부터 났다. 고장 난 기계를 고치라니, 뭘 어떻게 해야 하나? 모르는 걸 아는 척 할 수는 없는 노릇이었다.

「이사님, 아무래도 잘 모르겠는데요.」

그런데도 이사님은 내 등을 밀었다.

「그래도 한번 들여다봐.」

나를 믿는 건지 요행을 바라는 건지 알 수 없었다. 그래도 패기 넘치는 신입 사원인데 〈못 한다〉고 포기할 수는 없고, 끝을 볼 수밖에 없었다. 아침에 가서 들여다보고 점심 먹고 오후에 가서 또 들여다보고, 그다음 날도 또 고장 난 기계와 하루를 보냈다. 이유는 모르는 채 변심한 연인을 달래려고 정성을 다하는 사람의 심정이 그런 답답함일 것 같았다. 그렇게 꼬박 이틀을 매달려 보니 문제가 뭔지 알 것 같았다. 답을 찾은 열쇠는 간단했다. 〈기계 원리〉를 생각하는 것이었다. 기계는 설계한 대로 작동하니까, 그 원리를 따라가 보면 오작동의 원인을 찾을 수 있다는 지극히 평범한 원리를 깨달은 것이다. 기계처럼 정직한 게 또 있을까? 기계는 인간이 만들었기에 기계에 잘못이 있다면 엔지니어의 문제이지 기계의 문제가 아니다.

문제를 해결하기 위해서는 〈끈기〉가 얼마나 중요한 덕목인지도 알게 됐다. 문제가 생겼을 때 힘들거나 귀찮아서 그만두면 그 지점에서 멈추지만, 끈기 있게 최선을 다하면 결국 답을 얻는다는 걸 배웠다.

그 이후에도 무수히 많은 문제를 마주하고 그걸 해결하기 위해 전문 서적과 친구들의 지식을 총동원했다. 그리고 매번 느끼는 건, 기술은 책을 많이 읽고 설명을 들어서 터득하는 게 아니라는 사실이었다. 자신이 직접 만져 보고 실패를 경험하며 터득하는 것만큼 정확한 건 없었다. 문제가 생겼을 때, 답은 늘 현장에 있었다.

하루하루 바쁜 업무 속에도 회사 일 외에 많은 활동을 했다. 근무 시간 전에는 일본어와 영어 교육을 받으며 외국어 공부를 하고, 주말에는 회사 산악회 회원들과 함께 산에 올랐다. 젊은 직원들이 많아 축구와 야구 모임을 열심히 했던 것도 즐거운 기억으로 남는다. 회사 독신자 아파트의 자치회장으로 추천돼 한동안 봉사 활동을 열심히 하기도 했다. 어떻게 그렇게 많은 일들을 해낼 수 있었는지……. 지금 생각해 보면 신기하기도 하고, 젊음의 특권인 열정과 에너지가 그립기도 하다.

실리와 의리의 충돌

외국 기술을 복사하던 단계에서 벗어나 점차 자체적으로 기계
설계하는 업무가 늘기 시작하면서 설계실 규모도 커지기
시작했다. 내가 입사할 때 10명이던 인원이 5년 후에는
50명까지 늘어났다. 선임 기사로 입사해 과장 대리로
진급하기까지 5년간, 중요한 여러 프로젝트 설계를 경험하며
심도 있게 기술을 익혔다. 대학에서 공부한 기계공학의 기초
위에 기계를 설계하고 제작하며 〈진정한 기술자〉로 성장한
시간이었고, 지금까지 기술자로 살아오는 데 큰 밑거름이
되었다.

의무 기간 5년이 끝나자 삼성중공업의 공개 채용에 지원해
합격하고 곧바로 입사 날짜까지 잡혔다. 아쉽지만 강원산업에는
사직서를 제출했다. 내 기술을 발전시키는 기회가 된
엔지니어로서의 생활은 좋았지만, 서울에 있는 친구들과 자주
만나지 못하는 아쉬움이 너무 컸다. 포항 근무 초창기에는
토요일 저녁 버스로 서울에 올라가 일요일 저녁까지 친구들과
어울리다 월요일 새벽 시외버스를 이용해 곧바로 출근하는
다이내믹한 생활을 하기도 했다. 장기적인 인생 플랜을
생각했을 때에도, 대기업으로의 이직은 당연한 일인지 몰랐다.

다시 서울로 돌아간다는 설렘과 기대로 강원산업에 사직서를 낸
후, 짐을 모두 챙기고 동료들과 송별회까지 마쳤다. 그런데

삼성중공업 연수원 입소를 며칠 앞둔 상태에서 상무님으로부터
〈저녁 식사를 함께 하자〉는 연락이 왔다.

저녁 자리에는 월급쟁이들이 마시기 어려운 비싼 양주가
곁들여졌다. 상무님이 권하는 대로 맥주잔에 가득 채운 양주를
거푸 석 잔 마시고 나자 정신이 혼미할 지경이었다. 취기가
오르고 분위기가 화기애애할 때 상무님은 본론을 꺼내셨다.

「삼성중공업에 가지 마라. 지금 네가 얼마나 중요한지 아냐?
다음 달부터 서울 본사 영업부로 보내 줄 테니까 그냥 회사에
남아.」

상무님은 하필 연세대학교 기계공학과 선배였다. 저녁 식사를
하자고 할 때 살짝 예상했지만, 엄청난 갈등이었다. 제일 먼저
부모님 생각이 떠올랐다. 현대자동차를 포기하고 강원산업을
택할 때 부모님은 너무 아쉬워하셨다. 그런데 또다시 같은
상황을 반복하면 얼마나 실망하실까? 부모님으로서는 아들이
대기업에 다니며 안정적인 미래를 설계하길 바라실 거였다. 막
신혼살림을 시작한 입장에서 가정도 고려해야 했다. 그때
강원산업의 월급은 30만 원 선이었고, 삼성중공업은 약 44만 원
정도였다. 그 차이도 쉽게 무시할 수 없었다. 서울에서 좀 더
윤택한 생활을 할 기대에 부푼 아내의 얼굴도 어른거렸다. 나
자신도 대기업 일원으로 미래를 설계하는 것과 현재 회사에서
개척자로 일하는 것의 득실을 따져 보지 않을 수 없었다.

술이 몇 잔 더 오가고 상무님이자 선배님의 간곡한 설득이

이어지자, 머릿속에서 자아가 두 개로 분열하는 것 같았다.

〈그래, 내 가치를 인정하는 곳에서 최선을 다하는 것도 가치 있는 일이야.〉

그러나 다른 한편에서는 또 다른 자아가 눈을 치뜨고 있었다.

〈지금 뭐 하는 거야? 마음 약해지지 마!〉

옥신각신하던 두 마음이 웅성거리는 사이, 붉게 물든 상무님의 간절한 눈빛을 바라보다가 그만 부지불식간에 답하고 말았다.

「회사에 남겠습니다…….」

답을 하고도 마음은 복잡했다. 나는 왜 그런 결정을 했을까? 회사에 남기로 한 결정은 무리하게 마신 양주 때문이 아니었다. 학교 선배였던 상무님 때문도 아니었다. 나와 함께 특례 보충역으로 입사했던 동기들이 의무 기간을 마치고 회사를 떠나갈 때, 그들의 퇴사와 이직은 당연한 순서로 여겨졌었다. 그런 조직이 나를 필요한 사람으로 인정하고, 내가 회사에 남기를 바란다는 사실로 마음이 흔들렸다.

그러나 남겠다고 대답한 다음부터 줄줄이 고민이었다. 송별회까지 끝낸 동료들이 놀랄 것이고 집에서 기다리는 아내에게는 뭐라고 해야 할지 난감했다. 하지만 이미 내린 결정은 어쩔 수 없었다. 송별회는 웃지 못할 해프닝으로 끝이 나고, 기대에 부풀었던 아내를 달래느라 진땀을 빼야 하는 건 전적으로 내 몫이었다.

정확하게 계산하고 실리를 따지는 요즘 사람들 가치 기준으로는, 더 많은 월급과 대기업 프리미엄을 포기하고 강원산업에 남았던 내 선택이 이해되지 않을지 모른다. 나 역시 회사에 남기로 한 다음에도 〈이게 최선이었을까?〉 갈등하기도 했다. 삼성중공업에서는 그 이후에도 몇 달 간격으로 두 번이나 입사 의사를 재확인했다. 대기업이 인재 영입에 있어 얼마나 공을 들이는지 알 수 있었고, 그들에게 좋은 평가를 받는다는 것도 내심 뿌듯한 일이었다. 전화를 받을 때면 은근히 마음이 흔들렸던 것도 사실이다.

하지만 본사에 올라와 일하기 시작하면서 그런 아쉬움을 조금씩 덜어 내기 시작했다. 해외 영업을 하면서 다양한 외국 회사 사람들을 만날 기회가 있었고, 그들을 통해 많은 것을 보고 배울 수 있었다. 그리고 그렇게 축적된 경험이 훗날 창업할 때 큰 재산이 되었다. 만약 그때 삼성중공업을 택했더라면 어땠을까? 내 성격상 또 최선을 다해 일하며 어느 정도의 위치까지 올라갔을지 모른다. 하지만 오늘날 국내 최고의 골재 플랜트 기업으로 성장한 〈광산기공〉은 탄생하지 못했을지도 모른다. 결과적으로 그때 〈의리〉를 선택한 게 〈실리〉로 돌아온 것이다. 9회 마지막 타자가 아웃돼야 야구 경기가 끝나는 것처럼, 모든 일은 마지막에 도달하기 전에는 결론을 알 수가 없다.

소말리아로 떠난 첫 해외 출장

삼성중공업행을 포기하고 강원산업에 남은 뒤, 본사에서 7년을
〈세일즈 엔지니어〉로 근무했다. 기술 개발 실무를 경험한
엔지니어이기에 더 자신 있게 마케팅 업무에 임할 수 있었다.
아직 짧은 경력에도 회사는 굵직한 일들을 맡겼다. 그 덕분에
대기업 신입 사원이었으면 하지 못했을 업무 경험들을 일찌감치
내 것으로 만들 수 있었다.

가슴 떨리던 첫 해외 출장길에 오른 건 27세 때였다. 우리나라와
미수교국이었던 소말리아로의 출장이어서 출발 전부터 기대와
불안이 뒤섞인 상태였다.

강원산업은 1984년 처음 열린 「서울국제공작기계전」에
참가했다. 이때 한국계 미국인 바이어와 협상이 잘돼서 그즈음
개발된 이동식 크러싱 플랜트 수출을 성사시켰다. 기계 수출과
동시에 기술자 한 사람이 현지에서 감리를 맡는 슈퍼바이징까지
담당하는 조건이었다. 그때까지 해외 출장은커녕 비행기도 한
번 타보지 못한 내가 자원해서 출장을 떠나게 됐으니 보통 일이
아니었다. 지금 생각해 보면 스물일곱 살의 직원이 오롯이
책임지기엔 무거운 업무로 보이지만, 그 당시는 무서울 게 없는
자신감이 있었다. 첫 해외 출장이니만큼 비행기에 탑승하는
요령, 회화 공부, 에티켓 등을 집중적으로 공부했다. 심지어
출장 1개월 전부터는 새벽 일찍 일어나 조깅으로 체력 단련을
하며, 입대를 앞둔 사람처럼 몸과 마음의 준비를 마쳤다.

지금은 주 케냐 한국 대사관이 소말리아 대사관을 겸하고 있지만 당시에는 아예 한국 대사관이 없었다. 반면 북한 대사관은 있었다. 모가디슈에는 북한이 지어 준 병원도 있어서, 현지인들은 한국은 몰라도 북한은 알았다. 〈코리아에서 왔다〉고 말하면, 〈아, 김일성 코리아?〉라고 반색할 정도였다.

출장 기간 묵었던 호텔은 가장 좋은 숙소라고 했지만 우리네 여관 수준이었다. 호텔 앞뜰은 흙먼지가 풀풀 날리는 땅바닥이었다. 도심지에도 3층 이상의 건물을 찾기 힘들 정도로 발전과는 거리가 멀었다. 가장 힘든 건 〈음식〉이었다. 그들은 밀가루, 달걀, 우유, 소금, 설탕, 버터 등을 넣은 묽은 반죽을 얇은 팬케이크처럼 부쳐 낸 〈말라와흐〉를 주식으로 하는데, 내 입맛엔 도통 맞질 않았다. 결국 한 달 내내 질리도록 바나나와 비프스테이크를 먹으며 버텨야 했다.

출장 업무는 답답하게 진행되었다. 현지인들은 성격은 유순했지만, 작업에 대한 적극성이나 책임감은 기대할 수 없었다. 바람이 조금 서늘하게 불기만 해도 〈추워서 퇴근해야 한다〉며 짐을 챙기니 어쩔 도리가 없었다. 우리나라에서라면 열흘 안에 끝낼 일을, 소말리아에서는 작업자 15명이 동원되고도 한 달이나 걸려야 했다.

21만 달러에 판 기계는 현지에 가보니 30만 달러로 둔갑해 있었다. 대체 차액 9만 달러는 누구 주머니로 들어간 걸까? 종교 갈등, 부족 대립, 강대국 개입 등 정치권이 장기간 통합하지 못하면서 생긴 부패한 사회상은 소말리아 국민이 감내해야 하는 고통으로 그대로 전가되고 있었다.

소말리아 출장 이듬해인 1985년 두 번째 해외 출장으로 호주와 뉴질랜드를 다녀오면서, 선진국과 후진국의 산업 발전이 왜 그토록 극명하게 차이가 나는지 비교할 수 있었다.

호주 현지의 작업 현장은 모든 게 철저하게 준비돼 있었다. 오전 6시에 우리를 데리러 오겠다던 차량은 정시에 도착했고, 작업 현장에 도착했을 때 그쪽 관리자는 작업복 차림으로 우리를 맞았다. 현장에는 필요한 각종 공구부터 크레인까지 완벽하게 작업 준비가 되어 있어서, 곧바로 기계 수리 작업을 시작할 수 있었다. 기계 수리 일정은 사흘을 예상하고 떠났지만, 놀랍게도 그날 하루 만에 일이 끝났다.

소말리아와 호주 출장에서 극과 극의 체험을 하면서 많은 것을 느끼고 배웠다. 후진국에서는 기술이 아니라 정치가 돈이 되기에 기술이 발전하지 못한다는 사실이 씁쓸했다. 기술이 발전하지 못한 나라의 경제 인프라는 더 열악해질 수밖에 없었다. 생산성이 어떻게 차이가 나는지도 확인했다. 한 사람의 능력 차이는 전체에 미치는 영향이 그리 크지 않았지만, 여러 사람이 함께 일할 때는 그 능력 차이가 열 배, 스무 배 영향을 미친다는 걸 절감했다.

그때의 경험으로 우리 회사는 어떤 공사를 하던 현장에 오전

6시에 도착하고, 7시에 조회를 한다. 회의에서 대표의 인사나 당부도 5분을 넘기지 않는다. 시간을 경제적으로 쓰는 게 생산성의 첫째 조건이기 때문이다.

지난해 영화 「모가디슈」를 보면서, 다시 한번 출장 때 경험했던 소말리아와 그곳 사람들이 생각났다. 내란과 배고픔에 시달리면서도 자기네 나라는 〈강도와 도둑이 없는 살기 좋은 나라〉라던 순박한 사람들이었다. 소말리아에 머물던 한 달, 가장 힘든 건 외부와의 단절이었다. 바깥세상 소식을 접할 수 있는 거라곤 영자 신문 정도였고, 호텔에서 한국으로 전화를 거는 건 꿈도 꾸지 못할 일이었다. 우체국에서 국제 전화를 신청하고 소말리아에서 유럽을 거쳐 한국까지 전화를 연결하는 30~40분을 기다려 겨우 통화가 이루어졌을 때, 지지직거리는 잡음 속에서 어머니 음성이 들리는 순간, 왈칵 눈물이 쏟아졌다. 잘 해내고 있다고 생각했는데, 오랜 객지 생활에 나도 모르는 새 고달픔과 외로움을 느끼고 있었던 모양이다. 그 차가운 외로움에 와닿던 따뜻하고 걱정스러운 어머니의 목소리가 위로인 동시에 큰 격려였다.

최고의 무기는 기술력과 끈기

세일즈 엔지니어로 일하면서 잊히지 않는 일이 있다. 영업부 근무 초기에 IBRD 입찰이 있었다.

서울지방국토관리청에서 중장비를 일괄 구입하는 입찰 공모였다. 조달청이 주관하고 기술 검토는 토목 엔지니어링 회사가 하게 되어 있었다. 전국 팔도에 중장비 한 대씩을 납품하는 규모여서 우리 회사 차원에서는 적지 않은 물량이었다.

조달청 입찰은 회사에서도 처음 도전하는 일이었다. 나는 그때까지 조달청이 어디에 있는지도 몰랐다. 그런 입찰 초보 앞에 국내 제1의 기업인 삼성물산이 경쟁사로 등장했다. 다윗이 골리앗을 마주한 것 같은 압박감을 달래며 12억 6천만 원이라는 액수로 입찰했다. 결과는 허무하게도 3위였다. 1등은 역시 삼성물산이었고 그쪽에서는 12억 원을 제시한 것으로 알려졌다.

함께 입찰에 참여했던 부장님과 나는 낙심한 채 쓸쓸히 회사로 돌아왔다. 그런데 시간이 지나면서 아쉬움이 억울함으로 변하기 시작했다. 나는 우리 회사가 그 입찰을 따낼 거라는 확신이 있었다. 당시 비슷한 종류의 기계를 만드는 회사는 강원산업, 현대중공업, 삼성물산, 이렇게 세 회사였다. 규모는 강원산업이 가장 작았지만, 기술력에는 최고라는 자신감이 있었다. 내가 설계한 기계들이었고, 또한 기술력에 대해 당당했다. 회사의 규모를 떠나 기술력에서는 어떤 회사보다 앞선다고 확신했다. 직감적으로 〈이건 부딪혀서 해결해야 한다〉는 생각이 들었다. 그때부터 조달청, 국토개발부, 설계 사무소 등을 찾아다니며 담당자들에게 우리 회사의 기술력과 제품의 장점에 대해 열심히 설명했다. 아마 그때 나를 상대한 조달청 직원은 나의 집요함에 지겨웠을지도 모른다. 하지만 그 세 곳이 심사의 주체였기에, 내가 마지막까지 할 수 있는 건 그들에게 우리의 기술력을 제대로 알리는 길뿐이었다. 그토록 간절한 기다림은 다시 없었던 것 같다.

마침내 우리 회사가 사업 대상으로 결정됐다는 소식이 전해졌다. 기술 점수에서 최고점을 획득해, 입찰액의 열세를 극복하고 계약하게 된 것이다. 회사 전체가 경사 분위기에 들뜨고 나에게는 칭찬이 이어졌다. 당시 우리 사업부는 연간 매출이 불과 50억 원 수준이었다. 그런데 영업을 시작한 지 얼마 안 된 초보 세일즈맨이 삼성물산을 제치고 단일 계약 금액으로는 최고인 계약을 따냈으니 회사 전체가 흥분을 안 할 수 없었다.

만약, 입찰에 실패한 날 실망해서 술이나 마시고 집에 돌아가 버렸더라면 어땠을까? 경쟁 상대가 국내 제1의 거대 기업이었으니 결과에 대해 크게 뭐라 할 사람은 없었을지 모른다. 하지만 내 기술력을 믿고 그걸 인정받기 위해 끝까지 최선을 다했기에 성과를 얻을 수 있었다. 포기하는 순간 핑곗거리를 찾게 되고, 할 수 있다고 믿는 순간 방법을 찾는다는 걸 스스로 체득한 기회였다.

때를 맞춰 미국 시장이 개척되고 호주와 뉴질랜드에도 수출이 활발해져 유럽 쪽은 OEM 계약을 하는 등 강원산업 광산 기계 해외 영업은 전성기를 맞이하기 시작했다. 나 또한 〈영업 잘하는 세일즈 엔지니어〉라는 인정과 함께 큰 주목을 받으며 회사 생활을 이어 갔다.

안정이냐? 도전이냐?

잘 다니던 회사를 12년 만에 퇴직했을 때, 내 직책은 과장이었고 회사에서 제법 중추적 역할을 하고 있었다. 그런데 직장 생활을 12년 하면서 조금씩 한계에 부딪히는 걸 느꼈다. 어떤 일을 결정하는 데 있어 내 생각이 제대로 반영되지 않을 때, 특히 상사와 내 생각의 차이가 클 때 그 벽을 넘을 수 없다는 좌절감이었다.

업계의 변화도 내 결정에 영향을 미쳤다. 1985년부터 1988년까지는 기계 수출의 호황기였다. 하지만 1989년을 거쳐 1990년대에 들어서면서 조금씩 상황이 달라지고 있었다. 우리나라 대기업 대부분에 노조가 생기고 파업이 늘어나기 시작하면서, 근로자의 임금이 1년에 20~30퍼센트씩 가파르게 상승하기 시작했다. 결과적으로 제조 원가가 크게 올라갈 수밖에 없었다. 환율도 원화가 강세를 보이며, 1989년에는 1988년 대비해 두 배 가까운 가격으로 수출해야 할 상황에 이르렀다.

찬란하던 수출 담당 과장의 위치가 점점 위축되어 가는 것을 느낄 즈음, 나는 회사에 수입 판매 병행을 제안했다. 그 시점이야말로 수입 판매를 해야 할 적기라고 보고 있었다. 시장 판세가 그랬다. 그러나 회사 경영진은 내가 열심히 준비한 수입 사업에는 관심이 없고, 그저 해오던 대로만 하려고 했다.

〈머물 것인가, 도전할 것인가?〉 안정된 직장 생활과 새로운 진로 모색의 갈림길에서 고민이 시작됐다. 그때까지의 나는 평범하게 학교를 마치고, 직장에서 자신의 주어진 업무를 충실히 하는 걸 최선으로 생각하며 살아온 평균치의 사람이었다. 창업은 생각해 본 적도 없었다. 회사에 남는다면 안정된 삶은 그대로 유지될 것이었다. 하지만 이미 느끼기 시작한 〈한계〉에 관한 고민은 반복될 게 뻔했다. 그런 상황을 머릿속에 그리고 있다는 자체가, 어찌 보면 변화를 꾀하지 않는 조직에 대한 의욕 상실 상태였다. 정체된 안정보다 전진하는 도전으로 마음의 추가 기울었다. 회사가 외면한 기계 수입 판매를 내가 해서 성공시켜 보겠다는 마음이 점점 커졌다. 막연한 희망이 아니라 그간의 경험을 통한 어느 정도의 확신이 있었다. 하지만 주변에서는 퇴사하는 나를 격려하면서도 한편으로는 걱정하는 눈치였다. 나를 바라보는 가족의 시선도 불안하기는 마찬가지였다. 〈나갔다가 뜻대로 되지 않으면 언제고 돌아오라〉는 상사의 말은 고마웠지만, 그런 말에 여지를 두지 않기로 굳게 다짐했다.

시흥 유통 상가 2층, 보증금 200만 원에 월세 20만 원을 내는 조그만 사무실은 회사라고 하기에 옹색했다. 전화 받고 잡무를 도와줄 직원 한 명, 사무실 집기는 설계 드래프터 1세트, 타자기, 팩스가 전부였다. 아주 최소한의 구색만 갖춘 사무실……. 지금 돌이켜 보면 용감한 것이었는지 무모한 것이었는지 모를 시작이었다. 비즈니스 역시 제로에서부터 시작이었다. 나는 전 직장에 대한 예의라고 생각해, 강원산업에서 나오면서 카탈로그 하나도 가지고 나오지 않았다. 어렵더라도 모든 걸 내 손으로 시작하고 일궈서 확실한 나의 것으로 만들고 싶었다.

1990년 무렵에는 무역하는 사람이 드물었다. 흔히 오퍼상으로 불린 무역 대리업은 무역 중개를 하고 수수료를 받았다. 처음 2~3년은 외국 유명 회사들과 접촉하며 정보 교류를 하고 수입 거래를 확보해 나가면서 내부 기술 작성, 국내 거래처 개척 등으로 하루 24시간이 모자랄 만큼 열심히 뛰었다. 무역 일은 시차 극복도 업무의 한 부분이었다. 미국이나 유럽 회사와 통화 시간을 맞추기 위해서는 자다가도 일어나 사무실로 달려 나가야 했다. 그야말로 밤낮없이 뛰고 또 뛰었다.

당장 성과가 보이지 않아 갈등을 느끼고 초조한 순간들도 있었지만, 나는 뒤를 돌아보지 않기로 했다.

그토록 일에 매달린 데에는 이유가 있었다.
강원산업을 퇴사하고 창업하기 전, 나는 6개월 정도 다국적

기업에서 근무한 경험이 있었다. 유럽에서 드라이브 엑셀을
만들던 그 회사는 한국 지사를 만들 준비 중이었다. 그들은 내게
〈브랜치 오피스 매니저〉라는 직함을 주고 두 달간 유럽에서
연수시켰다. 돌아와서는 한국 사무실 세팅을 준비하면서 동시에
본업인 세일즈 엔지니어로도 일해야 했다.

싱가포르에 있는 호주인 상사는 직원을 〈일하는 로봇〉 정도로
여기는 것 같았다. 그가 지시하는 대로 일하자면, 하루에 최소
업체 세 곳을 방문하고 일주일에 열다섯 군데 출장을 가야 했다.
일요일까지 일해도 시간이 모자랄 판이었다. 몸만 힘든 게
아니라 마음속에서도 삐걱거리는 소리가 들리는 듯했다.
그런데도 그는 걸핏하면 업무 성과를 걸고넘어지며 시비를
걸었다. 주말까지 일하는 내게 〈게으르다〉는 핀잔을 준
부분에서 인내심이 바닥나고, 결국 한바탕 말싸움이 벌어지고
말았다.

시드니 본사에서부터 나를 해고하기 위해 날아온 사람의
언어에는 인간미가 전혀 없었다.

「이달 말부터 우리 회사에 당신 자리는 없습니다.」

대학 시절 갖가지 아르바이트부터 강원산업 12년의 직장
생활까지, 나는 어느 곳에서도 〈일 못 한다〉는 소리를 들어 본
적이 없었다. 능력이 뛰어나서가 아니라 〈자신이 맡은 일에는
최선을 다한다〉는 나의 기본 때문이었을 것이다. 스스로
떳떳했기에 인정할 수 없는 평가였다. 그 6개월은 내게 인생

최악의 쓴맛으로 남았다.

그게 내가 창업하면서 더 이를 악문 이유 중 하나였다. 이유 없이 당했던 수모를 극복하기 위해서는 꼭 성공하고 싶었고, 무엇보다 나 자신에게 능력으로 입증하고 싶었다.

머리 좋은 사람보다 신뢰를 주는 사람

창업 3년쯤에 접어들면서 서서히 변화가 생기기 시작했다. 강원산업 재직 시절 알고 지냈던 홍콩, 대만, 인도네시아 현지 거래처로부터 소량의 수출 거래가 시작되었고, 미국 마틴 마리에타의 집진 설비인 〈더스트 부스터〉가 판매에서 호조를 보이기 시작했다. 보통 오퍼상들은 한두 회사와 거래하는 정도였는데, 우리 회사는 1~2년 사이에 약 열 군데의 회사와 거래할 정도가 되었다.

그러나 우리 회사 성공의 결정적 요인이 된 것은 비즈니스에서 맺은 〈인연〉의 도움이었다. 프랑스인 이브 슈아나르는 나와 같은 기계공학과 출신에 나이도 비슷해 처음부터 통하는 구석이 많았다. 강원산업 때부터 업무에서도 서로를 신뢰하는 사이였다.

내가 〈광산기공〉을 만들고 분투하고 있을 때, 그가 프랑스 M.S사의 〈샌드 플랜트〉를 소개해 주었다. 샌드 플랜트는 골재를 생산하는 쇄석 라인에서 부산물로 산출되는 돌가루를 재활용하여 모래를 생산하는 시스템이다. 자연에서 채취하는 모래의 대안이며 일명 〈부순 모래〉로 불리기도 한다.

1990년대 초만 해도 국내에서는 인공 모래에 대한 인식이 거의 없는 상태였다. 강에 나가면 쉽게 모래를 채취할 수 있는데 인공 모래가 왜 필요하느냐는 식이었다. 그러나 미국, 유럽, 일본 등에서는 천연자원인 바닷모래와 강모래의 고갈을 예상해 인공 모래 제조 설비에 관한 연구가 상당히 진척된 상황이었다. 나는 프랑스 회사의 사업 모델에서 힌트를 얻어 샌드 플랜트를 우리 회사의 주력 아이템으로 삼았다. 국내에서는 미개척 분야이기에 더욱더 미래 가능성이 있다고 여겼다.

1996년 드디어 화성 발안에 1천2백 평 용지를 사고 1997년 여름에 공장을 준공했다. 기계 제조업이 쉽지 않은 길이라는 것은 익히 알고 있었다. 그러나 회사 생활을 통해 배운 나의 기술과 선진국 기술을 도입해 광산기공만의 성공 모델을 만들어 보겠다는 목표를 세웠다.

그런데 공장 문을 연 지 몇 달 지나지 않아 청천벽력 같은 일이 벌어졌다. 그해 11월 IMF 외환 위기가 터진 것이다. 수입하던 기계들의 가격은 거의 두 배까지 상승했고, 은행 이자는 감당할 수 없을 만큼 뛰어올랐다. 그 막막한 상황에서 나를 살린 건 외국의 거래 회사들이었다. 주요 수입 거래처인 프랑스, 호주, 일본 회사 등이 나를 신뢰하고 대금 지급을 유예해 달라는 요청에 모두 동의해 주면서 그 위기를 넘길 수 있었다.

지금도 우리 회사와 한 번이라도 거래해 본 외국 회사들은 신용장을 요청하지 않는다. 지급 기일을 한 번도 늦추지 않으며 쌓은 신용 덕분이다.

비즈니스를 하는 사람은 누구나 〈신용〉의 중요성을 이야기한다. 제품의 질이 기업의 자존심이라면, 신용은 기업의 생명이나 다름없기 때문일 것이다.

2000년대 초반의 일이었다. 처음에는 프랑스 M.S사의 제품을 수입 판매하다가, 1997년 말 합작 및 기술 제휴 계약을 하면서 프랑스 도면으로 100퍼센트 국산 제작을 하게 됐다. 우리나라 시장은 프랑스에서 설계된 것보다 큰 기계를 원한다는 점이 달랐다. 과감하게 300T/H급 샌드 유닛을 설계해 시장에 출시했더니, 6개월에 6대가 판매되었다. 프랑스 설계로 제작된 제품이 1년에 2~3대 판매되던 것에 비하면 큰 성공이었다. 하지만 뜻밖의 일이 발생했다. 납품한 기계들이 가동된 지 2~3개월 후 문제점이 감지된 것이다. 확인해 본 결과 우리의 설계에 실수가 있었다는 사실을 알게 됐다. 샌드 유닛의 주요 부품인 탈수 스크린의 축과 베어링 설계의 치명적인 실수로, 베어링의 수명이 짧아서 몇 달밖에 견디지 못하는 문제였다. 큰 고민이었다. 설계 실수를 인정하자니 교체 비용이 너무 많이 들고, 또 기계를 교체하는 동안 고객인 회사의 생산 차질이 걱정되었다. 그보다 더 큰 걱정은 고객의 실망이었다. 우리

고객들에게는 그 기계가 전 재산일 수도 있다고 생각하니,
눈앞이 캄캄해졌다. 하지만 길게 고민할 상황이 아니었다.
과감하게 우리의 실수를 인정하고 6대의 기계를 모두 교체해
주었다. 고객의 불편을 최소화하기 위해 몇 달간의 시간 여유를
두고 교체 작업을 시행했다. 기계 전체가 아닌 구동부만
교체하는 작업이었지만, 그 당시 우리 회사의 규모에 비해 적지
않은 부담이자 손실이었다. 기계 한 대 가격이 약 1억 원 정도
했을 때인데, 구동부 교체 비용이 기계 한 대당 4~5천만 원
정도 들었다. 그렇지만 나는 그 결정이 옳았다고 믿는다. 그때
잠깐은 고객들에게 불편을 주었지만, 시장에서의 신뢰는 잃지
않았기 때문이다. 또 금전적 손해는 봤지만 문제점을 파악해
기계를 업그레이드할 수 있었으니, 값진 수업료를 낸 것으로
생각했다.

아무리 좋은 제품을 만드는 실력이 있어도, 신뢰를 잃으면
성공할 수 없다. 모든 인간은, 그리고 기업은 실수할 수 있다.
하지만 실수 후 어떻게 대처하느냐에 따라 결과는 달라진다.
실수를 감추면 그 순간을 모면할 수 있지만, 실수를 인정하고
만회하면 오히려 전화위복의 기회가 되기도 한다.

감사하게도 나는 굳은 신뢰를 가진 많은 사람과 오래 함께
해왔다. 이브 슈아나르와는 30년 넘게 동반 관계를 유지해 오고
있다. 그는 다니던 회사를 나와 M.S사로 이직하고 우리 회사의

비즈니스를 도왔다. 현업에서 은퇴한 후에도 우리 회사
고문직을 맡고 있으며 여전히 가족이자 친구, 그리고 동반자로
함께 살아간다. 이브 슈아나르뿐이 아니다. 창업 30년이 된 우리
회사에는 20년 이상 나와 동고동락한 임직원들이 많이 있다.
서로에 대한 신뢰가 없었다면 그렇게 오랜 시간을 함께하지
못했을 것이다. 젊은 직원들에게 일 잘하라는 소리는 안 해도
신뢰에 대해서는 종종 당부한다.
〈머리 좋은 사람보다 인간관계 좋은 사람, 신뢰를 주는 사람이
성공한다.〉

최고의 기술을 넘는 기술

폴리우레탄 스크린 생산 판매를 전문으로 하는
〈티아이엠TIM〉은 첫 구상부터 회사가 설립되기까지 약 5년의
시간이 걸렸다. 처음 M.S사로부터 수입한 샌드 유닛의 부품이
철망이 아닌 폴리우레탄 망이라는 사실을 알고, 그 부품을 만든
독일 이센만 공장을 방문한 것이 1995년경이었다. 그때까지
한국에는 폴리우레탄 망을 만드는 제작사가 없었다. 폴리우레탄
망은 철망에 비해 고가였지만, 수명이나 효율이 뛰어나
장기적으로 한국에 꼭 필요한 품목임을 직감했다.
한국 내 대리점 계약은 쉽게 진행되었지만, 합작 회사 설립은
쉽지 않았다. 독일 경영진이 봤을 때 한국 시장은 큰 시장이
아니었고, 우리 회사의 규모가 자신들에 비해 작다는 것 또한

이유였을 것이다. 그들은 미국과 독일, 프랑스, 영국 등에 열 곳의 공장과 2천 명이 넘는 종업원을 거느린 세계 최고의 기술 보유 회사였다.

우리가 몇 차례 방문해도 사장은 바쁘다는 이유로 면담 요청을 거절했다. 그래도 몇 번이고 끈질기게 문을 두드렸다. 그리고 마침내 6개월 후 한국을 방문한 하랄트 M. 코흐 사장을 상대로 한국 내 제품 생산의 필요성을 설득한 끝에 합작 법인 설립을 성사했다.

코흐 사장은 사석에서는 매우 신사적이고 정이 많지만, 사업적으로 마주할 때는 독일인 특유의 원리 원칙을 고수하는 엄격한 사람이었다. 합의는 합의일 뿐, 계약서에 서로의 서명이 완료되기 전까지는 완벽히 해야 했다. 독일과 우리가 7대 3으로 지분을 나누기로 하고 합작 회사 설립 준비에 들어갔다. 독일 측은 우리나라 최대 규모의 로펌인 김&장에 의뢰해 계약 사항을 꼼꼼하게 검토하고 있었다. 부족한 영어 실력이지만, 우리 측은 내가 전 과정을 도맡았다. 서류 한 줄, 한 줄 얼마나 주의 기울여 읽고 또 읽었는지 모른다. 거대 로펌의 변호사들을 혼자 상대하며 그 계약을 체결한 것에 대해 지금도 자부심을 느끼고 있다.

어렵게 만든 합작 회사는 20년째 유지되고 있다. 현재는 한국과 독일의 지분이 7대 3으로 역전되었고, 매년 매출의 5퍼센트를

로열티로 지급하고 있다. 그 같은 발전에도 불구하고 내게는
아직 끝내지 못한 숙제가 있다. 우리가 가진 기술들을 더
발전시켜야 하는 중요한 숙제다. 합작 회사라고 하지만 그들이
모든 기술을 이전해 주는 건 아니다. 그렇다고 언제까지나
그들이 제공하는 재료만 받아서 쓸 수는 없다.

우리는 우리 나름의 연구를 계속했다. 기존의 폴리우레탄보다
열 배 강한 우레탄을 개발하는 것, 그걸 만들기 위해 어떤
기계를 써야 좋을지도 주요 연구 과제다. 간혹 연구가 난관에
부딪힐 때 독일 측에 조언을 구하기도 했지만 핵심 기술을
가르쳐 줄 리 없다. 심지어 그들은 기술이나 정보가 유출되는
것을 방지하기 위해, 독일 공장도 잘 보여 주지 않는다. 가끔은
서운할 때도 있지만, 오히려 그런 관계가 자극됐다고 생각한다.
그들의 발전을 보면서 우리는 분발했고, 플랜트 엔지니어링 및
제조 분야에서 국내 선두 주자를 넘어 글로벌 선두 기업의
반열을 향해 가고 있기 때문이다.

여전히 국내 시장은 작고 기술력에서도 그들이 우위를 점하고
있다. 규모 면에서 독일은 우리의 열 배, 미국은 열다섯 배 이상
앞서 있는 상태다. 그러나 희망적인 건 우리 기술력이 그들의
뒤를 바짝 좇고 있다는 사실이다. 개인적으로 기술력에 있어
거의 95퍼센트에 근접했다고 본다. 남은 5퍼센트, 그 이상을

채워서 독일의 기술을 앞지르는 것이 향후 나의 목표다. 그리고 그것이 막연한 꿈은 아니라고 확신한다.

「아무리 좋은 제품을 만드는 실력이
있어도, 신뢰를 잃으면 성공할 수 없다.
모든 인간은, 그리고 기업은 실수할 수
있다. 하지만 실수 후 어떻게
대처하느냐에 따라 결과는 달라진다.」

첫 직장에서 해외 영업 담당으로 수출
상담을 하던 현장. 해외 영업을 하면서
얻은 경험이 나중 창업을 할 때 큰 재산이
되었다.

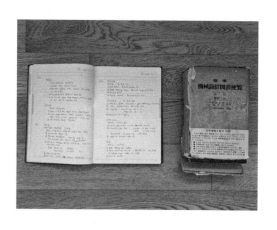

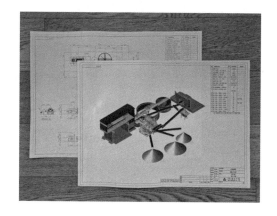

오래전부터 써온 업무 노트와 첫
월급으로 구입한『기계설계도표편람』은
예전의 열정을 되살아나게 하는 마법의
물건들이다.

광산기공이 개발한 500톤/hr
〈샌드유니트〉는 세계에서 가장 큰 모래
선별 기계다. 이제까지 이 부분 세계
최고의 기술은 독일 회사가 보유하고
있지만 이를 뛰어넘을 날이 머지않았다.

좋은 기술은 세상을 바꾼다

요즘 젊은 친구들은 왜 공대를 기피하고 IT나 컴퓨터 관련학과를 선호할까? 심지어 컴퓨터를 전공하면서 경영학을 부전공으로 해야 도움이 된다고도 한다. 상대적으로 기계공학은 저평가되는 분위기다. 이런 현상이 다 취업 때문이라니……. 공부 적당히 하고도 취업하고, 직장 생활 십수 년 하면 집 장만은 할 수 있었던 기성세대 선배로서 미안하기도 하고 안타깝기도 하다. 하지만 이유야 어쨌건 기계공학에 대한 저평가는 진지하게 생각해 볼 문제다.

기계는 공업의 기본이고 제1조건이다. 기계 없이는 산업의 발전이란 있을 수 없다. 그래서 나는 우리가 만들지 못하는 외국 기계를 수입하는 오퍼상을 할 때부터 〈빨리 공장을 지어야 한다〉는 생각에 마음이 바빴다.

내가 기계 제조업을 하기 위해 공장을 짓겠다고 했을 때, 친한 친구의 첫 반응은 〈왜?〉였다. 〈어려운 길을 뭐 하러 자처해서 가려고 하느냐?〉는 걱정스러움이 〈왜〉라는 단 한 마디에 담겨 있었다. 제조 공장은 여러 가지 어려움이 있지만, 가장 큰 어려움은 〈생산 인력 부족〉이다. 생산직 근로자의 부족이라기보다 〈생산 기피〉라는 표현이 맞을 듯하다. 여기에는 급속하게 변하는 사회 풍조도 한몫한다고 본다. 뛰어난 인재를 영입하는 데도 한계가 있다. 그래서 종종 푸념을 늘어놓곤 한다. 〈똑똑한 젊은 사람 한두 명만 더 있으면 지금보다 훨씬 발전할

텐데…….〉

항상 젊은 인재에 대한 갈증이 있다. 공장을 지으면서
〈부사장실〉을 따로 마련해 둔 것도 그런 이유에서였다. 우리
분야에 관심을 가진 뛰어난 인재가 그 방을 차지하고 회사를 더
멋지게 발전시켜 주길 바랐다. 지금도 그 방의 주인이 될
적임자를 찾고 있다.

기계공학을 공부하며 엔지니어로서의 진로에 대해 고민하는
친구들에게 몇 가지 이야기해 주고 싶다.
먼저 많은 사람이 궁금해하는 직업으로서의 발전 가능성이다.
기계 기술은 무한히 발전해 나갈 분야다. 현재도 할 일이 정말
많다. 기계는 몇백 개의 부품이 모여서 하나의 제품이 된다.
그것들을 지속해서 발전시켜 좀 더 좋은 기계를 만드는 게
엔지니어의 일이다. 갑자기 세상에 없던 기계를 만들기는
어렵다. 현재의 것들에서 조금씩 발전시켜 나가다 보면 이전의
것과 차별화되는 새로운 제품을 만들 수 있다. 기존의 것을
발전시켜 나가는 과정도 또 다른 의미의 창조다.
스마트폰을 보더라도 알 수 있듯이, 한 가지 기술이 5년이나
10년을 가는 예는 없다. 새로운 기술을 담았다고 요란하게
광고한 신제품도 불과 몇 달 뒤면 구형이 된다. 끝없이 연구하고
변화하지 않으면, 개인과 기업 모두 발전하기 어렵다.

그럼 엔지니어로서 좋은 자질은 어떤 것인가?

좋은 엔지니어는 자신만의 독특함을 가지고 있다. 일 잘하는 엔지니어들을 보면, 관심 분야가 독특하거나 사물을 바라보는 시각이 남다르다. 보편적인 사람들은 자동차의 브랜드, 외관, 기능에 관심을 가지지만, 오직 〈엔진〉만이 관심사인 사람이 있다. 관심사가 정확하면 그것에 관한 집중력도 높다. 그런 집중력을 가진 사람들은 대체로 자기 생각에 대해 고집이 센 편인데, 어느 정도의 고집과 끈기는 엔지니어에게는 미덕이다. 독특한 시각으로 사물을 바라보고 그것을 비틀거나 뒤집어 볼 통찰력이 필요하다. 그 통찰력은 거저 생기지 않는다. 사람들과의 관계에서 배우기도 하고, 책 속에서 얻기도 한다. 나는 사람들과의 관계 속에서 정말 많은 것을 배웠다.

그다음은 기술의 가치에 관한 것이다.

기술은 쌓이는 것이다. 언젠가 TV에서 일본의 은퇴자들이 제2의 인생을 살아가는 모습을 담은 다큐멘터리를 본 적이 있다. 그중에는 가전제품 회사의 고문으로 일하는 80대 엔지니어가 있었다. 직함만 가진 은퇴자가 아니라, 실제 제품을 연구하는 엔지니어 기술 고문이었다. 그가 일하는 모습은 기술이 세월 속에서 어떻게 축적되는지를 직접 보여 주고 있었다. 아무리 취업과 고용이 불안하다고 해도, 자신이 능력만 있다면 70, 80세가 되어도 현역으로 일할 수 있는 게 엔지니어다.

독일이나 일본은 엔지니어 스페셜리스트가 많다. 한 우물을 지속해서 파니까 그런 독보적인 존재들이 생기는 것이다. 그런데 우리는 엔지니어도 일정 나이가 되면 관리직으로 보낸다. 그걸 출세나 대접이라고 생각하는 건, 여전히 엔지니어에 대한 인식이 낮다는 의미일 것이다. 이런 인식은 좀 달라졌으면 한다.

마지막으로 내가 생각하는 엔지니어로서의 장점이자 보람은, 기술을 통해 세상을 좋은 방향으로 이끌 수 있다는 점이다. 나는 교통 법규를 지키지 않는 무례한 운전자를 몹시 싫어한다. 운전 중에 깜빡이를 켜지도 않고 불쑥 차선을 변경해 끼어드는 차량 때문에 깜짝 놀라며 급브레이크를 밟는 경험은 누구에게나 있다. 이런 경우를 방지하기 위해, 차선을 변경할 때 운전자가 깜빡이를 켜지 않으면 경고음이 울리는 기계를 장착하는 것이다. 사소해 보이지만 이런 장치가 있다면 안전 운전에 도움이 될 것 같다.

아파트 쓰레기 수거함을 보고 〈폐기물 소각 발전소〉에 관한 생각도 해봤다. 기름이나 석탄 대신 가연성 생활 쓰레기를 태워서 에너지를 만드는 게 가능하지 않을까? 이게 현실화한다면 쓰레기 처리와 환경 문제 해결에 큰 도움이 될 듯하다.

사소하고 때로는 말도 안 되는 것 같은 생각이 중요한 모티브가

되기도 한다. 생활 속에서 눈길이 가는 것, 불편한 것들을 그냥
지나치지 말아야 한다. 세상에는 좋은 기술이 다양하다.
엔지니어는 기계를 통해서 세상의 잘못된 문제를 개선할 수
있고 인간의 삶을 질적으로 높일 수도 있다.

최선, 변화, 그리고 정도(正道)

대학 시절의 내 생활에는 여백이 없었다. 공부는 과에서 평균
정도였지만 그 밖의 캠퍼스 생활에서는 거의 상위권이었을 거로
생각한다. 친구들과 어울려 노는 것도, 운동도, 아르바이트도
남보다 몇 배 더 많이, 그리고 열심히 했다. 그렇게 분주한
가운데 연애도 했다. 실연당하기도 하고 상대방에게 아픔을
주기도 하면서 어렴풋하게 인생의 쓴맛을 깨달았다.
고민이 많던 시기였다. 아버지가 편찮으셔서 집에는 어두운
분위기가 드리워져 있었다. 그 무거운 분위기와 마음껏 만끽할
수 없던 청춘의 충돌에서 벗어나고 싶어 더 많은 것에 골몰했던
것 같다. 대학 1학년 때는 혼자 배낭여행을 떠나 탄광까지
갔다가 돈이 다 떨어지는 상황에 놓인 적도 있었다. 주머니를
탈탈 털어 10원짜리까지 긁어모았더니 다행히 충주 고모님
댁까지 갈 기차푯값이 돼서 낭패를 면할 수 있었다.
직장인이 된 후에도 고민이 끝나지 않았다. 언제까지 회사에
다닐 것인가? 이게 정말 내 길인가? 이 사람을 만나야 하나,
말아야 하나? 삶에 대해 끊임없이 고민하다 보니 〈교회를

나가야 하나, 말아야 하나?〉 하는 신앙적 갈등까지 생겼다.

표면적으로는 건실한 직장인이었지만, 30대 시절은 내 인생 중 가장 방황하고 미래에 대해 불안해했던 시기였다.

그렇게 흔들리던 내가 조금씩 안정을 찾게 된 건 〈카네기 교육〉을 받으면서부터였다. 그때 읽은 데일 카네기의 『걱정 없이 사는 기술』에서 깊은 감명을 받고, 〈고민하지 말고 현재 하는 일에 최선을 다하며 살자〉는 나름의 깨달음을 얻은 뒤 20~30대에 걸친 긴 터널에서 빠져나올 수 있었다.

직장 생활하는 동안 일에서도 개인적 삶에서도 최선을 다하려 노력했다. 한창 회사 생활로 바쁘던 1986년 서울 아시안 게임과 1988년 서울 올림픽 대회 때는 자원봉사에 지원해 배구 경기장 경비팀장 업무를 맡았다. 그 자원봉사를 하기 위해, 여름휴가 6일과 추석 연휴 3일을 고스란히 바쳐야 했다. 몸은 힘들어 매일 저녁 앓는 소리를 해야 했지만, 우리나라에서 열리는 역사적인 국제 스포츠 대회에 국가를 위해 봉사해야 한다는 순수한 신념이 있었기에 최선을 다했다.

나는 경험한 모든 것에서 한 가지씩 꼭 배웠다. 친구들과 놀면서도 배울 것이 있고, 힘들었던 아르바이트에서도 배운 게 있었다. 아주 오랫동안 좋아하고 또 많은 배움을 얻은 것은 〈역사〉 공부다. 혼자서 책을 찾아 읽고, 강의를 듣기도 한다. 20년째 애청 중인 KBS 라디오 「다큐멘터리 역사를 찾아서」라는 프로그램은 매우 중요한 교재다.

지금은 고려사이버대학교 문화예술경영학과 학생으로 새로운 분야를 공부하고 있다. 딸 둘이 모두 음악 전공자인 데다 아내가 영화, 미술, 음악을 두루 좋아하고 그 역시 혼자 찾아다니며 열심히 공부하는 사람이라, 서로의 공부에 도움을 주기도 한다. 평생 공부한다는 건 자랑이 아니라 엔지니어로서 기본자세다. 주변 친구나 선후배들을 보면 음악, 인문학 등을 탐닉하며 기계와는 상관없을 것 같은 공부나 취미 생활을 하는 사람들이 매우 많다. 엔지니어는 항상 변화하고 발전하며 개선하고자 하는 젊은 삶을 추구해야 한다. 정체되지 않기 위해서는 공부하고 변화할 수밖에 없다.

기계공학도들뿐 아니라 누구라도 〈1년에 한 가지씩 주제를 정해 공부하기〉를 권하고 싶다. 관심을 가진 전문 분야이건 즐거움을 좇아서이건 상관없다. 그렇게 한 가지를 깊이 알아 가다 보면 삶이 풍성해진다는 게 어떤 의미인지, 또 새로운 시각으로 세상을 바라보는 즐거움이 어떤 것인지 알게 될 것이다.

나 자신에게 〈너는 인생을 성공적으로 살았는가?〉라고 질문해 본 적이 있다. 선뜻 〈네〉라는 답이 나오지 않았다. 돌이켜 보면 후회스러운 일, 아쉬운 일이 너무 많다.

나는 주변 사람들로부터 엄청난 칭찬은 받지 못해도, 최소한 욕을 먹는 사람은 되지 않으려고 노력했다. 우리 회사의

고객들에 대해서도 마찬가지다. 티아이엠은 거래 회사가 몇백
개다. 그중에는 신용이 좋은 곳도 있고 그렇지 못한 곳도 있다.
심지어 대금 지급에 애를 먹이는 회사도 있다. 거래 때마다 너무
힘들게 하니까 〈그 회사에는 비싸게 팔자〉고 말하는 직원도
있다. 하지만 내 원칙은 상대가 어떻게 하건 똑같은 가격으로
판매하는 것이다. 그게 〈정도〉이기 때문이다. 정도를 벗어나
편법을 쓰거나 작은 이익을 노리다가 자칫 잘못하면 큰 이익을
놓치는 우를 범할 수 있다.

살다 보면 편한 길, 지름길, 구부러진 길, 막다른 길…… 수많은
길 앞에 서게 된다. 어느 길로 가야 할지 판단이 서지 않을 때,
〈이것이 정도인가?〉 스스로 물어보기를 바란다. 조금 돌아가도
바른길로 간다면 분명 실수나 후회를 줄일 수 있다.

이종구 ㈜광산기공 대표 이사. 연세대학교 기계공학과를 졸업하고, 강원산업에서 〈세일즈
엔지니어〉로 12년간 근무하였다. 안정된 직장 생활을 그만두고, 제로부터 비즈니스를 시작하는
마음으로 〈광산기공〉을 설립했다. 2014년, 2020년 산업통상자원부 장관 표창을 두 번 받았다.
1997년 샌드 플랜트 공장을 준공하여 기계 제조업에 매진하였으며, 2000년 폴리우레탄 스크린
생산 판매를 전문으로 하는 티아이엠을 세워 지금껏 세계 최고로 키우고 있다.

4

간절함과 몰입이
문제 해결의 시작이다

감우균

㈜영일ONC 부사장

대학 3학년이던 1986년 서울 아시안 게임
자원봉사자로 몰디브 IOC 위원을 수행했다.
장기간 학교 결석으로 곤욕을 치렀지만, 20대를
한 뼘 성장시킨 값진 경험이었다.

선택의 책임을 배우다

서울 아시안 게임이 개최되던 1986년, 나는 대학 3학년이었다.
정부에서는 국가적 차원의 국제 행사에 시민들의 자원봉사를
적극적으로 독려하고 있었다. 그동안 어학당에 다니며 갈고닦은
영어 실력을 테스트해 보고 현장 경험도 쌓을 수 있는 절호의
기회라고 생각해 자원봉사에 지원하였다.

2학기가 시작되고 얼마 되지 않은 어느 일요일 저녁에 집으로
전화가 왔다. 다음 날 아침 일찍 조직 위원회 사무실로 오라는
것이다. 일요일 저녁의 갑작스러운 요청에 순간 당황했다. 가장
먼저 〈학교는 어떻게 하느냐?〉고 물었더니 전화를 건 담당자는
〈강의 출결 문제는 조직 위원회에서 알아서 처리할 테니
걱정하지 말고 나오기만 하면 된다〉고 했다. 자원봉사를 하게
되었다는 약간의 흥분과 〈정말 학교에 직접 연락하지 않아도
될까?〉 하는 의구심으로 머리가 복잡해졌다.

다음 날 조직 위원회 사무실에 나가 전후 사정을 듣고서야, 왜
그리 다급하게 연락했던 것인지 알 수 있었다. 서울 아시안

게임에 참석하는 몰디브 IOC 위원을 수행하기 위해서 아랍어 통역을 배정했는데, 뒤늦게 영어를 사용한다는 것을 알게 되었다는 얘기였다. 지금은 최고의 신혼 여행지로 꼽히는 곳이지만, 그때는 몰디브가 어디에 있는지도 모를 만큼 생소한 나라였다. 조직 위원회에서도 정보가 부족한 상태에서 국교가 이슬람교라는 것만 알고 아랍어 통역을 배정한 것 같았다.

그렇게 얼떨결에 시작한 자원봉사로 몰디브 IOC 위원과 서울 아시안 게임이 열리는 현장과 회의, 그리고 각종 행사장을 함께 다녔다. 경기장이나 회의 현장에는 전문 통역사들이 별도로 배치되어 있었고, 내 역할은 말 그대로 수행 요원이었다. 수행 대상과 아침부터 저녁까지 온종일 함께 다니며, 요청 사항을 해결하고 통역을 제공하는 수행 비서 역할을 했다.

자원봉사 과정에서 웃지 못할 에피소드도 많았다. 하루는 늦잠을 자는 바람에 허둥지둥 택시를 잡아타고 의전이 시작되는 호텔로 가자고 했다. 택시 기사는 잔뜩 피곤한 기색에 숨을 헐떡이는 나를 한번 힐긋 쳐다보더니 〈요즘 행사 때문에 호텔에 손님이 많아서 힘들겠어요〉 하는 것이었다. 당시 수행 요원의 유니폼이 빨간색 재킷이었는데, 그걸 입고 호텔로 가자고 하니 나를 호텔 종업원으로 여긴 모양이었다.

그런 재미있고 힘든 일정 속에 서울 아시안 게임이 끝난 뒤에도 몰디브 IOC 위원은 다른 행사와 관련된 국제회의에 참석하고, 서울 시내와 인근 유적지를 돌아보는 일정을 이어 갔다. 그 남은 과정까지 수행을 마친 뒤에야 자원봉사는 끝이 났다.

그렇게 한 달쯤 특별한 경험을 하고 오랜만에 학교에 갔더니 아주 난감한 상황이 벌어졌다. 이미 중간 고사가 끝난 후였고, 조직 위원회에서 장담한 학교 문제는 해결되지 않은 상태였다. 국가 행사 참여로 인한 결석과 시험 미응시를 고려해 당장 불이익을 받지는 않는다고 해도, 한 학기의 3분의 1 이상을 결석하고 나니 도저히 수업을 따라갈 수가 없었다.

자원봉사는 내가 하고 싶어서 신청했고, 여러 의미로 잊지 못할 경험이었다. 우리나라가 주관한 기념비적인 국제 스포츠 행사에 일부분이나마 이바지했다는 보람, IOC 위원을 수행하며 곁에서 보고 느낀 값진 경험 등 20대의 한 달 정도는 기꺼이 투자할 만한 일이었다. 그러나 그 결과 나는 3학년 2학기 내내 무슨 뜻인지도 모를 전공 수업 강의를 들어야 했고, 이후 여러 과목을 재수강해야 하는 상황으로 이어졌다.

중간에라도 학과 사무실이나 교수님들께 연락해 출석하지 못하는 상황이나 이후 보충할 수 있는 대책 등을 논의했어야 했는데, 급하게 자원봉사를 시작하며 조직 위원회의 말만 믿었던 게 잘못이었다. 〈확인〉이라는 중요한 과정을 거치지 않은 자신을 탓할 수밖에 없었다. 선택에는 대가가 따르며, 그 결과를 책임져야 한다는 것을 뼈저리게 느낀 사건이었다.

적응과 부적응의 혼돈기

무엇을 공부하고 어떤 직업을 갖느냐? 나아가 어떤 가치를
지키며 살아가느냐? 하는 것은 결국 〈선택〉의 문제다. 나 역시
끝없이 그런 선택을 해왔다. 대학 진학, 첫 직장에서 부서를
옮긴 일부터 몇 차례의 이직과 창업, 그리고 새로운 분야에 관한
공부와 도전 등 끊임없이 선택의 갈림길에 서곤 했다. 어쩌면
살아가는 매 순간이 선택이기에, 언젠가는 그런 성공과 실패의
경험을 다른 사람들과 공유하고 싶단 생각을 해왔다.

스무 살의 나는 힘겹고 복잡한 상태였다. 대학 진학에 실패해
재수를 해야 했기에 힘겨웠고, 예측할 수 없는 미래에 관한 숱한
물음표들로 복잡했다. 또 한편으로는 1980년대라는 시대
상황이 그런 감정들을 더 깊게 만들었다.

그 시절 내게 작은 숨구멍이 되어 준 것은 〈책〉과 〈음악〉이었다.
우울하고 힘든 날, 책 속의 좋은 문장 한 줄에서 위로나 희망을
얻곤 했다.

〈기계공학과〉로 진로를 결정한 것도 한 권의 책 때문이었다.
『옛날 옛날 한 옛날』은 1970년대 재계에 혜성같이 나타났던 한
기업인의 자전적 기록이었다. 대학을 졸업하고 외국계 회사에서
일하던 이창우는, 중고 선반 기계 한 대로 기계 부품을 만드는
사업을 시작했다. 그렇게 만든 부품을 대기업에 납품하는 일을
하다 무역업에 진출하고, 때마침 건설 붐이 일기 시작한 중동
시장에 진출하면서 단기간에 사세를 확장해 유명해진

인물이었다.

하지만 내가 그 책, 정확하게 그 기업가에게 매료된 건 성공담 때문이 아니었다. 아이러니하게도 그 책은 회사가 몰락한 이후에 그간의 상황과 심경을 기록한 것이었는데, 사업가로서만이 아니라 그의 삶을 보여 주는 여러 모습이 담겨 있었다. 이창우는 대학에서 기계공학을 전공한 사람이었다. 그런데 첫 직장은 전공과는 무관해 보이는 외국계 은행이었고, 한시와 영시를 쓰는 등 문화적 요소가 충만한 모습이었다. 어렸을 적부터 공부 외의 다양한 것들에 호기심을 느꼈던 내게는 〈문화적인 공학도〉의 모습이 정말 이상적으로 보였다. 나도 기계공학을 공부하며 그런 삶에 가까워질 수 있으리라는 기대를 하게 되었다. 돌이켜 보면 단순하기 이를 데 없지만, 내가 기계공학을 선택하는 데 그 책이 결정적인 영향을 미친 건 사실이었다.

그런데 이상과 현실 사이에는 많은 차이가 존재했다. 얼떨결에 전공은 선택했지만, 어떤 공부를 하고 사회에 진출하면 어떤 일을 하는지…… 아는 게 하나도 없었다. 게다가 막상 공부를 시작하고 보니 생각보다 훨씬 어려웠다. 고교 시절 수학과 물리는 꽤 잘한다고 자부하고 있었음에도, 전공 공부를 따라가기가 쉽지 않았다. 나뿐 아니라 학생 상당수가 역학과 공업 수학을 어려워한다는 게 그나마 위안이었다. 학점을 따기 위한 공부는 거의 생존 경쟁에 가까웠다.

지금도 가장 잊히지 않는 건 수시로 치러야 했던 〈퀴즈〉였다.
퀴즈는 비교적 간단한 쪽지 시험 같은 것인데, 전공 과목
대부분이 중간 고사와 기말 고사 외에도 수시로 이런 퀴즈를
실시했다. 가뜩이나 따라가기 힘든 공부에, 과제도 내야하고
게다가 수시로 치르는 시험 부담까지 더해지니 감당하기가 쉽지
않았다. 그중에서도 매주 토요일 오후 쪽지 시험을 보는 전공
과목은 원망의 대상이었다. 한창 청춘을 구가하는 20대 초반,
토요일 오후 시험은 너무 잔인했다. 주말만이라도 공부에서
해방돼 자유를 누리고 싶었다. 우리는 궁리 끝에 교수님께 시험
시간을 변경해 달라는 요청을 했고, 뜻밖에도 교수님은 흔쾌히
승낙을 하셨다.

「그래, 너희가 원한다면 그렇게 하자. 다음 주부터 퀴즈는
월요일 0교시로!」

충격이었다. 월요일 아침 0교시에 시험이라니……. 아예
토요일과 일요일이 사라져 버릴 판이었다. 재론의 여지가
없었다. 시험은 그때까지 해오던 대로 한 학기 내내 토요일
오후에 진행되었고, 더 이상 누구도 이의 제기를 하지 않았다.
학생들의 불평을 들으면서까지 군이 토요일 오후에 시험을
치르게 했던 교수님의 마음은, 세월이 한참 흐른 뒤 겸임 교수로
강단에 서면서 조금은 이해할 수 있었다.

내면의 빈 공간을 채우려는 본능

고3과 재수 시절, 도서관에 앉아서 공부하다가도 노트에 버킷 리스트를 적곤 했다. 이것저것 관심사는 많은데 공부 외에 한눈을 팔 수 없는 상황이다 보니, 더더욱 하고 싶은 게 많았다. 대학 시절은 그 버킷 리스트를 실행할 절호의 기회였다. 배낭여행부터 자전거 하이킹, 바이크 라이딩, 컴퓨터 코딩, 마라톤, 검도, 오케스트라, 합창단 등등 당시에는 〈서클〉이라고 불렀던 동아리 활동에 참여하며, 그동안 해보고 싶었던 것들을 하나둘 경험했다.

그중 가장 열심히 참여했던 동아리는 교내 남성 합창단인 〈글리 클럽〉이었다. 마침 내가 재학 중이던 시기에 연세대학교는 개교 100주년을 앞두고 있었다. 글리 클럽은 100주년을 기념하는 공연을 하기 위해 한 해 전에 창단되었고, 나는 운 좋게 창단 멤버로 참여할 수 있었다. 본래 장르 가리지 않고 음악을 좋아하는 편이지만, 여러 명의 높고 낮은 다른 소리가 모여서 하나의 하모니를 이루는 합창은, 다른 음악과는 또 다른 매력과 감동이 있었다. 내 소리뿐만 아니라 다른 사람의 소리를 듣고 같이 융화하는 것이 중요했고, 그래서 절제와 배려가 필요한 공동의 작업이었다. 함께하는 그 몰입의 감동이 오랫동안 합창을 하는 원동력이 되었다.

그렇게 여러 가지 하고 싶은 일들에 빠져 있다가도 문득 이런 생각이 들곤 했다.

〈전공 공부 따라가기도 벅찬데, 뭐 이렇게 하고 싶은 게 많은 거야?〉

어쩌면 그 다양한 동아리 활동들은, 이것저것 관심사가 많던 내 내부의 빈 공간을 채우려는 본능이었는지도 모른다. 그 당시 공부에 전념하지 못한 것이 아쉬울 때도 있지만, 그때의 다양한 활동들이 지금까지 내 인생을 더욱 풍요롭게 만들어 주는 것에 지금도 만족하고 감사한다.

동아리 활동은 아니었지만, 영어 공부를 부지런히 해두었던 것은 20대에 가장 잘한 일로 꼽을 수 있다. 뚜렷한 목적이 있었던 건 아니었다. 〈영어를 잘하면 할 수 있는 일이 많아지고, 폼 나지 않을까?〉 하는 단순한 생각에서였다. 외국인을 만나는 일 자체가 흔하지 않던 시절이었기에, 외국인 강사에게서 영어를 배우고 자연스레 대화를 나눌 수 있는 교내 외국어학당에 등록했다. 방학마다 놀기 반, 공부 반으로 사람들과 어울리며 영어 회화 공부를 꾸준하게 이어 갔다. 그리고 결과적으로 그때의 노력이 내게 좀 더 많은 기회를 제공해 주는 밑천이 되었다.

그렇게 적응과 부적응 상태를 반복하며 아쉬운 시간이 흘러갔다. 고민도 계속하였다.

이 길이 정말 내 길일까? 계속 가야 하나? 아니면 지금이라도 다시 시작해야 하나? 졸업하면 어떤 일을 하며 살아갈 수 있을까? 고민은 꼬리에 꼬리를 물었다.

그 당시는 한창 경제 성장기를 달리던 때라, 기계공학과를
졸업하면 취업은 그리 큰 걱정을 하지 않아도 되는 분위기였다.
극심한 취업난에 시달리는 요즘 젊은이들에 비하면 취업 부담은
덜했을지 모르지만, 불확실한 미래에 대한 두려움과 자신의
선택에 대한 불안과 좌절, 그리고 갈등과 방황은 세대를
불문하는 공통점이었다. 하고 싶은 것은 많고, 사회 현실은
우울했다. 1980년대 대학가를 뒤덮었던 시위대의 구호와
매서운 최루탄 연기 속에 적극적인 동참자도 무관심한 방관자도
아닌 어정쩡한 상태가 더 힘들었다. 잘못된 세상을 되돌리려는
내 또래 학생들의 희생을 지켜봐야 하는 현실 속에서, 가끔 내가
가진 개인적 욕구들이 사치스럽게 느껴지기도 했다.

많은 고민 속에 결국 졸업을 미루고 입대했지만, 군 생활 역시
만만치 않았다. 최전방의 혹독한 환경과 천차만별 사람들
속에서 방황과 극복을 반복했다. 내가 속해 있던 세상으로부터
완전히 분리돼 혼자가 된 것 같은 외로움에 시달리기도 했다.
27개월이란 긴 시간을 견뎌 내는 방법은 오직 인내하는
것뿐이었다.

제대하고 복학을 한 뒤에도 여전히 〈역학〉과 씨름해야 했고
주변 상황도 크게 달라진 건 없었지만, 나는 예전에 비해 잘
견뎌 내고 있었다. 힘들었던 군 생활을 통해 〈인내〉라는 덕목을
얻었다는 걸 스스로 느낄 수 있었다.

행동해야 얻을 수 있는 것

내 첫 직장은 효성이었다. 그때만 해도 평생직장이라는 개념이 있던 시절이기에, 가능하면 규모가 큰 회사에서 일을 시작하려는 것이 일반적이었다. 나 역시 그런 기준으로 직장을 선택했다. 애초 생각했던 것처럼 평생직장이 되지는 못했지만, 이 첫 직장에서 소중하고 다양한 경험을 쌓을 수 있었다.

처음 발령받은 부서는 화학 공장을 건설하는 프로젝트 사업부의 건설팀이었다. 외부 엔지니어링 회사나 건설 회사와 협력해서 자사의 화학 공장 건설을 감독하고 운영하기 위한 플랜트 사업부였다. 사업부 내에 엔지니어가 100여 명 수준이고, 건설팀 구성원은 15명 내외의 기계공학 전공자와 건축공학 전공자 한 명으로 그야말로 엔지니어 집단이었다.

학교에서 배운 것을 어떻게 업무에 적용할 수 있을지에 대한 기대와 두려움, 그리고 새로운 일에 대한 설렘으로 첫발을 내디뎠다. 그런데 그런 기대와 설렘은 시작부터 어긋나고 말았다. 입사 첫해 가장 많이 했던 일은 〈서류 복사〉였다. 엔지니어링 회사에서 보내온 각종 도면과 서류를 담당자별로 검토하려면 인원수만큼 자료를 복사해야 했다. 몇백 페이지짜리 서류 더미를 한두 부도 아니고 10, 20부를 복사하고 나누는 일은 그냥 단순노동이었다. 지금처럼 자동화된 복사기가 있는 것도 아니어서, 복사하고 나누고 복사하고 나누는 작업을 수없이 반복해야 했다.

복사기 앞에 서서 참 많은 생각을 했다.

〈대체 이걸 언제까지 해야 하나? 이런 일 하려고 매주 시험 치고 과제하고 비싼 등록금 내며 학교 다닌 건 아닌데…….〉

단순 업무에 시간과 노동을 허비하고 있다는 생각은, 많은 직장 초년생이 느끼는 회의일지 모른다. 복사하는 일이 엔지니어의 업무가 아니라고 생각했기에 자괴감은 더했다. 몇 달이 지나고 더는 버틸 수 없다고 판단했을 때, 공식적으로 업무 지원을 요청했다. 다행히 팀 내에서 서류 정리를 도와줄 직원을 별도로 뽑은 뒤에야 그 일에서 해방될 수 있었다.

그렇게 단순 업무에서 벗어나 본격적으로 엔지니어링 실무를 익히며 적응해 가던 즈음, 이번에는 뜻밖의 일이 발생했다. 회사에서 갑자기 우리가 하고 있던 프로젝트를 중단한다고 발표한 것이다. 국제 시황 변동으로 해당 프로젝트의 경제성이 너무 나빠졌기 때문이라는 이유였다. 신입 사원은 회사 내 다른 부서로 우선 배치한다고 하여 퇴사 우려는 없었지만, 어디로 갈지 알 수 없으니 걱정이었다.

사업부 전체가 뒤숭숭한 분위기가 되었고, 저마다 사내의 작은 소식에도 촉각을 곤두세우고 있었다. 그러던 차에 석유 화학 사업부에 충원 계획이 있다는 정보를 듣게 되었다. 문제는 충원하는 자리가 엔지니어를 뽑는 게 아니라는 사실이었다. 석유 화학 사업부 내에서 원료 구매를 주 업무로 하고, 이를

위해서 시장 동향이나 계약 업무를 수행하는 부서에서
충원하려는 것이었다. 지원하면 그 부서에 왜 가려고 하는지,
그리고 무엇을 할 수 있는지에 관한 질문을 받게 될 게 분명했다.
내가 그 부서에 필요한 사람인지 명확한 답이 필요했다.
생각을 정리한 후, 석유 화학 사업부 임원을 찾아가 해당
사업부에서 일하고 싶다고 말했다. 예상대로 이유를 물었고,
나는 미리 준비한 대로 답변했다.

「화학 산업이 유망하고 신규 사업이라 이 분야에서 일하고
싶습니다. 장기적으로 영업 업무도 꼭 해보고 싶습니다. 지금
공석인 자리가 영업직은 아니지만, 사업부 내에서 순환 업무를
할 수 있고, 그런 차원에서 원료 구매 업무를 익히면 도움이 될
거로 생각합니다.」

그리고 끝에 〈서울에서 계속 근무하고 싶은 개인적인 이유도
있습니다〉라고 솔직히 말했다. 직장 경험 많은 윗사람들
관점에서 신입 사원의 마음은 뻔히 보일 거고, 솔직함도
무기라고 생각했다. 장기적으로 영업 업무를 해보고 싶다고 한
것은 그분이 오랫동안 영업부에 근무하셔서 조금이라도 더
관심을 둘 것 같았고, 나 자신도 엔지니어 업무보다는 좀 더
자유분방하고 융통성 있는 일을 해보고 싶다고 생각했던 터라,
터무니없는 답변은 아니었다.

얼마 후 나는 석유 화학 사업부로 발령받았다. 사내에서의 부서
이동이었지만, 이 작은 경험에서 얻은 것이 있었다. 내가 원하는

자리에서 일하기 위해서는 〈조직에서 필요로 하는 사람의
조건을 정확하게 파악하고, 그 일을 내가 어떻게 수행할 수
있는지를 설명할 수 있어야 한다〉는 것이다. 무엇보다 〈원하는
것이 있으면 생각만 하지 말고, 적극적으로 표현하고 행동해야
한다〉는 중요한 사실을 체험적으로 깨달은 사건이다.

「무엇을 공부하고 어떤 직업을 갖느냐?
나아가 어떤 가치를 지키며 살아가느냐?
하는 것은 결국 〈선택〉의 문제다. 나 역시
끝없이 그런 선택을 해왔다.」

대학 시절 버킷 리스트 중 하나였던
합창단 활동은 졸업 후 지금까지도
이어지고 있다. 조화를 이루기 위해
소리와 마음으로 서로를 배려하는 게
합창의 매력이다.

최선을 다하는 과정에서 필연적으로
문제와 맞닥뜨릴 수밖에 없다. 문제를
해결하기 위해서는 간절한 마음으로
매달려야 하고, 그 치열함이 문제 해결의
열쇠가 될 것이다.

새로운 커리어의 시작

인생에서 중요한 사실을 당시에는 알지 못하다가 나중 세월이 지나고서야 깨닫게 되는 것처럼, 그때만 해도 이 〈부서 이동〉이 향후 나의 사회생활과 경력에 어떤 영향을 미치게 될지 전혀 알지 못했다.

나는 석유 화학 사업부에서 한동안 일하다가 같은 사업부에 속한 〈수출팀〉에서 스카우트 제의를 받고 다시 한번 자리를 옮겼다. 말은 거창하게 스카우트였지만, 실제로는 퇴사자 두 명의 빈자리를 충원하면서, 〈최대한 빨리 업무를 인계받을 수 있는 사람〉이라는 요건에 적합한 대상으로 꼽힌 것 같았다. 〈업무 능력을 갖춘 입사 3년 차, 영어 구사 가능, 같은 부서 근무자〉라는 조건이 아주 잘 맞아떨어졌다. 그리고 또 하나, 건설팀에서 석유 화학 사업부로 이동하면서 〈영업 업무를 해보고 싶다〉고 말했던 게 결정적 이유였다. 사람 일이란 어떻게 될지 알 수 없어서 말과 행동을 신중하게 해야 한다는 걸 또다시 절감했다.

조금씩 구매 업무에 익숙해지던 때였기에 새로운 분야의 일을 시작한다는 게 부담스럽고 망설여지기도 했다. 하지만 한편으로는 해외 영업이라는 영역에 호기심이 생겼다. 외국 여행이 쉽지 않던 시절이라, 해외를 누비며 외국에서 비즈니스를 할 수 있다는 기대와 환상도 상당히 작용했다. 수출팀으로 옮긴 첫날의 당혹스러움을 지금도 잊을 수가 없다.

팀장과 선임자가 사전에 계획된 일정과 갑작스러운 해외 출장으로 자리를 비우고, 첫날부터 나 혼자 사무실을 지켜야 했다. 수출팀은 부서 특성상 전화 통화로 업무를 처리하는 일이 많아, 종일 전화벨이 울렸다. 하지만 막상 전화를 받아도 답은커녕 상대방의 질문을 제대로 이해할 수가 없었다. 출발부터 고전해야 했다. 나는 입사 3년 차라고 해도 수출 업무에는 완전 신입이나 다름없었다. 어쩌면 무역을 전공한 신입 사원보다 더 쓸모없었을지 모른다. 기본 지식이 없다 보니 일의 진행을 예측할 수가 없었다. 외국 바이어와의 상담에서 계약, 출고, 선적, 그리고 은행 추심에 이르는 모든 과정은 업무 이력을 이해하고 진행해야 하는데, 신입이나 다름없는 처지에서 전혀 종잡을 수가 없었다. 게다가 여러 건의 수출 업무가 동시에 진행되는데, 그 사이클이 너무 빠르다 보니 따라잡는 일에도 시간이 걸릴 수밖에 없었다.

심지어 이런 일도 있었다. 시장 정보가 많은 일본 종합 상사를 통해 국제 시황을 파악하여 보고하라는 지시를 받았다. 쭈뼛거리며 일면식도 없는 일본인 담당자에게 전화해서 최근 시황에 대해 묻자, 상대방은 엄청 많은 얘기를 해주었다. 그런데 통화를 시작하면서부터 나는 당황하고 있었다. 도무지 무슨 얘기를 하는지 이해할 수가 없었다. 그가 해주는 이야기의 내용을 알아듣기 위해서는 무역 용어나 관련 절차, 그리고 제품

정보에 관한 기본 지식이 있어야 하는데, 나는 그런 면에서 너무 부족했다. 그때 뼈저리게 느낀 게, 영어는 수단일 뿐이라는 사실이었다. 아무리 영어를 능숙하게 구사해도, 업무와 관련된 정보와 지식이 부족하면 소용없다는 걸 확인한 셈이었다.

전화를 끊고 나니 절로 한숨이 나왔다. 창피하고 자존심도 상하는 상황이지만 달리 해결 방법이 없었다. 잠시 멍한 채로 있다가 선임자에게 이실직고하고 도움을 요청했다. 선임자는 어쩔 수 없이 같은 사람에게 다시 전화를 걸어야 했다. 열심히 이야기해 주었는데 똑같은 질문을 또 했으니, 상대방도 어이없었을 것이다. 개인적으로는 물론이고 팀이나 회사 차원에서도 창피한 노릇이었다.

그나마 변명하거나 대충 덮으려고 하지 않고, 솔직하게 실수를 인정하며 빨리 수습하려고 한 것은 지금 생각해도 잘한 결정이었다. 만약 창피해서 그 일을 흐지부지 넘어가려 하거나 거짓으로 둘러댔다면 또 다른 낭패를 봤을 것이고, 경력 초반에 나쁜 이미지를 갖게 되는 빌미가 되었을지 모른다.

이 일이 내게는 큰 자극과 전환점이 되었다. 그 전화 사건으로 느낀 자괴감과 창피함을 만회하기 위해 무역 실무 교육을 수강하거나, 관련 지식을 습득하기 위해 훨씬 더 노력하게 됐기 때문이다.

좌충우돌하며 업무를 익혀 갔다. 수출 업무는 늘 숨 막히도록 빠른 속도전이었고 야근은 일상이었다. 실무에서 돌발적으로 벌어지는 일들을 해결하기 위해 동분서주하며 내가 아는 상식과 지식, 지혜를 쥐어짜 내야 했다. 흡사 매일 시험을 치르는 학창 시절로 돌아간 기분이었다. 하지만 시간이 흐르며 조금씩 업무 처리 속도가 빨라지고 문제에 대한 대응력이 좋아지는 걸 느낄 수 있었다. 강도 센 업무와 수시로 벌어지는 돌발 상황이 나의 〈문제 해결 능력〉을 키워 주고 있었다. 육체적으로나 정신적으로 모두 힘들었지만, 많은 것을 배우며 경험을 쌓아 갔다. 본격적인 세일즈 커리어의 시작이었다.

전략과 창의성

나는 어떤 일을 시작하기 전 〈준비 과정〉이 긴 편이다. 어떻게 하면 좀 더 성공에 가깝게 일을 해낼 수 있을까 골몰하고, 그에 따른 준비에 공을 들인다. 남들은 그런 성향을 가리켜 〈꼼꼼하다〉, 〈철저하다〉라고 표현하지만, 사실 생각이 많기 때문이고, 그 바탕은 실패에 대한 두려움 때문이라는 것이 솔직한 심정이다. 그래서 어떻게 하면 실수를 줄이고 성공에 가깝도록 할 수 있을지 생각하고 또 생각한다.

회사에서 문화와 여가 활동이 강조되던 시대 상황을 반영해 〈사내 가요제〉를 개최하던 때가 있었다. 나는 학창 시절 합창단 활동을 했다는 것과 노래하기를 좋아한다는 이유로 우리 사업부의 참가자로 지목이 되었다. 늘 업무가 많아 휴일까지 출근해야 하는 형편에 행사까지 참가해야 하다니…… 처음에는 좀 난감한 심정이었다. 하지만 어쩔 수 없이 참가해야 한다면 선택해야 했다. 대충 시간 때워서 참가했다는 표시만 내던지, 아니면 제대로 준비해서 뭔가 보여 주던지. 그런데 오기가 생겼다. 학창 시절부터 음악을 좋아한다고 열심이었는데, 아무리 등 떠밀려 나간다고 해도 많은 사람 앞에서 창피당하고 싶지는 않았다. 참가 의지를 굳힌 다음에는 〈이왕 하는 거 등수 안에 들어서 상이라도 받자〉는 희망 섞인 목표를 정했다.

전략이 필요했다. 우선 곡 선정이 중요했다. 참가자 대부분은 각 부서에서 반강제로 선정될 테니 연령대는 신입 사원이나 대리 이하 수준일 것이고, 그렇다면 당시 유행하는 노래를 선곡하는 팀이 많을 거라고 생각했다. 그때 가장 유행하던 노래는 룰라의 「날개 잃은 천사」라는 곡이었는데, 나는 그런 빠른 박자와 율동은 흉내 낼 수가 없었다. 또 남들과 비슷한 것을 따라 하다가는 돋보일 수 없다고 판단했다.

심사 위원도 고려할 대상이었다. 아마도 부장급 정도의 연배일 것이고, 외부 인사를 초대한다고 해도 젊은 사람이 올 것 같진 않았다. 그렇다면 중년에게 익숙하면서 젊은 층도 알 만한 노래를 골라야 했다. 선곡을 끝내고 무대 효과를 고려해서 필요한 의상을 사고, 적당한 소품도 샀다. 가요제까지 남은 시간은 한두 주 정도였다. 악보를 구해 틈틈이 가사와 곡을

외우고 노래방에 가서 두어 번 연습도 했다. 글리 클럽 단원으로
무대에 섰던 경험이 큰 도움이 되었다.

전략의 마지막 변수는 노래를 부르는 순번이었다. 노래를
부르는 순서는 참가자들이 제비뽑기하기로 했다. 한참 후에
마케팅 공부를 하면서 이렇게 순서와 관련된 연구 분야도
있다는 것을 알게 되었지만, 당시에 나는 경험적으로 이 부분이
중요하다고 생각했다.

가요제를 하기 전해 겨울에 노사 위원회 사원 대표를 맡으며,
신입 사원 선발 면접에 실무 면접관으로 참여한 적이 있었다.
짧은 시간 내에 상대를 판단하고 평가한다는 건 생각보다
어렵고 부담스러운 일이었다. 전문가가 아니고 경험이 없다
보니 처음 면접 참가자에게는 높은 점수를 주기가 어려웠다.
아무래도 처음에는 확실한 기준이 설정되지 않았고, 참가자가
많이 남아 있는데 앞에서 너무 후한 점수를 주면 뒤 참가자에게
더 높은 점수를 주기 어렵다는 생각이 들었다. 그런데 뒤로
갈수록 앞 사람보다 조금이라도 낫다는 생각이 들면 점수를 더
주게 되고, 시간이 지날수록 앞쪽 참여자의 기억이 흐릿해졌다.
이 같은 경험에 비추어 마지막은 피하되 뒤쪽 순위가
유리하겠다고 생각했다.

이 같은 전략을 세웠다고 해도 제비뽑기는 내 뜻대로 되는 일이
아니었다. 하지만 최소한 눈치작전은 펼칠 수 있었다.

제비뽑기에서 내 순서가 되어 남은 쪽지를 유심히 살펴보니
그중 한 장의 접은 면이 살짝 벌어진 사이로 숫자 일부가 보였다.
그때 내가 뽑은 쪽지는 뒤에서 서너 번째 순서였던 걸로
기억한다.

예상대로 참가자들이 선택한 곡 대부분이 최신 유행가이거나
빠른 박자의 노래들이었다. 드디어 내 차례가 되었다. 내가
선택한 곡은 차중락의 「낙엽 따라가 버린 사랑」이었다. 1966년
발표된 노래이니 시대에 뒤처져도 한참 뒤처진 노래였다. 나도
차중락이란 가수는 모른다. 하지만 이 노래의 원곡은 엘비스
프레슬리의 「Anything that's part of you」로 잘 알려진 곡이었다.
특히 심사 위원 연배의 세대에게는 분명히 익숙한 곡일 것이고,
마침 유명 식품 광고에 배경 음악으로 사용되어 젊은
사람들에게도 친숙한 멜로디라는 점을 고려했다.

곡의 올드함은 무대 연출로 보완하기로 했다. 엘비스의
상징이었던 통이 넓은 흰색 나팔바지에 헐렁한 블라우스를 입고
등장했다. 1절은 우리말 가사로 부르고, 2절은 영어 가사로
엘비스처럼 노래를 불렀다. 2절 시작 전 간주가 흐르는 사이에
흰색 머플러를 두르고 까만 선글라스도 착용했다. 노래는 최대한
가을 느낌으로 감정을 실었고, 보는 즐거움을 더하려고 했다.

결과는? 시상식에서 가장 마지막 수상자로 내 이름이 불렸다.
바쁜 틈을 쪼개서 한번 해보자는 심정으로 준비했는데 막상

대상을 받으니 얼떨떨했다. 부상으로 받은 오디오 세트는 최신식 자동 세탁기로 바꾸어 어머니에게 선물했다. 가요제의 성과는 일거양득이었다.

가요제에 나가서 멋들어지게 노래 한 곡 부르는 것을 직장 생활의 재미있는 한순간으로 생각할 수도 있다. 하지만 스스로 만족할 수 있도록 잘하고 싶었기에 목표를 설정하고, 단계별로 전략을 세웠고, 최대의 노력을 다했다. 과정은 즐거웠고 결과는 만족스러웠다.

직장 생활만이 아니라 우리 삶이 모두 그렇지 않을까? 작은 것에서부터 전략적으로 생각해 보는 건 좋은 훈련이 될 수 있다. 여행을 알차게 보내기 위해서 일정을 짜는 것이나, 좋아하는 사람의 마음을 얻기 위한 만남을 준비하는 것도, 효율적으로 업무를 수행하기 위해 전략을 수립하는 것과 같은 맥락이다. 목표 달성에 필요한 성공 요소들을 차별화시켜 좋은 전략으로 만드는 것은 얼마나 창의성을 발휘하느냐의 문제이며, 새로운 발상을 위해 얼마나 치열하게 고민하느냐가 모든 차이를 만든다고 믿는다.

IMF, 그리고 헤드헌팅

이제는 TV에서 자료 화면으로 가끔 보게 되는 IMF. 언젠가 IMF 상황을 다룬 「국가부도의 날」이라는 영화를 보면서, 그 당시의 경험이 떠올라 함께 관람하던 가족 몰래 눈물을 훔친

적이 있다.

직장인에게 〈평생직장〉이라는 개념은 IMF와 함께 사라졌다고
해도 과언이 아닐 것이다. 일이 많다거나 함께 일하는 사람과 잘
맞지 않는다는 불만과 투덜거림은 늘 있었지만 쉽게 박차고
나가는 분위기는 아니었다. 회사가 나를 지켜줄 거라는 희망
섞인 믿음도 있었다. 그런데 IMF는 이런 일반적인 생각을
송두리째 바꿔 버리는 대형 사건이었다. 마치 코로나 19가
우리의 일상을 바꾸어 버린 것처럼, IMF 사태는 회사가 고향 집
같은 존재가 아니라 셋방살이일 수도 있다는 자각을 갖게 했다.
재벌 그룹도 신의 직장이라 불리던 금융 회사도 다르지 않았다.
회사와 조직에 대한 불만은 감쪽같이 사라졌고, 하루하루
무너지지 않기 위해 안간힘을 쏟을 수밖에 없었다. 돈을 만들기
위해 계열사를 매각하거나 통폐합하는 정책 결정부터, 당장
부도 사태를 모면하기 위해 매일 아침 영업부에 수금 목표를
할당하고 종용하는 상황이 연출되었다. 내수 영업팀보다
상대적으로 결제 규모가 큰 수출팀에 대한 할당은 더 컸다
그만큼 부담은 배가 될 수밖에 없었다. 돈을 받기 위해 할 수
있는 모든 수단이 동원되고, 이제껏 한 번도 해본 적 없는
일들까지 해야 했다. 〈이게 진짜 생존 경쟁이구나……〉 하는
쓰리고 절실한 감정에 빠지곤 했다.
수출 대금을 받기 위해 그룹 내 계열사 간에도 치열한 신경전이
벌어졌다. 화기애애하던 분위기는 감쪽같이 사라지고, 돈 받는

우선순위에서 뒤처지지 않으려고 남의 회사에서 언성을 높이는 상황이 벌어졌다. 확실한 입금 확인을 위해 은행에서 서류 심사와 입금 절차가 끝날 때까지 밤을 새우고, 아침에 다 같이 해장국을 먹던 기억도 난다. 그렇게 살벌한 시간을 한 달쯤 보냈다. 아무리 시간이 지나도 그런 상황은 익숙해지지 않았다. 오늘 회사가 부도 날 수도 있다는 불안과 살얼음판 같은 긴장으로 저녁이면 초주검이 되었다.

그렇게 하루하루를 힘겹게 버텨 내던 어느 날, 헤드헌팅 회사로부터 전화를 받았다. 〈헤드헌터〉라는 단어가 생소하던 시절인 데다, 회사 차원이 아니라 국가 경제가 위태로웠고, 아무도 미래를 보장해줄 수 없는 현실을 뼈저리게 느끼던 때였다. 당장 현실은 일촉즉발의 절망감인데, 다른 어떤 곳에서는 갑자기 새로운 세상이 펼쳐질 것 같은 기대감이 교차하는 이질적인 상황이 되었다.
헤드헌터와 만나고 서류 심사와 인터뷰를 하는 데 6개월이 넘게 걸렸다. 처음부터 이직을 목표로 헤드헌터를 만난 것도 아니고, 인터뷰하고서도 한동안은 마음 결정을 하지 못하다가 결국 이직을 결심했다. 직장과 직업에 대해 가장 많이 고민했고 갈등을 겪었던 시기다.
이직을 결심한 데에는 몇 가지 요소가 작용했다. 누구나 알만한 다국적 기업이란 점에서 안정적인 직장 생활을 기대할 수 있을 듯했고, 급여도 이전 직장과 상당한 차이가 있었다. 자동차를 포함해서 영업 활동에 필요한 모든 비용을 지원한다는 현실적인 혜택도 이끌리는 요소였다. 당시 국내 기업의 일반적인 영업 지원 상황과 비교하면 분명 매력적이었다.

이직하게 된 회사는 록펠러가 세운 세계 최대 석유 회사의 한국 법인인 에쏘석유코리아였다. 당시 국내 정유 회사와 협업 관계를 끝내고, 독자 법인을 설립하여 새롭게 사업을 전개하는 단계였다. 큰 범주에서는 이전 회사와 같은 석유 화학 산업이라고 할 수도 있었지만, 세부적으로는 플라스틱 원료와 윤활유, 그리고 해외 영업과 내수 영업이라는 차이가 있었다. 사회인으로서의 한 장이 마감되는 기분이었다. 헤드헌팅을 통해 다른 조직으로 옮기며 새롭게 나를 평가받는다는 차원을 넘어, 어쩌면 이 선택이 나의 미래를 완전히 다른 모습으로 바꿀지도 모른다는 걸 알고 있었기에, 새로운 한 걸음을 내딛는 게 몹시도 조심스럽고 두려웠다.

다국적 기업에서 배운 것

1998년 에쏘석유코리아에서 두 번째 직장 생활을 시작했다. 다국적 기업인 새 직장은 모든 게 낯설었다. 회사의 모든 문서는 기본적으로 영어로 작성되고, 내부 소통 메일도 영어로 이루어졌다. 컴퓨터도 영어 버전으로 이루어져 있어서 국내용 한글 문서를 작성하려면 회사에 한 대뿐인 공용 PC를 사용해야 했다. 사람들 간의 유대는 느슨한 것 같았고, 간섭도 적게 느껴졌다. 새롭게 시작하는 조직이라는 특성도 있었겠지만, 전 직장과는 분위기가 아주 달랐다.

상당히 인상적이었던 것 중 하나는 〈안전 개념〉이 매우 철저하다는 점이었다. 무엇보다 〈Safety First〉였다. 모든 행사 시작 전에 화재나 비상시 행동 요령 등 안전 공지를 제일 먼저 전달하고 시작했다. 단적인 예로 나는 그때 이미 운전 경력 10년이 넘은 상태였는데, 별도의 시간을 할애해 회사에서 실시하는 안전 운전 교육을 받아야 했다. 싱가포르에서 온 안전 전문가가 이론 교육을 하고 일반 도로에서 주행 교육까지 진행하는 것이 무척 낯설고 놀라운 경험이었다. 모든 일에 비용보다 효과를 중요하게 여겼다. 무조건 저렴하게 하려고 비용을 쥐어짜기보다는 효과가 크고 필요하다면 충분히 돈을 쓸 의향이 있는 것처럼 보였다.

신선한 충격을 주었던 또 다른 예는 해외 출장을 갈 때 비행기 좌석을 직급 기준으로 나누지 않고 비행시간을 기준으로 적용한 것이었다. 네 시간 이상 거리는 비즈니스 좌석, 여덟 시간 이상은 일등석, 이런 기준 아래 신입 사원부터 임원까지 동등하게 적용했다. 직급의 높고 낮음에 상관없이 동등한 업무 환경을 제공하는 것에 평등한 대우를 받는다고 느꼈다.

생소하고 때로 신선한 분위기에 적응하면서 회사 문화와 업무에 점점 익숙해져 갔다. 영업이라는 영역과 취급 품목이

〈산업재〉라는 점은 이전 직장과 공통분모를 지니고 있었지만, 해외 영업에서 국내 영업으로 영업 대상이 달랐다. 또 이전에는 세일즈 영역이 대부분이라면 새 회사에서는 마케팅 역할이 가미된 세일즈라는 게 차이였다. 국내 영업을 담당하다 보니 사무실에 앉아 있는 시간보다 거래처와 고객을 직접 만나러 다니는 시간이 많을 수밖에 없었다. 이직 초기에는 간섭 없이 업무 일정을 소화하고 비용에 대한 구애 없이 일한다는 게 자유롭게 느껴졌지만, 점차 스스로 시간을 통제하고 관리할 필요가 있다는 걸 깨닫게 되었다.

수출 업무는 매 단계 시간을 맞추어야 하고 그 과정에서 실수하지 않으려 집중했다면, 후자는 고객을 설득하는 일에 더 많은 시간과 노력을 기울여야 했다. 우리 상품을 어떻게 돋보이게 할지, 어떤 수단을 쓸지 늘 생각했다. 어떤 채널을 활용하면 효율이 높을지도 고민했다. 효과적으로 전달하기 위해서 자료도 많이 만들고, 아이디어를 짜내는 일들도 많아졌다. 이전 회사에서는 거의 하지 않았던 프레젠테이션을 위하여 자료를 만들고, 또 여러 사람 앞에서 직접 설명하고 전달하는 일도 잦았다. 이런 필요가 자연스럽게 마케팅 관련 지식을 습득할 기회로 작용했다. 힘들게 배우는 만큼 분명한 효과가 있었다.

시간이 흐르고 입사 초기 유예 기간이 끝나자 능력과 실적에

대한 압박감이 강해졌다. 경력 사원으로서 대우받는 만큼
당연히 감내해야 할 부분이었다. 업무는 점점 익숙해져 갔지만,
다른 부분에서 내적 갈등을 느끼기 시작했다. 세일즈 측면에서
이전보다 그 규모가 너무 작았다. 취급하는 제품의 성격도
주원료에서 부수적인 소모품으로 바뀌었다. 구매자로서는
제품의 중요도가 다르다 보니 판매 담당자의 중요성도 달라졌을
테고, 그게 고스란히 전달되었다. 그런 차이는 업무에 대한
만족감을 떨어뜨리고, 나 자신의 가치에 대한 의구심과
심리적인 위축으로 이어졌다. 한동안 이런 감정을 극복하기
위해 애써야 했다.

그런데도 다국적 기업의 일하는 방식과 기업 문화는 나를 몇 뼘
더 성장시켰다. 스스로 내수 시장을 개척하면서 유통 채널을
경험하고 마케팅에 대해 이전에 알지 못했던 부분까지 눈을
뜨게 되는 성장의 시간이었다.

실패에 머물면 영원한 실패가 된다

새로운 밀레니엄을 앞두고 세기의 M&A인 엑슨과 모빌의
합병이 진행되며, 또다시 변화한 환경에 놓이게 되었다. 조직이
커지고 할 일도 많아져 분주할 즈음, 개인 회사를 운영하던
선배로부터 새로운 제안을 받았다. 회사가 급성장 중이니,
합류해서 함께 일하면 어떻겠느냐는 것이었다.
첫 번째 이직은 처음이라서 어려움이 있었지만, 더 안정적인

선택이었다. 그런데 이번에는 오히려 불안정한 위치로의 선택이어서 고민이 컸다. 돌이켜 보면 나는 선택의 순간에 〈안주〉보다 〈새로움〉에 무게 추를 더 두었던 것 같다. 신중하고 안정을 추구하는 성격이지만 일이나 경험의 선택에서는 새로운 것에 대한 호기심이 앞섰다. 엑슨모빌을 떠날 때도 그랬다. 직장을 옮기기로 결심했을 때, 나보다 한참 선배인 팀장은 이직을 만류했다. 〈안정적이고 보장된 길을 마다하고, 왜 굳이 어려운 선택을 하려는 것이냐?〉는 거였다. 누구나 가질 만한 의문이었다.

엑슨모빌은 글로벌 수준의 다국적 기업이고, 회사에서 나의 역할에 대한 기대도 점점 커지는 시기였다. 거기에 비하면 이직을 제안받은 회사는 키워 가야 하는 단계였다. 당장 급여가 줄어드는 것도 감수해야 했다. 다만 새롭게 소비재를 다루게 된다는 것, 그리고 즉각적인 의사 결정자 자리에 간다는 것에 끌리고 있었다. 직장 상사를 넘어 인생 선배로서 조언해 주는 팀장의 말이 머리로는 이해가 되면서도, 마음은 이미 직진 신호를 켜고 있었다. 그러나 결과적으로 이 선택은 우려를 현실로 만드는 결과가 되고 말았다. 잘나가던 회사가 분쟁에 휘말리며 직원 대부분이 회사를 떠나게 되었고, 그 뒷수습을 마친 뒤에 나 역시 회사를 그만두었다. 실패의 순간이 힘든 건, 실패 그 자체 때문이 아니다. 사람과 세상에 대한 바닥을 봐야 한다는 게 더 힘들다.

아무런 준비 없이 직장을 잃은 상태가 되었다. 내가 〈실업자〉가
되었다는 것을 인정하고 싶지 않았지만, 당장 해결해야 할
생활은 극히 현실적이었다. 처음 실업 급여를 신청하러 가던
날의 참담한 심정을 잊을 수가 없다. 회사 생활 15년, 열심히
일하고, 그것으로 인정받으면 되는 줄 알았다. 그런데 단 한
번의 선택으로 벼랑 끝에 서게 된 것이다.

처음에는 그냥 휴가라고 생각하고 편히 지낼 수 있을 줄 알았다.
조바심을 느끼면 안 된다고 생각해서 느긋해지려고 노력했다.
그런데 시간이 흐르면서 그런 마음은 사라지고 가장으로서의
심리적 압박감이 커지기 시작했다. 당당함은 사라지고 초라함이
점점 자리를 차지했다.

실업 급여를 받기 위해서는 주기적으로 구직 활동을 해야 했다.
이력서를 제출하고, 면접을 보고, 간혹 합격 통지도 받았지만
섣불리 갈 수는 없었다. 급한 마음에 내가 갈 자리가 아닌 곳에
가면, 금방 후회하거나 또 그만둘 수밖에 없다고 생각했다.

나를 둘러싸고 있던 세계가 한꺼번에 무너져 버린 느낌이었다.
시간이 많으니 생각도 많아졌다. 그러다 불현듯 〈나는 지금
무엇을 하고 있나?〉라는 근본적인 질문을 떠올렸다. 그리고
다시 〈현재 상황에서 내가 해야 할 일은 무엇인가?〉라는
물음으로 이어졌다. 그동안 회사 생활의 많은 부분은, 학교에서
배운 전공보다 현장에서 부딪히며 급하게 배운 지식으로

채웠다. 그렇게 지나간 시간 속에 지식과 에너지도 고갈된 느낌이 있다. 〈지금이야말로 새롭게 채워 넣으며 준비할 때〉라는 생각이 들었다.

그렇게 생각을 전환하자 다시 해볼 용기가 생겼다. 그때부터 꾸준히 새로운 것을 배우러 다녔다. 직장 생활할 때의 업무와 연관된 마케팅 관련 분야가 주를 이루었다. 좀 더 체계적이고 전문적인 지식을 갖고 싶다는 생각에, 온라인으로 약식 MBA 과정을 수강했다. 그때까지 내 영역이 아니었던 〈농업 분야〉 교육 강의도 찾아다녔다. 농업 분야에 대한 배움은 당장 필요한 건 아니었지만 일단 무상 교육 기회가 많았고, 또 언젠가 더 시간이 흐른 뒤에는 귀농할 수도 있다고 생각하고 있었기 때문이다. 그렇게 여러 교육에 참여하다가 농업인을 대상으로 하는「벤처농업포럼」이라는 마케팅 포럼에 참가하게 되었다. 한 달에 한 번 금산에서 1박 2일로 개최되는 농업 중심의 마케팅 교육이었다. 그 과정을 통해 이전에 사회생활에서 만나던 사람과는 전혀 다른 분야의 사람들을 만났다. 각자의 분야에서 최선을 다하고 노력하는 사람들을 만나면서 또 다른 위로와 자극이 되었다.

「벤처농업포럼」 참여는, 나를 뜻밖의 길로 이끄는 계기였다. 포럼에서의 인연과 아이디어가 바탕이 되어 2006년 농식품 사업을 시작하게 된 것이다. 사업 전략은 품질 좋은 농산물을 생산하는 지역 농장을 선정하고 온라인을 통해 소비자와 연결하는 방식이었다. 중단 유통을 줄여서 소비자는 믿을 수 있는 식품을 농장에서 직접 공급받고, 생산자는 소매 가격으로 고정 고객을 확보할 수 있게 하겠다는 계획이었다. 지금은 흔히 〈농산물 유통 플랫폼〉으로 칭할 수 있는 이 방식이 당시 목표였다. 실제 온라인 쇼핑몰을 만들고 전국의 다양한 생산자를 찾아다니며 인프라를 구축하는 일들을 진행하기도 했다.

어느 날, 식품 사업 영역을 넓히기 위해서 방문한 식품 전시회에서 특이한 초콜릿을 발견했다. 다크 초콜릿과 밀크 초콜릿을 이용해 정교한 그림으로 표현할 수 있는 초콜릿이었다. 완성품은 마치 흑백 사진처럼 보였다. 전시 업체와 상담해 보니 제품을 개발하고 3년이 지났는데도 제대로 판매하지 못하고 있었다. 우여곡절 끝에 판매 계약을 체결하고 〈디자인초코닷컴〉이라는 브랜드를 만들었다. 그림이나 사진으로 표현하는 초콜릿에 〈디자인〉이라는 콘셉트를 붙여서 만든 이름이다. 브랜드명과 같은 사이트를 개설해서 온라인으로 차별화된 초콜릿을 판매했다. 고객이 사진을 전송하면 그 사진을 흑백으로 도안하여 만드는 주문형 디자인 초콜릿이 주력 상품이었다.

브랜드명과 같은 이름으로 별도 회사를 만들고, 본격적인 초콜릿 사업을 시작했다. 그런데 아무런 준비가 되어 있지 않던 제품을 백화점에 판매하려니 문제가 한둘이 아니었다. 제일

어려운 문제 중 하나가 시간이었다. 초콜릿은 집중적으로 판매되는 시기가 따로 있는데 이 시기를 놓치면 1년을 기다릴 수밖에 없었다. 시간과 사투를 벌이며 밤낮으로 뛰어다닌 덕분에 갤러리아 백화점에서 최초로 판매를 시작했다. 다음 시즌에는 신세계와 롯데 백화점을 포함하여 10여 곳에 동시 판매를 진행하고, 고객들에게 큰 호응을 얻는 성과를 거두었다. 새로운 유통 채널을 개발하고, 직접 소비자를 대하면서 값비싼 교훈도 얻었다. 생산력의 한계 때문에 주문을 다 소화하지 못하는 문제가 발생했을 때는 혼자 애를 태워야 했다. 밸런타인데이 늦은 밤, 마지막 초콜릿을 들고 직접 고객을 찾아가 사과하고 자진해서 전액 환불할 때는 너무 허탈했다. 제조 업체가 원망스러웠지만, 주문 생산에 따른 완벽한 시스템을 만들지 못한 결과였다.

이리저리 뛰어다니며 시작했던 일이 조금씩 방향을 찾아가고 있었다. 바닥을 친 상태에서 빠져나오며 내가 얻은 것은 분명했다. 아무것도 하지 않으면 어떤 것도 얻을 수 없다는 것. 〈실패에 머물면 영원한 실패가 된다〉는 사실이었다.

최선의 최대치

농산물 유통 플랫폼을 성공시키기 위해서는, 상품을 개발하고, 시스템을 정교하게 만들어 가야 했다. 그러려면 투자도 더 필요한 상황이었다. 초콜릿 사업은 해볼 만했지만, 〈시즌

상품〉이라는 한계가 문제였다. 비수기 매출을 늘리려면
마케팅을 훨씬 강화하거나 유통 채널을 다양화해서 서로
시너지를 일으켜야 했는데, 그러기에는 생산자에 대한 신뢰
문제가 발생하여 회의적인 상태였다.

윤활유 일을 다시 해보자는 제안을 받게 된 건 그즈음이었다.
지금까지 내가 일하고 있는 이 회사는, 같은 제안을 세 번이나
하면서 꽤 오랫동안 나를 기다려 주었다. 사업을 계속하자니
추가적인 투자와 충분한 수익이 발생하기까지의 시간에 관한
불안함이 컸다. 다시 윤활유로 돌아가자니 사업에 들인 그간의
노력과 정성에 대한 미련을 포기하기 쉽지 않았다. 그러나
그동안 낯설고 거친 길을 선택해서 경험한 고통, 사업하면서
느꼈던 차원이 다른 고민, 그리고 현실적으로 언제 끝날지 알 수
없는 불안정한 상태에서 벗어나고 싶다는 마음도 적지 않았다.
깊은 고민 끝에 회사의 제안을 받아들였다.

회사를 옮긴 이듬해, 엑슨모빌에서 국내 대리점을 통폐합하여
판매 회사를 대형화하고 소수 정예로 운영하겠다는 계획을
발표했다. 때에 따라서는 회사의 판도가 바뀔 수 있는 심각한
상황이었다. 안정적인 회사로 옮긴다고 했는데 불과 1년 만에
불확실성과 마주한 것이다. 무조건 위기를 극복하고 우위를
점해 성장의 발판을 만들어 내야만 했다.

처음 한두 달은 정확한 목적과 요구 사항을 파악하느라
분주했다. 이후 3개월여에 걸쳐 전력을 다해서 사업 계획서를

만들었다. 제대로 데이터가 구축되어 있지 않아서, 흩어져 있는 사료를 모아 정리하고 활용할 수 있게 만드는 데 시간이 오래 걸렸다. 결국 매일 밤늦게까지 야근해야 했고, 마지막 일주일은 집에도 들어가지 못하는 상태가 되었다. 영어 프레젠테이션이라 신경 쓸 부분이 더 많았다.

발표 전날 새벽 3시쯤 70여 쪽의 자료 준비를 완료하고 짐을 챙겼다. 이미 이틀이나 집에 못 갔으니, 잠깐 눈 붙이고 옷도 갈아입으려고 회사를 나설 때였다. 그 순간 뭔가 머릿속에 반짝하는 것이 있었다. 그때까지 다른 경쟁사들과 차별화할 마지막 〈한방〉이 미진하다는 생각에 고민하고 있었는데, 아이디어가 갑자기 떠오른 것이었다. 부랴부랴 컴퓨터를 다시 켜고 마지막 두 장을 추가해서 이미 출력이 끝난 자료를 폐기하고 재작업했다. 그때 만든 자료 두 장의 내용은 국내 1위 포털 사이트의 〈키워드 광고〉와 〈배너 광고〉 집행 내용이었다. 유사한 광고를 시행하는 참가 업체는 없을 거로 생각했고, 예상은 적중했다. 심사 위원 중에 해외의 마케팅 담당 임원이 포함되어 있다는 얘기를 듣고, 마케팅에서 돋보이는 아이디어로 방점을 찍고 싶었는데 그 아이디어가 주효했다. 나중에 전해 들은 얘기로는 해당 페이지를 설명하는 대목에서 〈이 회사는 다른 회사와 사뭇 다르다〉는 칭찬이 나왔다고 한다. 심사 결과 전체적으로 〈가장 우수하다〉고 평가받았다.

프레젠테이션 전날의 그 새벽 3시, 그저 빨리 집에 돌아가 쉬고 싶다는 생각뿐이었다면, 아이디어는 떠오르지 않았을지 모른다. 마지막의 마지막 순간까지 프레젠테이션 내용에 집중하고 있었기에 가장 빛나는 두 장을 추가할 수 있었다. 〈끝까지 집중한다〉는 게 얼마나 중요한 일인지를 새삼 느꼈다.

그 일을 경험한 이후 중요한 일들을 처리할 때면 〈이게 정말 최선의 최대치인가?〉를 스스로 묻고 또 한 번 생각한다. 그렇게 많은 상황에서 〈마지막 순간까지〉 내가 할 수 있는 모든 것을 다하고, 그럴 때마다 기적처럼 성과를 내곤 했다. 해결책을 찾으려는 집중의 힘이, 무한대의 최선을 만드는 것 같았다.

거인의 어깨 위에 올라타다

현재의 일에 집중하고 최선을 다하는 동시에, 내가 하는 일들을 좀 더 잘할 수 있는 방법을 찾으려고 노력했다. 창업해서 회사를 운영할 때는 프랜차이즈에 관심을 가지게 되었다. 관련 정보를 찾아보다가 프랜차이즈 협회에서 실시하는 단기 교육에 참여하였고, 이것이 계기가 되어 새로 개설되는 MBA 과정에 입학하고 본격적인 경영학 공부를 시작했다. 그동안 세일즈와 마케팅 실무를 하면서 느꼈던 체계적인 공부에 대한 갈증과 실무에서 배운 것들을 이론적으로 확인해 보고 싶었다.

학부 시절 허겁지겁 좇아가던 공부와는 달랐다. 일하면서 어려운 여건에서 공부하려니 쉽지 않았지만, 그동안의 사회 경험이 오히려 공부를 재미있게 만들어 주었다. 재미있게 하다

보니 욕심이 생겼고, 내친김에 박사 과정까지 도전하여 5년
만에 학위를 받았다.

박사 학위를 취득하니 새로운 기회도 생겼다. 학교에서 강의할
기회가 주어진 것이다. 그동안의 여러 경험이 강의에 도움이
되었다. 수출, 내수, 산업재, 소비재 등 공통분모를 찾아 최대한
강의에 반영했다. 창업하고 고군분투했던 경험도 도움이 되었다.
그렇게 한 학기, 1년을 경험하니 가르치는 것에 대한 또 다른
깨달음을 얻었다. 다음 해에는 이전의 아쉬운 부분과
시행착오를 개선하고, 현업에서의 실무 경험을 수업에 활용하여
토론 위주의 수업으로 바꾸었다. 그 결과 강의에 대한 몰입도는
물론 학생들의 평가 역시 훨씬 좋아지는 걸 확인할 수 있었다.
새로운 것을 시작한다는 게 쉽지는 않았지만, 나의 경력을
바탕으로 기존에 없던 〈영업 관리〉 과목 개설을 제안해서
새로운 강의를 시도하였다. 세일즈가 마케팅의 큰 틀에 있기는
하지만, 세일즈 전반에 대하여 정규 과정에서 다루는 곳은 거의
없기에 오히려 차별화할 수 있었다. 실제 현장 경험을 바탕으로
이론을 접목하니 강의에 힘이 실리고 호응도 좋았다.
또 한편으로 학교 강의 경험이 실무에서도 큰 도움이 되었다.
현장에서 발생하는 문제를 해결하기 위해 이론이나 원리를
찾아보고, 적용할 수 있는지 고민해 볼 수 있게 되었다. 현장에
적용한 사례가 이론에 맞으면 실증 사례로 활용할 수 있고,
부합하지 않으면 새로운 가설을 세울 기회가 된 것이다. 현장과

이론, 성공과 실패 등 지식과 경험이 쌓일 수록 더 많은 문제 해결 능력을 갖추게 되며, 이는 마치 〈거인의 어깨 위에서 세상을 바라보는 것〉처럼 넓은 시야를 갖도록 만들어 준다. 성공적인 이직과 실패한 이직, 미완의 창업과 작은 성공, 세일즈 엔지니어와 겸임 교수, 기계공학과 경영학……. 나는 꽤 여러 차례 굴곡진 선택을 했고, 그 길들을 걸어 현재의 내 자리에 왔다. 이런 선택의 길을 달려온 나의 삶은 성공한 것인가? 아니면 실패한 것인가? 스스로 단언할 수는 없지만, 분명한 사실은 순간마다 최선을 다한 선택의 결과라는 것이다. 〈최선을 다한다〉는 건 그저 열심히 한다는 뜻이 아니라, 더 큰 노력을 기울이고, 결과를 얻기 위한 시도를 멈추지 않음을 의미한다. 그 과정에서는 필연적으로 많은 문제와 맞닥뜨리게 되고, 문제를 해결하기 위해 간절한 마음으로 궁리하고 치열하게 매달리며 방법을 모색해야 한다. 그 끈질긴 궁리와 치열함이 바로 문제 해결의 열쇠다.

끝없이 마주할 선택과 문제 앞에, 늘 깨어 있는 사람이 되고 싶다. 여전히 많은 것에 호기심을 느끼고 새로운 배움이 즐거운 상태……. 나는 계속 올바른 방향으로 나아가고 싶다.

감우균 ㈜영일ONC 부사장. 연세대학교 기계공학과를 졸업하고, 효성의 석유 화학 건설팀에서 엔지니어로 직장 생활을 시작하였다. 이후 수출팀에서 해외 영업을 담당하며 세일즈 엔지니어로 일했다. 1998년 에쏘석유코리아로 이직하여 다국적 기업의 글로벌 세일즈와 마케팅 업무를 체득하였으며, 새로운 도전을 위해 창업을 하기도 했다. 경영학 박사 학위를 받은 후 대학에서 겸임 교수로 강의하였고, 이론과 실무를 결합하는 일에 관심을 가지고 활동 중이다.

5

모든 답은
기본 원리에 있다

임병섭
성운유압기술㈜ 대표 이사

누군가에게는 대학 진학이 당연한 일이겠지만,
내게는 열아홉 인생을 걸어야 할 만큼 간절한
일이었다. 공업 고등학교의 한계를 극복하기
위해 하루 두 시간씩 자면서 공부에 매달렸다.

절실함을 넘은 갈망

다른 학생들은 이제 막 시작할 대학 생활의 기대에 한껏
부풀었을 3월, 나는 대학 입학과 동시에 휴학계를 냈다.
휴학계를 받아 들고 의아해하는 교직원에게 제대로 답하지도
못한 채 서둘러 건물을 빠져나왔다. 교정을 오가는 학생들의
평화롭고 행복한 얼굴에 서늘한 소외감이 밀려들었다. 불과 한
달 반 전 합격자 발표를 보러 왔던 날이 생각났다. 친구들과
학교까지 오는 동안 그 답답하고 불안하던 심정……. 친구들은
내 수험 번호를 찾는다고 법석을 떨었지만, 나는 한눈에 확인할
수 있었다.

〈기계공학과 8번 임병섭〉

합격을 확인한 친구들은 내게 〈행운아〉라고 했었다.

「너는 전주공고 행운아야!」

과연 그 합격이 단순한 행운일까? 그동안 나 혼자 긴장하고
애태우며 안타까움으로 답답해하던 날들을 알지 못했기에
친구들은 그렇게 말했을 것이다.

나는 집안 형편 때문에 인문계가 아닌 공업 고등학교에
진학했다. 중학교 2학년까지는 상위권에서 손가락 안에 들
정도로 성적이 좋았지만, 대학 진학이 어렵다는 생각을 한
뒤에는 공부를 별로 열심히 하지 않았다.

네 살 위인 형은 식품 회사에 다니고 있었다. 전주 아카데미
극장에서 형과 「당산대형」을 본 날이었다. 이소룡의 기막힌
무술을 본 감흥에 젖어 극장 문을 나서는데, 형이 불쑥 말했다.
「이것저것 잘 안되면 넌 서비스 공장에 가라.」
서비스 공장이란 〈자동차 정비 공장〉을 이르는 것이었다.
자신은 식품 회사라도 다녀 먹고살 길이 있지만, 아직 어린
동생의 미래가 걱정돼 그런 말을 했던 모양이다. 형과 함께
집으로 돌아오던 그 저녁은 밤공기도 형과 나 사이의 분위기도
뭔가 썰렁하고 무거웠다. 그런데 나는 별로 실망하지 않았다.
뭔지 모를 나만의 자신감이 있었다.

어머니가 살아계셨더라면 사정이 좀 달랐을지 모른다. 어머니는
내가 중2가 되던 봄에 돌아가셨다. 평소 건강이 좋지 않았던
어머니는, 가끔 나를 지그시 바라보다가 〈우리 막둥이 크는 거
못 보고 죽으면 어떻게 하지?〉 하고는 나지막이 한숨을 쉬었다.
지금도 잊히지 않는 일이 있다. 그해 이른 봄날 우연히 〈하얀
나비〉를 본 적이 있었다. 어머니에게 그 이야기를 했더니,
어머니는 〈흰나비를 보면 엄마가 죽는다는데……〉 하며 말끝을

흐렸다. 그리곤 얼마 지나지 않아 거짓말처럼 우리 곁을 떠났다.

어머니가 돌아가신 날은 시험 기간의 마지막 날 새벽이었다. 슬프고 당혹스러운 그 아침에, 나는 시험을 치기 위해 학교에 가겠다고 가방을 챙겼다. 가족들도 내가 학교에 가는 걸 말리거나 뭐라 하는 사람이 없었다. 평상시처럼 등교해 시험을 다 치른 뒤 〈어머니가 돌아가셔서 집에 일찍 가야 한다〉고 말했을 때, 선생님은 당황한 표정으로 어쩔 줄 몰라 했다.

나는 슬픔이란 감정에 둔감했던 것일까? 내가 어머니를 사랑하지 않거나 슬픔을 몰랐던 건 아니다. 나는 어머니의 사랑과 관심을 듬뿍 받는 막내였다. 어머니는 내가 어려운 환경 속에서도 공부를 제법 잘하고 친구들과도 씩씩하게 어울리는 걸 늘 칭찬했다. 항상 〈우리 병섭이는 훌륭한 사람이 될 것〉이라며 용기를 북돋워 주던 분이었다.

그런 어머니가 세상을 떠난 날, 나는 무슨 생각에 시험을 보겠다고 학교에 갔던 걸까?

어머니가 돌아가셨다는 슬픔은 가슴에 넘쳐나는데, 머릿속으론 당장 치러야 할 시험에 대해 생각한다는 게 너무도 부조화한 감정이었다. 그 아침의 나에 대해, 오래도록 자신도 완전히 이해할 수 없었다. 시간이 한참 지나고 좀 더 성장한 다음에야 그날 내 행동을 스스로 설명할 수 있었다. 그때의 내게 〈공부〉는 신념이며 종교나 다름없었다. 〈열심히 공부해서 무엇인가를 이루어야 한다〉는 절박함이 나를 지배하고 또 키웠다. 가슴

속으로 펑펑 울며 학교로 향하던 그 아침……. 그건 절실함을
넘어 처절한 갈망이었다.

기회를 향해 오직 전진뿐

공업 고등학교에 진학하겠다고 했을 때, 선생님은 부모님과
상의해 보라며 공고 진학을 반대했다. 하지만 나는 이미 마음을
결정한 상태였다. 어머니가 안 계신 집은 쓸쓸하고 마음 붙일
곳이 없었다. 어차피 대학에 못 갈 거면, 기술을 배워서 빨리
자립하고 싶었다. 당시 전주공업고등학교는 명문으로 꼽히는
전주고등학교와 입시 문제가 같은 정도로 수준이 높았다. 또한
당시 정부에서 내세우는 〈기술인은 조국 근대화의 기수〉라는
구호로 인해 공업 고등학교 입시 경쟁률이 만만치 않았다. 우리
학급에서 16명이 지원했지만 3.8대 1의 경쟁률을 뚫은
합격생은 나를 포함해 둘뿐이었다.

국어와 역사를 좋아하고 글 쓰는 걸 꽤 좋아했던 내게, 공업
과목들은 적성이 아니었다. 나를 둘러싼 현실은 차갑기만 하고,
꿈꾸던 미래에 대한 희망은 점점 멀어지는 것 같았다. 그런
불확실한 상태 속에 고2 때는 누구보다 의지했던 큰형의
죽음까지 받아들이려니 너무나 힘이 들었다. 그때 마침
정부에서 전국 여덟 개 공업 고등학교의 학생을 선발해
〈중동반〉을 만든다는 소식이 전해졌다. 공고 재학생 중
희망자를 선발해 사우디아라비아 건설 현장에 근로자로

파견하기 위한 프로그램이었다. 우울한 현실에서 벗어나 완전히 새로운 시작을 하기엔 최상의 선택일 듯했다. 고민 없이 중동반에 들어가 현장 교육 수업에 열중했다.

그런데 인생은 정말 알 수 없는 것이다. 그해 난데없이 대학 입시에 〈특례 입학 제도〉가 신설됐다. 고등학교에서 같은 계열로 대학 지원을 하면 10퍼센트 내에서 경쟁하는 제도였다. 특례 입학 제도 뉴스를 보는 순간, 먹구름 사이로 가늘게 비추는 한 줄기 햇살을 본 기분이었다.

앞뒤 생각할 여유가 없었다. 작은형에게 사정 이야기를 하고, 형의 지원으로 예비고사와 관련된 참고서들을 과목별로 모두 샀다. 그리고 곧바로 독서실에 등록했다. 공업 고등학교와 인문계의 교과목 자체가 달랐으므로, 몇 달 사이에 그 차이를 다 극복하려면 시간이 부족했다

끝없이 날아오를 것 같은 희망과 원하는 곳에 다다르지 못할 것 같은 불안이 뒤섞인 하루하루였다. 나를 격려할 수 있는 건, 내 자신뿐이었다. 일기장에 매일 나를 독려하는 글로 목표를 다짐하며, 지치거나 공부하기 싫은 날에도 책상 앞으로 나를 이끌었다.

　　한 시간, 한 시간을 황금같이 여기고 열심히 공부하자. 이번 한 달에 나의 인생을 거는 것이다. 길다면 길고 짧다면 짧은 나의 인생을……. 나를 주시하고 있는 모든

사람을 실망하게 하지 않기 위해서라도 정해진
계획대로 밀고 나가야 한다. 열심히, 끝까지 열심히
하리라. 나에겐 오직 승리가 있을 뿐이다.
— 1976년 10월 10일 일기 중에서

태어나서 그렇게 간절한 마음으로 매달려 본 적이 없었던 것
같다. 하루 두 시간씩 자면서 악착같이 공부에 매달렸다.
누군가에게는 〈대학〉이 그저 고교 과정을 끝내면 당연히 옮겨
가는 진학 과정인지 모르지만, 나의 경우는 열아홉 인생을 걸
만큼 간절한 일이었다.

그 당시 일기장의 첫머리에는 〈아침에 일어났을 때 몸이 좋지
않았다〉는 문장이 자주 등장했다. 잠을 줄이며 책상 앞에 앉아
있으려니, 온몸 여기저기 안 아픈 곳이 없었다. 그러나 그
고통스러운 인내는 헛되지 않았다. 우리 학교에서 예비고사에
응시한 학생 중 내 점수가 1등이었다. 나보다 먼저 입시반에
들어가 예비고사 준비를 해온 친구들보다 좋은 성적이었다.
애당초 전북대학교에 진학하려던 목표는 자연히 수정되었다.
태어나서 열아홉 살이 되도록 서울 구경조차 한 적 없는 내가,
바로 몇 달 전까지 꿈도 꾸지 못했던 연세대학교 공과 대학
지원의 꿈을 품게 된 것이다.

그러나 늘 그랬듯이 내가 가는 길은 순탄치 않았다. 담임
선생님이 연세대학교 지원 원서를 써줄 수 없다며 완강하게

버텼기 때문이다. 내가 이미 〈중동반〉에 지원했기 때문에
대학에 합격해도 어차피 입학하지 않을 것이니, 나한테 원서를
써주면 진짜 대학에 가고 싶은 다른 학생이 기회를 잃게 된다는
것이 이유였다. 〈정말 대학에 진학할 것〉이라고 아무리
설명해도, 선생님은 내가 중동에 갈 것으로 단정하고 고개를
저었다.

나도 뜻을 굽히지 않았다. 교무실에 갈 때마다 핀잔과 싫은
소리를 들어 가면서도 담임 선생님을 찾아가고 또 찾아갔다.
때로는 선생님의 목소리가 높아지고 나 역시 참지 못해 설전이
벌어지기도 했다. 그런 험난한 과정을 세 번이나 거듭한 후에야
겨우 지원서를 쓸 수 있었다.

학교장 도장이 찍힌 지원서를 받았을 때, 참으로 감정이 묘했다.
서울, 그리고 끝없이 동경하던 대학 캠퍼스…… 나와 아주 먼
세상이라고 생각했던 그곳을 향한다는 게, 설레기도 하고
불안하기도 했다.

내가 연세대학교에 합격했을 때, 아버지 입에서 나온 첫마디는
〈정말이냐?〉라는 반문이었다. 나는 아버지의 그 한 마디에 담긴
두 가지 뜻을 알았다. 기특하고 기쁘기도 하면서, 한편으로는
걱정스럽기도 했던 것이다. 당장 등록금 마련을 어떻게 해야
할지부터 걱정이었다. 고등학교에 진학할 때도 등록금이 없어서
아버지와 남의 집에 돈을 빌리러 갔던 쓰라린 기억이 있었다.

어려운 형편 속에서 공부하려는 집념을 가진다는 건, 한 걸음 나아갈 때마다 발목에 찬 모래주머니 무게가 가중되는 것 같은 고통이었다.

등록 마감일을 이틀 앞두고 천신만고 끝에 방앗간을 하던 친척 집에서 돈을 빌렸다. 하지만 그걸로 끝이 아니었다. 대학 생활을 하려면 자취방이며 생활비가 있어야 할 텐데, 도무지 해결 방법이 보이질 않았다. 게다가 내 마음 한편에는 〈공부〉에 대한 부담감도 있었다. 나는 인문계 출신이 아니기에 기초 공부가 튼튼하지 못한 건 사실이었다. 〈내가 다른 학생들만큼 공부를 따라갈 수 있을까?〉 하는 걱정을 지울 수 없었다.

대학 진학을 결심했을 때부터 〈돈을 먼저 벌고 그다음 공부한다〉는 생각을 하고 있었기에 휴학 결정은 어쩌면 자연스러운 것이었다. 담임 선생님은 내가 어려운 형편 때문에 대학에 합격해도 진학을 포기할 거라 예단했지만, 대학 생활이 좀 지연되었을 뿐 포기한 건 아니었다.

3월에 휴학하고 7월 출국 날까지, 기대와 불안이 뒤섞인 시간이 빠르게 흘렀다.

신촌의 낭만, 사우디아라비아의 꿈

내일 아침 사우디아라비아로 떠난다며 바레인 공항에서 자라고 했다. 밤을 꼬박 새웠다. 공항 의자에서 잠을 잔다는 것이 동물원의 원숭이 꼴이었다. 우릴 보고

웃으며 지나가는 외국인들 때문에 더욱 잠이 오지
않았다. 온종일 기다려야 했다. 오전 7시 45분부터
다란행 비행기가 있었으나 탈 수 없었다. 그들은
아랍인들에게 탑승 우선권을 주었기 때문이다. 우리는
계속 기다리다가 낮 12시경이 되어서야 간신히
비행기에 오를 수 있었다. 공항에는 지점에서 마중 나온
사람들이 있었다. 버스를 타고 지점까지 오는 데 1시간
30분이 걸렸다. 열심히 일하며 나의 인생을 꾸려 갈
장소다. 인생의 기회를 단단히 잡고 충실하게 실천하자.
  ─ 1977년 7월 20일 일기 중에서

1977년 7월 18일 오후 6시 40분 김포 공항을 출발해 50시간을
넘겨 도착한 곳은 사우디아라비아 동부의 〈주아이마〉라는
곳이었다. 천연가스가 나오면 액화하는 시설을 건설 중인
주아이마에는 건설 현장 빼고는 정말 아무것도 없었다.
바지 캠프로 불리는 5층 건물 규모의 바지선에는 운동장부터
테니스장까지 모든 생활 시설이 갖추어져 있었다. 그곳에서
세계 각국으로부터 온 약 3천 명의 근로자가 생활했다.
나는 철근 구조물을 조립해 용접사들이 용접하도록 만들어 주는
제관공이었다. 현지 도착 나흘 만에 처음 작업을 나갔던 날이
잊히지 않는다. 새벽 4시 30분에 기상해 간단한 아침 식사를
마치고 현장으로 나갔다. 그날 내가 한 첫 작업은 지상 25미터

높이에서 볼트를 조이는 작업이었다. 후들거리는 다리에 애써 힘을 주며 작업에 열중했다. 그런데도 마음 한편에서 서글픈 감정이 생기는 건 어쩔 수 없었다.

〈내가 이 먼 타국까지 와서 노동자 신세가 되어야 하나?〉

분명 그 모습은 내가 원하는 삶이 아니었다.

〈이제부터 내 인생은 내 의지로 만들어가야 한다.〉

잡념을 떨쳐 내기 위해 더욱 작업에 집중했다.

현장의 고된 작업보다 더 괴로운 건 날씨였다. 아침부터 푹푹 찌는 듯한 더위로 하루가 시작됐다. 그러다가 점심시간이 지나면 열풍이 불기 시작해, 오후에는 거센 모래바람이 사정없이 몰아쳤다. 그 따가운 모래바람을 그대로 얼굴에 맞으며 일해야 했다. 말로만 들었던 사우디아라비아의 더위는 한낮 50도를 가뿐하게 넘을 정도였다. 아침에 문을 열고 안전화에 이슬이 내리는 날엔 속으로 〈오늘 죽었구나……〉 되뇌어야 했다. 50도가 넘는 무더위에 습도까지 높은 날씨를 상상해 보라. 그냥 서 있는 것 자체가 힘겹게 느껴질 만큼 숨 막히는 날씨였다.

첫날 작업을 마치고 숙소로 돌아와 옷을 벗었을 때 그만 소리를 지를 뻔했다. 분명 흰색 팬티를 입고 나갔는데, 속옷이 파랗게 변해 있었다. 무더위에 땀을 너무 흘린 나머지 청바지에서 물이 빠져 속옷 색이 변한 것이었다.

월급 대부분은 한국으로 송금하고 현지에서 생활비로 받는 돈은
사우디아라비아 화폐로 200리알, 한화로 약 7~8만 원
정도였다. 그 생활비에서 한국 친구들과 하는 계 모임에
50리알을 내며 돈을 모았다. 조금 남는 돈을 모아서 〈소니〉나
〈내셔널〉의 일제 카세트나 카메라를 사는 친구들도 있었다.
당시는 일본 가전이 최고였을 때였다. 나는 거금 260원을
모아서 세이코의 손목시계 크로노그래프를 장만했다. 내 인생의
첫 시계였다. 그날의 일기에는 〈나의 돈으로 산 시계다. 아껴서
오래도록 차보자. 이제 시계를 샀으니 계획성 있는 생활을
해야겠다〉는 다짐을 적어 두기도 했다. 일기장에는 늘
〈나태해지지 말자〉, 〈좀 더 열심히 공부해야 한다〉는 글들을
적으며 자신을 채근했다. 아무리 작업이 힘들어도, 찌는 듯한
더위에 녹초가 되어 숙소로 돌아와도, 단 몇 줄이라도 책을
들여다보고 잠자리에 누우려고 노력했다.

숙소의 작은 책상에는 아버지가 사주신 〈영어사전〉이 놓여
있었다. 아버지는 외국 건설 현장 근로자로 떠나는 아들에게
영어사전을 사주었다. 아마 내가 오랫동안 낡은 한영사전을
들고 다니는 게 마음에 걸렸던 모양이었다. 또 한편으로는 좋은
대학에 입학하고도 학업을 이어 갈 수 없는 아들에 대한
안타까움뿐 아니라 공부를 게을리하지 말라는 마음이 담긴
선물이었을 것이다. 한국에서 오는 누나의 편지에도 건강에
대한 당부 다음으로 구구절절 긴 내용은 〈공부하라〉는

당부였다.

집안 형편은 여전히 어려웠고, 나는 가족의 울타리가 되어야
했다. 하지만 그 상황을 짐이라고 생각하지 않았다. 오히려
가족은 나를 끝없이 나아가게 하는 원동력이었다.

사우디아라비아 근무는 원래 5년으로 예정돼 있었지만, 입대를
하기 위해 귀국하면서 2년 근무로 끝이 났다. 가정 형편 문제로
군 복무를 1년 만에 조기 전역하고 꿈에도 그리던 학교에
복학했을 때, 동기 대부분은 이미 졸업한 상태였다. 4년 아래
후배들과 학교 생활을 하게 됐지만 동기들과의 나이 차이는
별문제가 되지 않았다. 다만 오랜 휴학 끝에 공부하려니
따라가기가 힘이 들었다. 기계공학과의 시작과 끝이라고 할
공업 수학과 역학 과목에 시달리며 끝없이 고군분투해야 했다.
중고등학교 시절부터 약했던 수학은 대학에서도 발목을 잡았다.
도무지 풀리지 않는 미적분 문제를 끌어안고 헤맬 때에는, 〈이게
내 길이 맞는 건가?〉 회의가 들기도 했다. 하지만 내게는 여전히
끈기라는 무기가 있었다. 머리로 따라가지 못하는 부분은
엉덩이의 힘으로, 몇 배 더 시간을 투자해 공부했다.
대학 공부를 꼭 마치겠다고 결심한 건, 사우디아라비아에서의
경험 때문이었다. 현지 근무에서 대졸 직원과 고졸 노무자에게
주어지는 혜택은 큰 차이가 있었다. 대졸 직원은 현지에 가족을
동반할 수 있고 차량이 제공되기도 했다. 그런 모습을 보면서

느꼈던 갈등에서 벗어나겠다는 결심이었다. 약간의 결핍은
힘겨움인 동시에 원동력이기도 했다.

도전의 가치

파란만장한 대학 생활을 마친 후, 첫 직장은 현대건설이었다.
현대건설 입사는 내겐 특별한 의미가 있었다. 최악의 취업난을
겪고 있는 요즘 젊은이들에겐 현실성 없는 이야기로
들리겠지만, 당시에는 연세대학교 기계공학과를 졸업하면
대개는 원하는 회사를 선택해서 취업할 수 있었다. 나의 선택은
현대건설이었다. 사우디아라비아에서 일하면서 우리 현장과
멀지 않은 곳에 있던 현대건설의 대규모 현장을 봐왔던 데다,
이미 우리나라 최고의 건설사로 자리매김하기 시작한
회사였기에 망설일 이유가 없었다. 현장 노무자였던 내가 그런
일류 기업의 엔지니어로 취업한다는 건, 단순한 취업 이상의
엄청난 성취였다. 더불어 그동안 어렵게 공부한 것에 대해
보상받은 것 같아 더욱 흐뭇했다.

그런데 얼마 지나지 않아 뜻밖의 고민이 시작되었다.
현대건설은 국내외에서 대형 프로젝트를 수행하기 때문에 늘
많은 현장이 있고, 현장 근무가 필수적인 회사였다. 현장에서
경력을 쌓아야 회사에서 인정받을 수 있었다. 나 역시 그런
현장에서 큰 프로젝트를 성공적으로 수행하는 멋진 엔지니어를
꿈꾸며 현대건설에 입사한 게 사실이었다.

그 당시 현대건설은 이라크 〈알무사이브 화력 발전소〉 공사를
수주한 상태였다. 해외 플랜트 소속이었던 나는, 발전소 건설과
해외 인력을 훈련하는 일에 투입될 예정이었다. 그런데 그
중동행을 선뜻 결심할 수가 없었다. 이유는 하나, 사랑
때문이었다.

그때 내게는 여자 친구가 있었다. 대학 시절 짧은 연애가
실연으로 끝난 후, 누나의 소개로 만난 사람이었다. 당시
전화국에 근무하던 그녀는 현명하고 따뜻한 마음씨에 포근함이
느껴져, 만날수록 마음이 끌렸다. 늘 보고 싶은 마음은
굴뚝이지만, 나는 서울에서 학교에 다니고 그녀는 전주에서
직장 생활하니 주말 장거리 연애를 해야 했다. 매주 서울과
전주에 오가는 시간도 문제였지만, 학생 신분이었던 내겐
여비와 데이트 비용도 만만치 않은 부담이었다. 학생
신분이었던 남자 친구의 주머니 사정을 고려한 그녀는, 가끔
여비에 보태라며 용돈을 건네주기도 했다. 조심스럽게 건네던
하얀 봉투……. 그런 그녀의 행동이, 여자 친구에게 용돈을 타
쓰는 내 자존심을 배려한 예의로 느껴졌다. 지금 생각해 보면
그런 배려와 존중이 나를 더욱더 그녀에게 끌리게 한 것 같다.
그렇게 약 3년에 걸친 장거리 연애를 하면서 나는 자연스럽게
그녀가 내 운명이라고 생각하게 되었고, 두 사람이 함께하는
미래를 그리기 시작했다.

여자 친구와의 결혼을 결심하고 나니 현실적인 생각에도 변화가 생기기 시작했다. 내 장래나 직장도 중요하지만 〈사랑하는 사람과 장기간 떨어져서 생활하는 걸 감수하면서 일해야 할까?〉 하는 회의가 생긴 것이다. 그러다 보니 회사를 계속 다녀야 하는지를 많이 고민했고, 회사를 그만두는 쪽으로 마음이 굳어지게 되었다.

내가 원해서 들어간 회사였고, 현대건설은 국내외에서 하루가 다르게 발전하는 가장 촉망받는 기업이었기에, 사랑하는 사람과 떨어지기 싫어 회사를 그만둔다는 건 사람들에겐 황당한 이유였을지 모른다. 실제로 회사의 상사는 물론 주위의 친구나 선후배 대부분은 내 생각에 동의하지 않아서 갈등은 더욱 심했다. 그러나 아무리 생각해도 결론은 같았다. 사랑하는 사람과의 행복한 결혼 생활은 내 인생에서 어떤 것과도 바꿀 수 없는 소중한 가치라는 생각이 더욱 확고해졌다.

〈직장은 다시 구하면 되지.〉

현실에 대한 자신감도 있었다. 그래서 미련 없이 회사를 그만뒀다. 나중에야 내 퇴사 이유를 알게 된 아버지는 엄청나게 화를 냈다. 당신이 그렇게 힘들게 뒷바라지하면서 공부시킨 아들이라 더 실망하셨을지 모른다.

그렇게 첫 직장 생활은 5개월여 만에 끝났다. 사랑을 선택한 대가는 지루하고 불안한 백수 생활이었다. 다른 사람들보다 몇 년 늦어진 대학 졸업으로 나이 문제도 취업의 걸림돌이었다. 대기업 신입 사원으로 지원할 수 없어 중소기업 경력직에 지원했는데, 그들도 나를 반기지 않았다. 소위 명문대 출신은 자기네가 뽑아 봐야 오래 다니지 않을 거란 게 퇴짜 이유였다. 고교 시절 내가 대학보다 돈벌이하러 갈 거라며 입학 원서를 써주지 않던 담임 선생님처럼, 완전히 잘못된 편견이었다. 미처 예상하지 못했던 이유로 취업하지 못한 채 6개월 정도를 실업자로 지내다 보니 당장 생활비가 떨어져 가는 현실도 힘들었지만, 〈혹시 이러다 아무것도 안 되는 거 아닌가?〉 하는 끝 모를 불안이 더 힘겨웠다. 그렇게 불안한 반년을 보낸 끝에 재취업에 성공한 곳이 미원그룹이었다. 그룹 신입 사원 교육을 마친 후에는 〈미원중기〉라는 회사로 발령받았다. 미원중기는 현대건설과 비교가 안 되는 작은 회사였지만, 나를 받아 준 게 참으로 고마웠고 그만큼 더 열심히 일하겠다는 의욕을 불태우고 있었다.

미원중기는 주로 일본에서 유압 부품을 수입해서 판매하는 회사였다. 자체적으로 제작하는 부품도 있었지만 핵심 부품은 해외 수입에 의존하고, 자체 기술 개발은 엄두를 내지 못하는 상황이었다. 입사 후 창원 공장에서 3개월, 대만에서 3개월의 유압 관련 교육을 받고, 나는 유압 설비를 영업하면서 유압의 매력에 깊이 빠져들었다. 어떤 일이든 열심히 파고드는 성격이기도 했지만, 유압 기술은 알면 알수록 그 응용 분야가 광범위하다는 게 장점이자 매력이었다.

그 당시 일본은 우리와 비교할 수 없을 정도로 유압 기술에 앞서 있었다. 미원중기는 일본의 유명 유압 회사인 유켄공업과 기술 제휴를 맺고 있었는데, 그들의 카탈로그나 관련 서적을 보기 위해서는 일본어 실력이 필수였다. 나는 곧바로 일본어 교재를 사다가 히라가나부터 공부하기 시작했다. 일 때문에 힘들어도 회사에서 지원해 주는 일본어 교육에도 빠짐없이 참석했다.

유압에 관해 공부하면 할수록, 우리 자체의 기술 개발로 일본이나 독일과 경쟁하고 싶은 엔지니어로서의 본능에 끝없는 자극을 느꼈다. 단순히 젊은 엔지니어의 의욕만은 아니었다. 우리 회사는 어느 정도 그럴만한 기반을 갖추고 있었다.

회사에서는 해외 부품을 수입해서 안전하게 이익을 내는 사업 방식을 선호했지만, 나는 기회만 되면 고객을 설득해서 우리가 기술을 개발할 기회를 만들려고 노력했다. 그런 내 영업 전략은 수입 부품만 납품하는 대신 전체 시스템을 구성해서 납품하는 프로젝트를 수주하려는 노력이었는데, 상사인 모 임원은 그런 영업에 매우 부정적이었다. 기술도 없이 무모하게 시스템을 수주했다가 실패하면 회사가 망한다는 게 그의 논리였다. 나는 끈질기게 그 임원을 설득하며 시스템 영업을 하려고 했지만 그러면 그럴수록 서로 갈등만 커졌다.

그런 와중에 결정적인 사건이 생겼다. 평소 내 끈질긴 영업을

눈여겨보던 인천지방해운항만청 관계자가 어느 날
〈미원중기에서 갑문 유압 시스템을 만들어 볼 수 있겠느냐?〉고
물었다. 그 말을 듣는 순간, 나는 내색하지 않았지만 속으로는
만세를 부르고 있었다. 이거야말로 내가 바라던 기회였다. 나는
쾌재를 부르며 회사로 돌아가 그 사실을 보고했다.

수문 유압 시스템은 부품 판매와는 비교할 수 없는 큰 규모의
일거리였다. 인천지방해운항만청 한 곳을 맡아서 성공한다면
전국 항만청의 수문 일거리를 대대적으로 가져올 수 있고
회사의 유압 분야가 훨씬 확대될 좋은 기회였다. 그러나
앞으로의 사업 계획에 들뜬 나와 달리, 그 임원은 계속 결정을
미루고 있었다.

어쩌면 절호의 기회를 놓치게 될지도 모른다는 생각에, 기회가
생길 때마다 상사에게 항만청 이야기를 꺼냈다. 하지만 결과는
기대와 딴판이었다. 급기야 그는 버럭 화를 내며 〈더 이상
나서지 말라〉고 선을 그어 버렸다.

너무 아쉬웠다. 인천지방해운항만청 갑문 유압 시스템은 우리가
전체 시스템을 수주할 수 있는 절호의 기회였고, 유압 분야
사업을 확장할 수 있는 행운의 기회였다. 그런데 그런 기회를
잡기 위해 그동안 쏟아부었던 노력과 정성이 물거품이 되고
말았다. 끈질긴 영업으로 밥상을 차려도 회사가 떠먹기
싫다는데, 더 이상 무엇을 해야 하나? 이미 유압 기술에 대해

많은 경험을 쌓았고 자신을 갖고 있던 나로서는, 맘껏 일할 수 없는 조직에 더 이상 남을 이유가 없었다.

실망과 회의에 빠져 있을 때, 내 생각에 동의하고 시스템 영업과 기술 개발에 적극적인 한 중소기업으로부터 스카우트 제의가 들어왔다. 〈어쩌면 작은 회사에서 내 역량을 더욱 맘껏 펼칠 수 있지 않을까?〉 하는 기대를 걸고 그 회사로 이직했다. 새로 옮긴 회사의 조금 다른 환경에서 개발과 영업을 맡아 열심히 하고 싶은 일을 하게 됐지만, 기술 개발에 대한 내 열정과 아이디어를 펼치기에는 한계가 있었다. 새로운 시스템을 개발하고 납품하기 위해서는 어느 정도의 위험을 감수해야 하는데, 나는 그런 결정을 할 권한도 없고 그에 관한 책임을 질 위치도 아니었다. 현실이 엔지니어로서 내 열정과 끼를 받아 줄 수 없다면, 내가 그 현실을 만들 수밖에 없다는 생각이 들었다. 그건 결국 내가 회사를 만들어야 가능한 거였다.

창업. 이 도전의 결과가 성공할지 실패할지는 아무도 모를 일이었다.

고통과 보람의 양면성

창업의 부담에 무게를 둘 것인가, 도전에 무게를 둘 것인가? 나는 〈주체적으로 살 수 있다〉는 점에서 창업에 만족한다. 사장이 된 나는 〈어떻게 결정할 것인가?〉를 고민하지만, 직장인으로 남은 친구는 〈위에서 어떤

결정을 내릴까?)를 고민하며 눈치를 본다. 이게 창업과
직장생활의 가장 큰 차이다. 나는 주체적인 삶에 더욱
도전할 것이다.
— 〈나의 창업 기록〉 중에서

1991년 마침내 〈성운산업〉이라는 상호로 창업했다. 당시만
해도 유압을 업종으로 하는 회사가 몇 곳 없었다. 미원중기,
대성산업, 롯데기공, 한국종합기계 등 네 곳이 대형 업체였고,
나머지는 거의 동네 점포 수준이었다. 부산 서면이나 서울
영등포 등에서 고물 상회를 하던 사람들이 자신이 거래하는
미국 고철에 사용된 유압 부품을 판매하는 형태였다.
유압은 기계공학의 대표적인 기술 분야로, 유압 기술이 쓰이지
않는 곳을 찾기가 힘들 만큼 우리 생활 곳곳에 사용되고 있다.
가장 흔하게 접하는 분야는 중장비다. 굴삭기, 크레인, 아스팔트
포장 기계 등 도심의 건설 현장에서 많이 보게 되는 장비들이다.
굴삭기의 팔 부분이 상하좌우로 움직이게 하는 게 바로 유압
실린더다. 그 밖에도 각종 산업 기계는 물론 항공기의 랜딩 기어,
자동차의 제동 장치와 파워 스티어링, 우주선의 발사대에
이르기까지 모든 산업 분야에 유압 기술이 광범위하게
사용된다. 우리 회사는 그중에서도 산업 분야와 관련한 유압
부품 제작과 설비를 주로 하고 있다. 자동차 타이어 제조용
기계나 자동 변속기, 엔진, 파워 스티어링의 시험기 등이 주

분야다.

대학 시절에는 유압에 관해 별다른 흥미를 느끼지는 못했지만, 유압 부품과 시스템 영업을 하면서 유압의 무한한 가능성과 응용 분야에 매료되었다. 내가 이렇게 유압 기술 한 분야에 몰두하게 된 이유는 복잡한 기계 장치를 대체할 수 있는 유압 시스템만의 독특한 특성 때문이다. 작동하는 기계는 대부분 톱니바퀴 형태의 기어나 스크루 등을 이용해서 제작하게 되는데, 이런 기계 장치는 오래 사용하게 되면 마모로 인해서 정밀도가 저하되거나 마찰로 인해 작동을 멈추는 경우도 많다. 또한 기어나 스크루는 아무리 정밀하게 가공해도 회전 방향을 반대로 바꿀 때 일정 구간 작동이 중단되는 백래시 현상을 피하기 어렵고, 이런 백래시는 기어가 마모되면서 더 심해지게 된다. 그렇지만 유압 시스템은 유압을 정밀하게 제어함으로써 백래시 없이 기기를 항상 정밀하게 구동하고 제어할 수가 있다. 유압 기술 엔지니어로서 가장 보람 있는 일은, 유압을 쓰지 않던 곳에 유압 기술을 적용해 성공시키는 것이다.

한국타이어 금산공장은 단일 공장으로는 세계 최대 규모를 자랑한다. 이 금산공장의 고무와 각종 화공 약품을 배합하고 혼합하는 기계 설비를, 우리 회사의 유압시스템으로 대체하는 프로젝트를 수주해서 성공적으로 납품한 적이 있다. 이 사업 제안을 성사할 수 있었던 건, 아주 작은 사건을 놓치지 않고 기회로 만든 덕분이었다. 그즈음 우연히 거래처에서 금산공장 타이어 제작 과정에 문제가 있다는 이야기를 들은 적이 있었다. 기어가 벌어졌다 좁아졌다 하는 바람에 오차가 발생한다는 것이다. 그 같은 오차는 금속 기어의 마모 때문에 생기는 문제가 분명했다. 타이어를 만들 때는 천연고무와 합성고무, 화학 약품 등의 재료를 섞는 작업을 한다. 그런데 고무 자체가 무거우므로 기어가 마찰로 소모되면 돌아가지 않거나 부정확하게 작동하며 오차가 생길 수 있다. 금속의 기어 대신 유압을 사용하면 해결할 수 있는 문제였다.

나는 한국타이어 담당자를 찾아가 고무 재료로 된 혼합 설비의 기어 구동 장치를 유압 시스템으로 대체하자고 제안했다. 한국타이어에서는 반신반의하면서 내 제안을 쉽게 받아들이지 않았다. 그때까지 이런 재료 혼합 설비에 유압 시스템을 적용한 사례가 없었기에 확신하기 어려워했다. 그들은 유압 시스템의 장점에 대한 내 끈질긴 설득과 그동안 우리가 제작했던 다른 유압 기기의 성공적인 적용 사례를 꼼꼼히 확인하고 나서야 조심스럽게 유압 시스템의 도입을 결정했다.

결과는 한마디로 성공적이었다. 유압 시스템을 도입하고 나서 정밀도가 높아지고 마찰이 줄어들게 되어 에너지 소모도 줄어드는 등 큰 성과를 확인한 후에, 한국타이어의 다른 공장들도 같은 유압 시스템을 도입했다. 우리 회사는 이 성공을 발판으로 이후 금호타이어와 일본 요코하마타이어 등에도 유압 시스템을 적용한 설비를 납품하는 쾌거를 올릴 수 있었다. 이는 기존 방식에 얽매이지 않고 끊임없이 새로운 아이디어를 찾는 노력이 만든 멋진 결과였다고 자부한다.

「현실이 엔지니어로서 내 열정과 끼를 받아 줄 수 없다면, 내가 그 현실을 만들 수밖에 없다는 생각이 들었다. 그건 결국 내가 회사를 만들어야 가능한 거였다.」

초중고 시절, 그리고
사우디아라비아에서 노무자로 일할 때도
나는 꾸준히 일기를 썼다. 일기는 나를
향한 다짐인 동시에 스스로에 대한
격려였다.

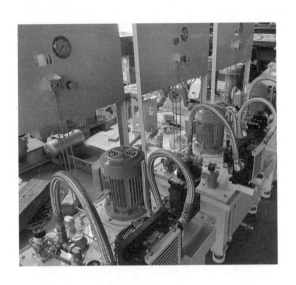

유압 기술은 중장비와 산업 기계는 물론
항공기, 자동차, 우주선에 이르기까지
광범위한 산업 분야에서 사용되고 있다.
유압을 쓰지 않던 곳에 기술을 적용해
성공하는 게 유압 기술 엔지니어로서의
보람이다.

수입 제품들을 우리 제품으로

1980년대 우리 기계들은 일본의 것과 비교할 수 없을 정도였다. 내가 사우디아라비아에 갔던 1970년대 후반, 중동에서도 최고의 가전제품은 〈메이드 인 저팬〉으로 손꼽았다. 창업하고 한창 사업을 벌인 1990년대에도 일본은 우리보다 늘 앞서 있었다. 일본은 유압 분야의 인적 자원이나 규모 자체가 우리와 비교가 안 되었다. 독일의 기술력은 말할 것도 없었다. 별것 아닌 부품까지도 일본이나 독일 것을 써야 하는 것으로 여겼다. 그럴수록 기술력으로 따라잡겠다는 나의 의지도 더욱 커졌다.

회사를 시작하고 2년쯤 됐을 때였다. 선배의 형이 임원으로 있는 회사에서 〈야마토〉라는 일본 회사로부터 로드 셀을 시험하는 기계를 사려고 한다는 이야기를 들었다. 기계 가격이 무려 16억 원이라는 말에 깜짝 놀랐다. 잘 모르는 기계였지만 〈무슨 기계인데 그렇게 비싼가?〉 하는 호기심이 생겨서 사려는 기계에 대해 자세히 물어봤다. 그런데 내용을 들어 보니까 정밀하기는 해도 로드 셀을 시험하는 단순한 장비였다.

로드 셀은 저울의 일종이다. 기계 산업 전반에 많이 쓰이는 기계 장치인데, 이것 역시 유압을 이용해서 만들면 비용 절감을 할 수 있을 것 같았다. 좀 더 내용을 알아보니 일본 회사는 복잡한 기계 장치를 이용해서 로드 셀 시험기를 만들기 때문에 비싼 것이었다. 만일 우리 회사가 유압을 이용해서 만들면 훨씬 적은 비용으로도 제작될 거라는 확신이 들었다. 대략 계산해 보니

5천만 원 정도면 될 거 같아서, 선배 형에게 일단 그렇게 견적을
냈다. 일본에서 수입하려던 기계보다 워낙 쌌기 때문인지
우리한테 한번 만들어 보라고 했다. 나는 유압을 이용해서 일본
기계와 동등한 수준의 정밀도를 가진 로드 셀 시험기를 그
회사에 납품했다. 비용도 처음 예상과 달리 2천5백만 원
정도밖에 들지 않았다. 우리가 제작한 시험기는 일본 제품보다
훨씬 더 정밀한 시험이 가능했고, 그 회사에서는 30년이 지난
지금까지도 그 시험기를 잘 사용하고 있다는 말을 들었다.
우리가 이렇게 적은 비용으로 좋은 기계를 만들 수 있었던 것은
기계 장치로 구현하던 정밀도를 유압으로 대체했기 때문이다.
그 일은 내가 큰돈을 벌지는 못했지만, 엔지니어로서의 보람과
자부심을 한껏 느꼈던 통쾌한 기억으로 남아 있다.
수입품 선호는 우리나라 제품의 기술력이 떨어져서가 아니다.
그보다는 국산, 그것도 작은 중소기업 제품에 대한 신뢰
부족으로 생기는 문제다. 여전히 유압 전문 인력이 우리보다
많고 기술 역사에서 우리를 앞서는 일본의 제품 생산이 훨씬
많지만, 우리는 우리만의 장점을 살린 제품에 주력하고 있다. 그
결과 우리 회사의 주력 품목인 밸브 제품들은 수입품을 밀어낼
만큼 인정받고 있다.
유압 설비는 신규 시스템을 설계하고 제작하는 일이라, 매번
성공 가능성을 확신할 수 없는 도전이다. 그렇기에
엔지니어로서 최고의 덕목은 〈창의적 발상〉을 하는 것이다.

자기 기술을 믿고 과거 방식에 얽매이지 않으며 늘 새로운
아이디어를 만들어 내는 것이 진정한 엔지니어라고 믿는다.

자존심을 지키는 실력

창업을 〈대박〉의 기회로 생각하는 사람들이 있다. 나 역시
처음에는 창업만 하면 단숨에 성공할 것 같은 기분이었다.
미원중기와 두 번째 회사에서 쌓았던 경험, 의욕이 넘쳤지만
조직이 뒷받침해 주지 않아서 하지 못했던 일들을 내가 만든
회사에서 맘껏 해보리라는 생각이었다. 하지만 창업하고 얼마
지나지 않아 직장인으로서 조직의 울타리 안에서 일하는 것과
사업하는 것은 천지 차이라는 걸 깨달았다.

남보다 실력도 있고 자신도 있었지만 회사가 자리를 잡고
안정되기까지는 거의 10년 가까운 세월이 필요했다. 예상하지
못했던 건 아니지만 사장으로서 영업은 기본이고 기술 개발과
납품한 장비에 대한 서비스까지, 회사의 거의 모든 일이 내
손에서 시작되고 끝맺어야 했다.

중소기업에서는 일감을 수주할 때 기술 외적으로도 신경 쓸
부분이 많다. 부지런히 영업해서 계약에 이른다고 해도,
치밀하고 꼼꼼하지 못하다면 〈을〉의 고통을 당할 수 있다. 한
예로 기업에서 발주하면서 조건을 대충 이야기하는 경우가
있다. 부품을 선택하며, 〈비례 밸브로 하죠〉라고 옵션을 확실히
하는 게 아니라 〈비례 밸브로 해도 될 것 같은데요?〉 하고

여지를 둔다. 그리곤 결과물이 마음에 들지 않으면 납품 업체의 책임으로 떠넘긴다. 사업 초기 그런 억울한 경험을 한 뒤로 회의록을 꼼꼼하게 작성하고, 업무 절차에서 오간 메일이나 자료를 모두 모아 놓는 철칙을 세웠다. 거래처의 말이 바뀌어서 곤란한 상황이 될 때를 미리 대비하는 것이다.

이런 일도 있었다. 똑같은 신규 시스템을 우리나라 기업과 일본 회사에 나란히 제안한 적이 있다. 우리나라 회사는 설비에 대한 설명을 듣고는 〈결과에 대해 책임질 수 있으면 해보라〉는 대책 없는 답을 주었다. 반면 일본 회사는 설명을 다 듣고 〈회사 차원에서 협의해 보겠다〉며 돌아가더니 소식이 없었다. 한 달 정도 시간이 흐르고, 그 제안 자체가 희미해져 갈 무렵 연락이 왔다. 우리가 제안한 대로 설비를 진행하겠다는 것이었다.

이 같은 차이는 기업 문화가 다르기 때문인지도 모른다. 하지만 확실한 건 여전히 〈을〉은 불리한 위치와 조건에서 일한다는 사실이다.

나는 오래전부터 그런 문제들을 극복하는 방법은 오직 〈실력〉이라는 생각에 변함이 없다. 실력이 중요한 건 단순히 돈을 벌기 위해서만이 아니다. 우리처럼 기술을 제공하는 회사의 실력은 국가 산업에도 영향을 미친다. 발전소를 예로 들어 보자면, 발전소 하나를 짓는 데 수백 개의 유압기가 들어간다. 그런데 그 설비에 문제가 생긴다면 가정, 기업, 나아가 국가 산업에 문제가 생기는 것이다. 그래서 예전에는 발전기를 지을 때 GE나 지멘스 등 외국 업체의 부품을 선호했지만, 요즘에는 국산 제품으로 많이 대체한 상태다. 그런데도 대기업 선호는 지속되는 현상이다. 하지만 우리 회사는 끝없이 글로벌 스펙에 맞추는 작업을 계속하고 있다. 그 결과 국내 중소기업 중에서는 독보적이라 할 만큼의 제품력을 보유하고 있으며 또 인정도 받고 있다고 자부한다. 납품 업체 관리에 까다로운 한국타이어의 경우, 제품이 양산돼 2주까지 결과를 지켜봐야 하는 것이 내부 방침이지만, 우리 회사에 대해서는 그런 조건을 달지 않는 것으로도 충분히 증명하고 있다고 믿는다.

내가 가진 남다른 능력 중 또 하나는 〈기계에 생긴 결함을 찾아내는 것〉이다. 이런 점 역시 업계에서 꽤 높은 신뢰를 받는 요인이 되었다. 간혹 우리 회사 제품이 아닌데도 문제가 생기면 나를 찾는 업체들이 꽤 있다. 기계에 문제가 생겼다며 급하게 호출하는 거래처에 가보면, 밤새 기계와 씨름을 한 직원은 눈이 충혈된 채 어쩔 줄 몰라 하는 모습으로 나를 맞는다. 기계를 살펴보고 문제를 해결한 다음, 최고의 실력을 갖춘 독일 기술자들은 60퍼센트 정도만 맞춰 준다는 기계 성능을 100퍼센트로 맞춰 주면, 직원은 눈이 휘둥그레지며 비법을 묻곤 했다. 답은 간단하다. 열심히 공부하고 기계의 원리에서부터 생각해 보라는 것이다.

내가 다른 사람보다 좀 더 깊이 있게 유압 기술 공부를 할 수 있었던 건, 어학 실력 덕분이다. 1세대 유압 관련 종사자들이 대부분 학력이 높지 않았지만, 나는 대학과 직장에 다니며 쌓은 영어와 일어 실력을 바탕으로 더 많은 외국 서적과 카탈로그들을 보고 공부할 수 있었다. 사회생활을 하는 사람 누구나 느끼는 문제이겠지만, 어학 실력은 단지 취업 수단이 아니라 더 많은 능력을 값지게 쓰기 위한 도구이기에 중요한 조건이다. 내가 남보다 좀 부족한 창의력을 메울 수 있었던 건 태생적으로 타고난 끈기와 무엇이건 공부해서 알아내려는 자세였다. 공부는 전문 지식에서만 필요한 게 아니다. 나는 자동차나 휴대 전화를 새로 사면 설명서를 최소 세 번은 꼼꼼하게 읽고 숙지한다. 그뿐만 아니라 설명서는 잘 보관해 두고 필요할 때마다 다시 꺼내 본다. 첨단 기능이 탑재된 좋은 차를 사고도 자신의 차에 어떤 기능이 있는지조차 모르는 사람은, 탐구심이 없거나 게으른 것이다.

나는 〈을〉일 때도 〈갑〉처럼 일했다. 우리 회사에 일거리를 주는 소위 갑인 회사가 상식을 지키지 않거나 기술에 대한 이해 부족으로 부당한 요구를 하면 내 쪽에서 거래를 거절했다. 「당신네 회사가 아니어도 내 기술을 팔 곳은 많습니다.」 그런 나를 보고 아내는 〈당신이 사람 대하는 것만 조금 더 부드러웠어도 훨씬 많은 돈을 벌었을 텐데〉 하고 아쉬워할 때가 있다. 그렇다고 내가 돈보다 마냥 자존심을 앞세우는 건 아니다. 자존심도 돈이 있어야 지킬 수 있다는 건, 거부할 수 없는 사실이다. 하지만 칼 같은 내 태도에 우스갯소리처럼 〈사장님이 갑입니다!〉 하고 따르는 거래처들이 있는 걸 보면, 내 신념이 아주 틀린 건 아니라는 확신이 생긴다. 이런 당당한 태도는 내가 잘나서가 아니라 내 기술, 우리 제품에 대한 자신감이 바탕 된 덕분이다. 나는 그들로부터 일거리를 받는다고 생각하지 않고, 내가 그들이 잘되도록 도와주는 것이라고 생각한다. 결국 엔지니어의 자존심은 실력이 지켜주는 것이다.

〈의지〉가 길을 만든다

지금은 누렇게 변하고 낡은 어린 시절의 일기장을 들춰 보면 곳곳에 자신을 격려하고 때로는 다그치는 문장들이 눈에 띈다. 〈몸부림〉, 〈처절함〉, 〈의지〉 이런 단어들을 습관처럼 쓰곤 했다. 그런 절박한 감정이 나의 버팀목이었다.

남보다 뛰어난 무언가를 가진 건 아니지만, 내 마음속에는 늘 자신감이 있었다. 공부이건 일이건 늘 〈할 수 있다〉는 의지로 부딪혔다. 그런 자신감과 의지가 있었기에, 남보다 가진 것 없는 출발을 열등감이 아닌 극복의 조건으로 여겼다.

누구에게나 인생의 결정적인 순간이 있다. 내게도 몇 번 그런 순간들이 있었다. 그중에서 가장 결정적인 순간은, 기계공학과 원서를 쓰기 위해, 반대하는 담임 선생님을 세 번 찾아갔던 순간을 꼽을 것이다. 교무실을 들어서는 순간마다 느끼던 긴장감과 선생님의 핀잔에 위축됐던 감정은 지금도 생생하다.

하지만 열아홉 살의 그 의지를 관철하지 못했더라면 지금 내 인생은 완전히 다른 모습일지 모른다. 사우디아라비아에 다녀온 뒤에 대학에 복학하지 않고 그냥 기술 노무자로 살아갔더라면? 그 역시 전혀 다른 인생의 길로 나를 인도했을지 모른다. 어려운 상황이었지만 대학에서 기계공학을 공부한 게, 내 삶 전체를 설계하는 바탕이 되었다고 해도 과언이 아니다. 그래서 나는 젊은 친구들에게 되도록 대학 공부까지 마치라고 권유한다. 반드시 명문 대학이 아니어도 상관없다. 자신이 관심을 두는 분야의 전문 지식을 갖출 수 있는 전공 공부는, 분명 좀 더 나은 삶으로 자신을 인도할 것이다.

중학교 2학년 때의 일기장에 쓴 〈의지가 있는 곳에 길이 있다〉는 글은 평범하고 흔한 문구다. 중요한 건 그 말을 신념으로만 두지 않고 행동으로 옮기는 사람이 성공한다는 사실이다. 대학 진학도, 직장도, 창업도 나는 굳건한 의지로 길을 만들었다. 엔지니어로서의 내 기술들 역시 결국은 〈무언가를 이루고자 하는 의지와 집념〉이 만들어 낸 것이기에, 스스로 〈잘 살아 냈다〉고 칭찬하고 싶다. 그리고 이런 나의 이야기가 누군가에게 힘이 되었으면 하는 마음이다.

임병섭 성운유압기술㈜ 대표 이사. 연세대학교 기계공학과에 입학하자마자 대림산업에 입사하여 사우디아라비아에서 현장 근무했다. 복학하여 기계공학과를 졸업한 후 현대건설 해외 플랜트 사업 본부와 미원중기 유압 영업부에서 일했다. 1991년 성운산업을, 2006년 성운유압기술을 각각 설립하여 독자적 기술에 매진하였고, 유압을 쓰지 않던 곳에도 유압 기술을 적용해 성공시키며 창의적인 엔지니어로 평가받는다. 〈타이어 제조용 믹싱 밀의 과부하 방지 장치〉 등 세 개의 특허를 보유하고 있다.

6

미쳐야
미칠 수 있다

문성근
삼신제침㈜ 대표 이사

단돈 5백 달러로 보름간 미국 출장을 떠나고,
세계 최고의 제침 기업에 당당하게 합작 제의를
하던 시절. 젊기 때문에 세상을 다 알지 못했고
그렇기에 겁 없는 도전을 할 수 있었다.

워밍업

세상엔 멋지고 신기한 기계들이 정말 많다. 내가 기계공학을
공부한 사람임에도, 그런 기계들을 볼 때면 그 오묘한 원리에
감탄하곤 한다. 크고 작은 부품들이 제자리에서 정확하게
기능해야 작동하는 기계는 세상 무엇보다 정직한 물체다.

아무리 좋은 기계라고 해도 그걸 작동하기 위해 꼭 필요한 것이
있다. 이를테면 편직기에는 〈바늘〉이 꼭 필요하다. 아무리 좋은
기계라 해도 거기에 맞는 바늘 없이는 원단을 짜낼 수가 없다.
나는 아주 어려서부터 그 바늘이 만들어지는 과정을 지켜보며
성장했다.

우리 아버지는 1954년 대구에서 〈삼신제침공업〉이라는 회사를
창업하고, 편직기 바늘을 만들었다. 아주 작은 규모의
공장이었다. 공장 한쪽에 우리 식구들이 생활하는 집이 있어서,
내가 초등학교 4학년이 될 때까지 그곳에 살았다. 아버지에겐
일터가 집이고 집이 일터였던 셈이다.

아버지를 생각하면 캄캄한 새벽에 숯불을 피우던 모습이

떠오른다. 당시는 바늘을 만드는 전 과정이 수작업이었다.
열처리 과정도 마찬가지였다. 아버지는 새벽 4시에 일어나 혼자
작업 준비를 하셨다. 숯을 쌓아서 바늘이 들어갈 가운데 공간만
비워 둔 채 800도까지 온도를 올리기 위해서는 꼬박 네 시간이
걸렸다. 나는 그런 아버지 곁에서 놀거나 공부하기도 했다.
아버지의 준비 작업이 끝날 즈음이면 직원들이 출근하고,
공장은 분주해지기 시작했다.

편직기에 쓰이는 바늘 종류는 1만 가지가 넘는다. 섬유를
만드는 회사에서 방적 소재를 개발하고 제침 업체에 바늘
제작을 의뢰하면, 섬유의 특성에 맞춰 바늘을 만든다. 좋은
바늘을 제작하기 위한 첫 번째 조건은, 원단의 특성을 잘
파악하는 것이다. 예를 들면 표면이 부드러운 〈면〉은 직조할 때
보풀이 일어나지 않도록 바늘을 만드는 게 최우선이다.
〈엑스란 내의〉가 겨울 필수품이던 시절이 있었다. 직장에
취업해 첫 월급을 받으면 부모님께 내복과 용돈을 드리는 게
관례이던 시절, 그때는 섬유 업체에서 현금을 싸 들고 직접
찾아와 자기네 회사에 먼저 제품을 달라고 매달릴 만큼
삼신제침 바늘의 전성기였다. 제일모직 같은 대기업에서도
주문하고 석 달을 기다려야 할 정도로 아버지 회사의 바늘은
품질과 평판에서 최고였다.
바늘을 사려는 업체는 줄을 이었지만, 아버지에게는 내심

아쉬워하는 부분이 있었다. 바로 마케팅이었다. 아버지 회사는
당시 일본하고만 무역하는 상태였다. 우리가 바늘을 제작해
일본에 팔면, 일본은 그걸 자국과 미국이나 유럽에 판매하는
삼각 무역 형태였다. 회사가 직접 유럽이나 미국 시장에
진출한다면 당연히 우리 몫이 될 이윤을 일본 회사가 챙기고
있으니, 그야말로 재주 부리는 곰 같은 심정이었을 것이다.
그래서 아버지는 일찍이 내가 대학을 졸업한 후 회사 일을
도와주기를 바라셨다.

내가 〈기계공학과〉를 선택한 건, 그런 아버지의 바람을
자연스럽게 받아들였기 때문이었다. 어렸을 적부터 아버지의
새벽 작업을 지켜본 아들로서, 가업을 잇는 건 당연한 일이라
여겼다. 그리고 금속 가공업인 제침 관련 일을 하기 위해
기계공학 공부는 그 바탕이나 다름없었다.
사실 대학 시절 흥미와 관심을 두었던 분야는 자동차,
그중에서도 부속에 관한 것이었다. 내가 대학 3학년이던
1975년 우리나라 자동차 최초의 고유 모델인 〈포니〉가
출시되었고, 자동차 산업의 붐이 일기 시작했다. 기계공학
전공자로서는 그 새로운 영역에 관심을 느끼지 않을 수 없었다.
하지만 내가 갈 길은 일찌감치 정해진 만큼 자동차 분야는
흥미로만 남기기로 했다.
대학 졸업 후 삼성그룹 공채로 삼성전자의 가전제품 디자인

설계실에 잠시 근무한 후, 현대와 호남정유를 거쳐
대우자동차에 3년 정도 근무했다. 대기업에서의 직장 생활은
일종의 경영 수업 같은 단계였다.

내 나름으로 먼 미래를 염두에 두고 차근차근 준비해 나갔다.
가장 많이 신경을 쓴 건 영어였다. 언제가 될지는 모르지만 세계
시장으로 나가려면 영어 실력이 필수라고 생각했다. 지금은
형편이 되면 어학연수를 할 수 있고 인터넷 강의로도 충분히
영어 공부를 할 수 있지만, 그때는 사정이 달랐다. 학생
대부분이 입시 위주의 영어를 공부했기 때문에 실제 회화를
제대로 할 수 있는 사람이 별로 없었다. 외국인과 마주할 기회
자체가 별로 없어, 외국어가 커다란 장벽처럼 느껴지던 때였다.
일단 영어 회화의 기초를 튼튼히 해야겠다는 생각에, 학교
어학당에 등록하고 일주일에 세 번씩 출석해 열심히 실력을
쌓았다.

직장에 다니면서는 경영학 공부를 위해 대학원에 진학했다.
1978년 4월 새한자동차로 이직한 이유 중 하나는 대학원
때문이었다. 당시 새한자동차는 퇴근 시간이 오후 5시여서,
대학원 강의 시간을 맞추느라 스트레스받을 일이 없었다.
하지만 그런 행운도 잠시였다. 입사 두 달 만에 대우가
새한자동차를 인수하면서 사실상 퇴근 시간이 없어져 버렸다.
〈세상은 넓고 할 일은 많다〉는 신념을 가진 고 김우중 대우
회장은 하루 24시간도 부족하다고 느꼈을지 모른다.

그때는 결혼하고 가정을 이룬 상태였다. 가정을 돌보고 직장 생활하며 공부까지 하려니 몸은 고달프고 정신적으로도 피곤했다. 그런데도 5학기 만에 석사 과정을 마치고 학위를 이수했다. 조만간 시작될 기나긴 달리기를 위한 몸풀기, 워밍업 시간이었다.

드렁큰 잉글리시와 행커치프

1981년 내가 삼신제침공업에 들어가면서 실제적인 해외 영업이 개시되었다. 말은 거창하게 해외 영업이었지만 그야말로 맨땅에 헤딩하는 수준이었다. 미국 편직 회사들의 명단을 모아서 우리 회사와 제품에 대한 소개를 텔렉스로 보낸 후, 반응이 있는 업체들을 찾아가 만나는 식이었다.

1982년부터는 1년에 서너 차례씩 미국 출장길에 올랐는데, 지금 돌이켜 생각해 봐도 그때를 어떻게 견뎌 냈나 싶은 정도로 가장 힘든 시기였다. 당시 외환 관리법상 외국에 나가는 사람이 소지할 수 있는 한도는 500달러였다. 신용 카드가 없던 시절에, 500달러로 보름 동안 숙식을 해결하기란 불가능이었다.

뉴욕에서 사우스캐롤라이나주까지는 자동차로 열두 시간이 걸렸다. 지금이야 미국에 친구며 지인도 있지만 그때는 아는 사람 하나 없었다. 운전해 가다가 중간에 렌터카에서 자고, 교회에서 양해를 구하고 세수한 다음 이동하는 식이었다. 출장이 아니라 정신 무장 캠프에 온 것처럼 강행군했다.

맨 처음 미국 출장을 갔을 때 뉴욕 JFK 공항에서 느꼈던 그
긴장은 지금도 생생하다. 모든 게 생소하고 어디가 어딘지도
모르겠고, 온통 영어만 들리니 더 정신이 없었다.

마중 나온 바이어는 2미터가 넘는 거구였다. 악수하자며 내미는
솥뚜껑만 한 손을 맞잡고 그간 열심히 익혀온 대로 〈How are
you?〉 첫인사를 건넸다. 그다음이 문제였다. 〈How are you?〉
다음에 더 이상 할 말이 생각나질 않았다. 영어가 서툰 건 둘째
치고, 긴장과 당황이 뒤섞여 그간 머릿속으로 준비했던 모든
말이 증발해 버린 것 같았다. 호텔까지 차를 타고 오면서 무슨
말을 했는지 기억나지 않을 정도였다.

만회의 기회는 그날 저녁에야 잡을 수 있었다. 저녁 식사를 하며
맥주를 몇 잔 곁들이자, 알코올이 혈류를 타고 흐르며 긴장이
서서히 풀리는 것 같았다. 그제야 막혔던 말문이 터졌다. 갑자기
내 영어 실력이 일취월장했을 리 만무하고, 그냥 용감한 〈드렁큰
잉글리시〉가 쏟아져 나온 거였다. 재미있는 건, 내가 어떤 말을
어떻게 하던 상대가 그 말을 다 알아들어 대화가 되고, 우리는
흥겨운 저녁 식사를 마쳤다는 사실이다.

어떤 일이건 〈첫 관문〉을 통과하는 게 중요하다. 나는 그 경험을
통해서 영어에 대한 부담을 다소나마 덜 수 있었다. 무엇보다
중요한 건 〈실수해도 된다〉는 자신감 아닌 자신감을 얻은
것이었다. 대다수가 그렇듯이 외국인 앞에서 입을 떼기
힘들었던 건 실수에 대한 두려움 때문이다. 하지만 내가 〈They

are……〉라고 하건 〈They is……〉라고 하건, 어떻게 말해도 그들은 다 알아들었다. 그런데도 영어에 부담을 느끼며 입을 떼지 못한 건, 스스로 문법에 얽매여 있었기 때문이었다. 외국 사람이 서툰 한국말을 해도 우리가 다 알아듣는 것처럼, 나 역시 그들에게 외국인이기에 사소한 실수쯤은 문제 되지 않는다는 걸 확인했다. 〈완벽한 영어〉에 대한 부담감을 떨쳐버리자 외국인을 대하는 두려움도 사라져 버렸다.

첫 번째 미국 출장에서 만난 거구의 바이어는 유대인인 〈퍼닉〉이다. 현지에 가서 보니 그는 우리 공장에서 만든 바늘도 판매하고 있었는데, 일본 회사를 통해 구매한 것이었다. 가격은 일본을 거치며 두 배로 올라간 상태였다. 일본이 챙기는 마진을 빼면 더 많은 이윤을 챙길 수 있으니, 그도 우리와의 직거래를 마다할 이유가 없었다. 미국과 한국에서 영업하면서 두드러진 차이는 〈가격 책정〉에 관한 것이었다. 한국에서는 무조건 가격 협상부터 하려고 들었다. 일단 깎고 보자는 식이었다. 하지만 미국에서는 제품의 품질에 합당한 가격을 제시하면 할인을 요구하는 법이 없었다. 거래하기가 훨씬 수월했다.
나는 영업하는 사람으로서 사교적인 편은 아니었다. 그런데도 두 가지 사실은 확실히 알았고, 그것을 바탕으로 외국 바이어들과 소통을 원활하게 할 수 있었다. 이 점은 세월이 흘러도 영업에서 여전히 중요한 사항이라고 여긴다.

첫째는 사람을 이해하는 것이고, 둘째는 그들의 문화를
이해하고 존중하는 것이다. 언어는 다소 서툴러도 상관없지만,
사람과 문화에 대한 이해는 다르다. 그래서 그들과의 생각 차이,
대화에서 지켜야 할 예절, 심지어 음식을 먹는 방법까지
공부하며 몸에 익혔다.

사소한 일이지만 이런 경험을 한 적도 있었다. 거래하던 미국
회사 관계자의 결혼 파티에 초대받아 갔을 때였다. 파티 장소에
들어가 보니 거의 모든 남자가 약속이나 한 것처럼 턱시도를
입거나 양복 상단 주머니에 행커치프를 꽂고 있었다. 마치
성장(盛裝)의 징표라도 되는 것 같았다. 그에 반해 내 옷차림은
지극히 평범한 비즈니스 복장이었다. 분위기를 파악한 아내가
슬며시 나를 화장실로 이끌었다. 어디에서 구했는지 손에는
가위가 들려 있었다. 아내는 망설임 없이 내 넥타이 끝을 잘라
행커치프처럼 양복 주머니에 꽂아 주었다. 순식간에 넥타이와
세트로 행커치프가 탄생했다. 물론 잘린 넥타이 끝부분을
감추기 위해, 그날 저녁 내내 단 한 번도 양복 상의를 벗지
않았다.
예전에는 서양 식사 예절이나 매너를 잘 알지 못해 생기는
에피소드들이 종종 회자됐다. 어떤 사람은 난생처음 뉴욕
출장을 갔다가 〈언제 또 이런 기회가 올까〉 싶어, 뉴욕 5번가의
유명 레스토랑을 예약했다고 한다. 멋진 저녁 식사를 할 생각에

부풀어 동료들과 식당에 갔지만, 입구에서 매니저로부터 입장 제지를 당하고 말았다. 이유는 그들의 캐주얼한 복장 때문이었다. 그 레스토랑은 정장을 갖추어야만 입장할 수 있는 곳이었는데, 미처 몰랐던 탓이다. 결국 세 명의 남자는, 식당에서 빌려주는 금 단추가 달린 남색 재킷과 회색 바지를 단체복처럼 차려입고서야 식당에 입장할 수 있었다. 그 이야기를 듣는 사람들은 다 배를 잡고 웃었지만, 경험한 당사자는 〈남성 합창단〉이라도 된 것 같아 너무 창피했노라고 했다. 그나마 일행이 저녁 먹으러 간 것이어서 다행이었지, 만약 비즈니스를 위한 자리였다면 크게 당황했을지 모를 일이다. 이제는 외국 문화나 생활 예절 정도는 상식으로 여기는 시대가 됐지만, 1970~1980년대 처음 해외 시장의 문을 연 선배들이나 우리 세대는 그렇게 몸으로 부딪쳐 경험을 쌓았다. 레스토랑에 들어가기 위해 정장 차림을 하고, 파티에 맞는 옷차림을 하는 게 뭐 그렇게 중요하느냐고 반문할지 모른다. 우리가 상추쌈을 손으로 싸서 먹는 것에 〈왜?〉라고 질문하지 않듯이, 그게 그들의 문화이기 때문이다. 문화를 존중해야 상호 이해가 가능하고, 사업에서도 성공할 확률이 높아진다는 점을 잊지 말아야 한다.

무모해도 좋을 특권

해외 영업을 하면서 다행이라고 생각했던 건, 내가 긍정적인 사람이라는 점이었다. 예상치 못한 상황이 발생해서 어려움을 겪을 때도 크게 실망하거나 좌절하지 않았다. 좌절한다고 난데없는 해결책이 생길 것도 아니고……. 내가 스칼렛 오하라는 아니지만 〈내일은 내일의 태양이 뜬다〉고 생각하면서 잠자리에 들곤 했다. 어떤 걱정거리가 있어도 잠자리에 들면 곧바로 잠이 들고 깊이 잔다는 것도 감사한 일이었다. 몇 시에 잠자리에 들건, 새벽 5시면 일어나 숙소 주변을 뛰며 새로운 하루를 준비했다.

그렇게 긍정적인 내가 가슴을 졸이며 떠났던 해외 출장이 있었다. 1985년 독일 빙겐의 〈그로츠베케르트〉 바늘 공장에 합작 제의를 하기 위해 떠난 출장으로, 그로츠베케르트는 업계에서 최고의 기술력을 자랑하는 회사였다.

슈투트가르트 공항에 도착하니 마중 나온 차가 우리를 맞았다. 회사 대표는 영어를 못한다고 양해를 구하며, 대신 비서가 향후 일정을 적은 메모를 전달했다. 미팅 시각이나 공장 방문 일정 등이 적힌 메모였다.

그때부터 독일 일정을 소화하며 두 가지 사실에 놀라움을 넘어 큰 충격을 받았다. 먼저 그 메모에 적힌 6~7개의 일정이, 단 1분의 오차도 없이 정확한 시각에 진행되었다는 점이었다. 그쪽 차량이 우리를 데리러 오는 시간, 현장에서 미팅이 시작되는 시간 등 일정 진행에 조금의 오차도 없었다. 철학자 칸트에 관한 일화가 생각났다. 산책 시간이 칼같이 일정해서 이웃 주민들이 칸트가 산책 나오는 걸 보고 시계를 맞췄다는 유명한 일화처럼,

〈독일인의 시간관념이라는 게 이런 거구나〉 내심 감탄했다.
그다음 충격은 공장을 방문한 순간부터였다. 사실 나는
그로츠베케르트가 최고 기술력을 보유한 세계 최고의 제침
기업이라는 것만 알았지, 그 외의 상세한 정보를 알지 못하는
상태였다. 요즘 같으면 인터넷 검색 한 번으로 회사 규모며 어느
정도의 정보를 파악할 수 있었겠지만, 그때는 외국 회사에 대한
정보를 얻기가 쉽지 않았다. 당연히 우리보다 규모가 클 거로
생각했지만, 막상 현지에 도착해 보니 비교 자체가 불가한
수준이었다. 도시 전체가 그 회사의 것이라고 하는데, 공장
규모가 우리 공장의 1천 배쯤 돼 보였다. 생산 설비는 더 말할
것도 없었다. 정말 눈이 돌아갈 지경이었다. 그런데 그들은 생산
설비를 제대로 보여 주지 않았다. 기술이 노출되는 걸 막기 위해
투어 라인을 따로 정해 놓고 그쪽으로만 우리를 안내했다.
어떻게든 하나라도 더 보려고 기린처럼 목을 빼고 기웃거리며
공장을 돌아보는 동안, 여러 가지 생각으로 마음이 복잡했다.
두 달 뒤에는 독일 사람들이 우리 공장을 방문하기로 돼 있었다.
사실 그들이 한국에 오기 전, 합작 제의 결과에 대한 예측은
어느 정도 하고 있었다. 우리 회사와 너무 큰 차이가 나는 독일
공장을 돌아보면서 〈기술 합작은 어렵겠다〉고 생각했던 터였다.
그렇다고 예정된 일정을 취소하자고 할 수도 없는 노릇이었다.
예정대로 그들은 우리 공장을 방문했고, 그들이 보기엔 너무나
작고 보잘것없었을 공장을 안내하면서 너무 자존심이 상했다.

그러나 소득이 전혀 없었던 건 아니다. 그들로부터 자극받아 우리 기술 연구에 더욱 매달렸다. 그 덕분에 산학 협력으로 〈열처리〉 기술 개발에 성공하고 더 혁신적인 생산 기술을 보유할 수 있었다. 1990년쯤에는 우리가 그들의 기술 수준에 거의 근접했으니, 이 정도면 〈분발의 계기를 만들어 준 실패〉라고 해도 지나치지 않을 것이다.

뜻밖의 재미있는 소득도 있었다. 그 이후 국제 전시회나 해외 행사에서 그로츠베케르트 관계자들과 마주칠 기회가 있었다. 그런데 그들과 우리가 인사하고 몇 마디 나누는 것만으로도 주변에서 우리를 바라보는 시선이 달라지고, 심지어 우리 회사에 관해 관심을 보이는 이들도 있었다. 이렇게 달라진 시선들이 우리 회사의 인지도를 높이는 데 소소하게나마 영향을 미친 것도 사실이었다. 마치 전교 1등을 친구로 둔 프리미엄 같은 것이었다.

생산 규모가 1천 배나 차이 나는 회사에 합작 제의를 한다는 건, 그야말로 무모하기 이를 데 없는 시도였다. 마치 조그만 동네 가게가 일류 대기업 문을 두드리며 합작 제의를 한 것만큼이나 실현 가능성 제로에 가까운 도전이었다. 조금만 더 나이 들고 세상 물정을 알았더라면, 앞뒤 계산해 보고 시도조차 하지 않았을지 모른다. 젊었으니까, 젊은 패기로 가능했던 도전이었다. 어쩌면 세상을 다 알지 못하므로 그런 무모한 도전이 가능했을 것이다. 성공에 다다르지는 못했지만, 그 일은 내 인생의 가장 큰 좌절인 동시에 한발 더 나아가게 한 동력이 되기도 했다.

간절히 원하면 미쳐 보라

해외 영업을 시작한 지 3년 정도 지나자 성과가 보이고 회사도 좀 더 안정적으로 자리를 잡아갔다. 내 해외 출장 영역은 점점 확대됐다. 미국, 중미, 남미, 캐나다, 스위스, 중국…… 바늘을 팔 수 있는 곳은 어디든 날아갔다. 스위스와 중국에는 별도의 판매 회사를 설립하기도 했다.

나라마다 특성이 있지만, 중국은 예나 지금이나 독특한 시장이다. 처음 중국 비즈니스를 시작하는 사람들에게 내가 당부하는 말이 있다. 〈함부로 상대를 믿어서는 안 된다〉는 것과 〈확실하지 않은 비즈니스는 손대지 말라〉는 것이다. 그들은 비즈니스에서 문제가 생기면 무조건 상대에게 책임을 떠넘기기 때문에, 계약서를 비롯한 업무에 관한 문건들을 정확하게 작성하고 보관해야 나중에 낭패를 보지 않는다. 어느 나라에서나 모두 해당하는 사항들이지만, 중국에서라면 이 같은 점들을 몇 배 더 신경 써야 한다.

세계 각지에서 영업하며 수많은 경험을 했지만, 1992년 중국 난징에 판매 회사를 설립하기 위해 갔을 때의 경험은 다른 곳들과 달랐다. 지금은 중국 시장이 공산주의와 자본주의가 혼재된 상태이지만, 그 당시는 완전한 공산주의 체제였다. 제침 공장 역시 공산당이 관리하고 있었는데, 사장 월급과 운전기사 월급이 똑같다는 게 놀라웠다.

중국 사람들은 비즈니스에 있어 인간관계를 몹시 중시한다. 그리고 그 인간관계를 맺는 중요한 수단이 바로 〈술〉이다. 함께 술을 마시며 우정을 쌓고 그 관계가 비즈니스로 연결되는 식이다. 이 점은 지금도 별로 변하지 않는 것 같다. 〈중국에서 사업에 성공하기 위해서는 그들의 역사나 한학에 조예가 깊거나, 술을 잘 마셔야 한다〉는 말을 실감할 수 있었다. 중국인들은 5천 년 역사와 문화에 대한 자부심이 넘쳐, 그들과의 대화에서 통하려면 어느 정도 중국의 역사나 문화에 대한 이해가 필요하다. 나는 학창 시절 재미있게 읽었던 『삼국지』와 기억에 남았던 공자님 말씀까지 소환해 대화를 즐겁게 이어 갈 수 있었다.

문제는 그들의 어마어마한 음주량이었다. 점심을 먹으면서 곁들인 술을 오후 3시까지 마시고, 4시부터 다시 시작해 자정까지 술자리를 이어 갔다. 그쪽 사장을 포함한 8명의 직원이 맞은편에 자리 잡고, 1대 8로 술잔이 오갔다. 8명과 술잔을 주고받으니, 그들 각자가 한 잔 마실 때 나는 여덟 잔을 마시는 상황이었다. 그들은 내 주량이 어느 정도인지 모르고 만만하게 생각했던 모양이다. 하지만 음주에 관한 한 일가견이

있는 나는 한국 스타일로 술잔을 우에서 좌로, 좌에서 우로
돌리며 끝까지 그들을 상대했다.

다음 날 다시 만났을 때 모두 여전히 취한 상태였다. 자신들과
달리 멀쩡한 모습으로 나타난 나를 보고 간부 직원들 입에서
〈따거〉라는 호칭이 자연스레 나오고 일도 일사천리로
진행되었다. 술 많이 마신다고 집에서 그렇게 핀잔을 들었는데,
중국에서 술 실력 덕을 보게 될 줄은 몰랐다.

그때 만났던 사람 중에는 지금까지 인연을 이어 가는 이들도
있다. 일에서 성과를 거두고 사람도 얻었으니 더할 나위 없는
비즈니스였다.

영업하다 보면, 쉽게 풀리는 일보다 어려운 상황과 해결해야
하는 문제들을 더 많이 마주하게 된다. 그래서 뛰어난 영업맨이
되려면 〈문제 해결 능력〉이 필수다.

미국에서 중고 기계를 수입할 때의 일이었다. 독일의 하코바
중고 기계를 수입하기로 하고 상공부 수입과에 허가받으러
갔더니, 〈중고 기계 수입 허가에 관한 법령이 없다〉며 〈국회에서
법이 바뀌어야 수입 허가를 해줄 수 있다〉는 것이었다.

난감하기 이를 데 없었다. 아프리카 원주민에게 바늘을 팔라면
어떻게든 해보겠지만, 법을 바꾸는 건 차원이 다른 문제였다.
하지만 나는 그 기계가 우리 회사에 꼭 필요하다고 판단했다.
따라서 쉽게 포기할 수가 없었다. 그때부터 주변의 친척, 친구,

선후배를 탈탈 털다시피 하며 온 인맥을 동원해 발로 뛰기 시작했고, 천신만고 노력 끝에 운 좋게 상공부와 연관이 있는 고위직 공무원에까지 연이 닿았다. 그때부터 그가 귀찮아할 정도로 찾아가 우리 회사의 사정과 중고 기계 수입의 필요성을 설명했다. 몇 번 찾아갔더니 잘 만나 주지 않으려고 해, 나중에는 그 사람의 집무실과 자주 가는 식당 근처 커피숍에 진을 치고 기다려 가며 끝없이 문을 두드렸다.

그때 내가 펼친 설득의 논리는 〈그 중고 기계로 만드는 질 좋은 바늘이 우리나라 섬유 산업 발전에 지대한 영향을 미칠 수 있다〉는 취지였는데, 그게 꽤 설득력이 있었던 것 같다. 정성과 노력이 통했던 것인지, 그 공무원의 도움으로 마침내 국회에서 〈제침 기계에 한해 중고 기계 수입을 허용한다〉는 단서를 단 법 조항이 개정되었다. 그것도 한시적 허용이어서 우리가 기계 수입을 완료한 후 곧바로 폐기되었다. 우리 국산 기계의 생존을 고려한 결정이었을 것으로 추측할 뿐이다.

법 조항 개정은 사실 나 자신도 현실성이 희박하다고 생각한 시도였다. 하지만 그 기계가 정말 필요하다는 간절함이 나를 한계 없이 뛰게 했고, 결국은 1퍼센트 가능성을 100퍼센트로 만들 수 있었다.

기계가 수입돼 공장으로 들어오던 날, 문득 그런 생각이 들었다. 〈미쳐야 미칠 수 있구나.〉

반쯤 미친 것 같이 뛰어야 원하고 바라는 것에 다다를 수 있다는 걸 뼈저리게 느낀 사건이었다.

「영업하다 보면, 쉽게 풀리는 일보다 어려운 상황과 해결해야 하는 문제들을 더 많이 마주하게 된다. 그래서 뛰어난 영업맨이 되려면 〈문제 해결 능력〉이 필수다.」

편직기 바늘 생산 공장을 운영하던
아버지의 영향으로 일찌감치 기계공학과
진학을 결심했다. 나를 대견하게
여기시던 할아버지와 대학
입학식장에서의 한 순간.

우리 회사 편직기 바늘은 현재 미국, 일본, 중국 등 세계 38개국에 수출되고 있다. 고가 정책을 고수하는데도 늘 인기가 있는 건 품질력 때문이다. 좋은 품질이 곧 최고의 마케팅 전략이다.

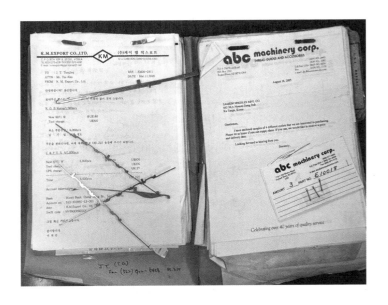

자존심과 자부심

우리 회사의 바늘은 다른 업체에 비해 비쌌다. 마케팅에서 고가
정책을 고수하는데도 제품의 인기는 늘 상한가였다. 주문하고
몇 달을 기다려야 하는 상황이라, 거래 업체에서는 직원이 돈을
싸 들고 와 자기네 회사에 먼저 납품해 달라고 사정하곤 했다.
그런 성공을 거둔 요인은 두 가지였다. 첫째는 독일 중고 기계의
수입으로 제품의 품질을 향상한 것, 그리고 둘째는 미국
사무실을 통한 해외 판매 전략이었다.

아버지가 만드는 바늘은 늘 최고 평가를 받았다. 열처리에 대한
특별한 기술이 없던 시절, 새벽마다 네 시간씩 숯불을 피워
800도 고온에서 수작업 열처리를 한 바늘은 다른 회사의
제품과는 비교할 수 없었다. 내가 회사에 입사한 뒤에는 좀 더
체계화된 기술 연구에 매진하며 바늘 제작의 기술을
발전시켰다. 그중에서도 계명대학교에 재직 중이던 대학 동기
김성훈 교수와 산학 협력으로 열처리 기술을 개발한 것은
무엇보다 큰 성과였다.

바늘 제작 과정에서의 열처리가 중요한 이유는 바늘의 수명과
관련이 있기 때문이다. 경쟁사들의 바늘 수명은 평균 6개월
정도였지만, 우리는 뛰어난 열처리 기술을 보유한 덕분에
그보다 최소 2~3개월 수명이 긴 바늘을 제작할 수 있었다.
품질 좋은 바늘은 좋은 섬유를 직조하는 데도 결정적 영향을
미친다. 1960~1970년대 우리나라에서 생산하는 면은 질이

그다지 좋지 못했다. 그래서 표면이 매끈하고 보풀이 적은 일제 면과 비교가 되곤 했다. 그런데 우리 바늘로 직조한 면 제품은 일본 것 못지않게 매끈하고 촉감이 좋으니, 섬유 업체마다 우리 제품을 사려고 줄을 설 수밖에 없었다.

품질이 좋은 데다 미국에 수출되는 제품이라는 사실은 국내 판매에도 영향을 미쳤다. 〈미국으로 수출하는 판매 제품〉이라는 사실만으로도 확실한 보증이 되었기 때문이다. 이 같은 후광 효과 덕분에 고가 정책을 고수하며 다른 회사들과의 경쟁에서 우위를 점할 수 있었다.

해외 영업은 아버지의 오랜 숙원 사업이었다. 어려서부터 아버지의 일하는 모습을 지켜보며 성장한 내가 풀어야 할 숙제이기도 했다. 내가 삼신제침에 입사한 후, 아버지와 나는 철저하게 업무를 나누었다. 아버지는 공장을 관리하며 질 좋은 제품을 만들고 나는 영업을 도맡았다. 아버지의 좋은 제품을 가진 덕분에 저자세로 영업하지 않아도 됐고, 매너가 좋지 않은 회사와는 거래하지 않아도 됐다. 좋은 제품은 〈자존심〉을 세울 수 있는 무기였다.

아버지는 내가 영업하는 방식이나 결과에 전혀 간섭하지 않았다. 처음에는 그런 무간섭이 편하고 자유로웠지만, 시간이 흐르면서 그것이 더 큰 책임이란 걸 알게 되었다.

나는 아버지를 통해서 많은 것을 배웠다. 아버지는 감정 표현이

묵직한 분이다. 당신 마음에 들지 않거나 못마땅한 게 있어도 여간해서는 나쁜 말씀을 하지 않았다. 정 싫고 못마땅하면 그냥 조용히 일어나 밖으로 나가셨다. 내가 영업 일을 시작하고 딱 한 번 손해 보는 일을 한 적이 있는데, 일본에서 문을 닫는 바늘 공장이 내놓은 기계를 하나 산 것이었다. 좋으리라 생각해 구매한 기계였는데, 막상 써보니 별로였다. 그런데 아버지는 〈왜 이런 걸 샀느냐?〉고 싫은 소리 한번 하지 않았다. 그저 그 기계를 한쪽으로 밀어 두고 쓰지 않는 걸로 평가를 마쳤다.

아버지의 제품을 보는 탁월한 안목, 그걸 곁에서 보는 것만으로도 큰 공부였다. 대학에서 공부한 기계공학 지식이 뼈대라면, 아버지의 현장 경험은 그 지식에 생명력을 불어넣은 살이었던 셈이다.

기계공학 전공의 가장 큰 이점은 〈기계를 안다〉는 사실이다. 영업할 때는 물론이고 대표가 된 이후에도, 내가 기계를 아는 덕분에 직원들과 업무를 의논하고 소통하기에 편했다. 1990년 미국 제침 공장 하코바를 인수하고, 5년 뒤 스위스 제침 공장을 인수할 때도, 기계에 관한 지식과 안목으로 정확한 판단을 할 수 있었다.

독일 중고 기계를 들여오기 위해 정부 관계자를 설득할 때 〈우리가 만드는 좋은 바늘이 대한민국 섬유 산업 발전에 큰 영향을 미칠 것〉이라고 했던 말은, 고맙게도 현실이 되었다.

대구와 경북 지역을 발판으로 하는 섬유 산업이 역사상 최고의 전성기를 누리며 국내뿐 아니라 세계 시장을 점령했던 1980~1990년대, 우리 편직기 바늘이 그 섬유 산업의 성공에 한 축을 담당했다는 사실은 우리 회사 구성원 전체의 자부심이기도 하다. 대표적인 우리나라 속옷 업체들이 끝없이 품질 향상을 해오는 데에 우리 회사의 바늘이 큰 영향을 미쳤다는 것은, 그들 업체가 인정하는 사실이다.

엔지니어라면 누구나 자기 기술이 인간의 삶을 질적으로 발전시키는 원동력이 되기를 바란다. 아버지가 이끌어 온 수공업의 시대를 물려받아 과학적 방식으로 제품을 끝없이 업그레이드시키고, 해외 영업으로 더 큰 판로를 개척함으로써 우리 바늘을 세계화할 수 있었기에, 최선을 다한 성공적인 도전이었다고 자부한다.

흔히 사업하는 사람에게 〈신용은 목숨〉이라고 말하는데, 내가 생각하는 신용이란 돈에 관한 것만이 아니다. 납품을 비롯한 모든 약속에 정확해야 그게 진정으로 신용을 지키는 것이다. 되는 건 된다, 안 되는 건 안 된다, 모든 것에 정확해야 실수하지 않는다. 지킬 수 없는 일을 〈된다〉 또는 〈하겠다〉고 했다가는 신용을 잃을 수 있다.

첫 출장에서 바이어로 만났던 퍼닉과는 대를 이어 비즈니스 관계를 이어 오고 있다. 그는 유대인다운 검소함과 근성을 가진 사람이었다. 또 오랜 세월 바늘 영업을 한 베테랑이었고 합리적인 사람이었다. 그가 세상을 떠난 뒤에는 미국 사무실을 내 명의로 하고, 그의 딸이 현지 영업을 맡아 주었다. 서로를 믿었기에 몇십 년의 비즈니스 관계가 유지될 수 있었다. 바이어들이란 영원한 아군이 아니다. 누군가 단돈 10원만 싸게 준다고 해도 그쪽으로 옮겨 가버리는 게 그들의 속성이다. 그런데도 퍼닉 일가가 나를 신뢰하고 심지어 우리나라를 좋아하는 걸 보면, 그들과 나의 관계가 비즈니스로만 얽힌 건 아니었다는 생각에 가슴 뿌듯해진다.

부지런한 것도 경쟁력이다

일하면서 전공 공부가 도움이 되는 걸 느낄 때마다 대학 시절을 떠올리고 〈그때 좀 더 열심히 공부할걸〉 하는 후회를 하기도 했다. 지금도 그렇지만 나는 대학 시절 친구들과 어울리는 걸 정말 좋아했다. 그러다 보니 강의실만큼이나 신촌 시장 일대의 중국집과 막걸릿집을 열심히 드나들었다. 그렇다고 공부를 완전히 등한시한 건 아니었다. 기계 일반은 흥미를 느끼는 과목이어서 꽤 열심히 공부했다. 문제는 유체 역학이었다. 지금 생각해도 유체 역학은 강의 자체가 너무 어려웠다. 아무리 공부해도 이해되지 않는 부분이 많아서 시험 때면 늘 골머리를 썩여야 했다. 하지만 어떻게 해서든 F 학점만은 받지 않을 만큼 공부했다. 무조건 〈중간은 가야 한다〉는 나만의 기준이 있었다.

술 마시며 친구들과 어울려 놀고, 단과대별 야구 대회에서
삼루수로 뛸 만큼 교내 생활 여기저기 빠지지 않았던 대학 시절.
나는 인생의 짝도 그때 만났다. 엄밀하게는 대학 입시 예비
소집일에 만났으니까 19세부터 나의 짝이었던 셈이다. 아내의
이모와 우리 누나는 경북여고 동기였다. 예비 소집일 날
대학교에 갈 때 함께 택시를 타면서 인연이 시작됐다.
기계공학과 학생 50명 중 절반 이상이 아내와 내가 커플이란 걸
알았으므로 서로 다른 데에 눈 돌릴 겨를조차 없었다. 아내가 웬
남학생과 교정이라도 걸으면 즉시 내 귀에 전해질 정도였다.
당연한 것처럼 우리는 서로를 결혼 상대로 결정했다.
흔한 수식어로 부부를 〈인생의 동반자〉라고 하지만, 나는 여러
면에서 아내 덕을 톡톡히 봤다. 대학을 졸업하고 아내가
경북대학교 도서관 사서로 일할 때, 나는 대우에 근무하며
대학원 공부를 하고 있었다. 아내는 바쁜 일과 중에도 내 논문
자료들을 찾아 논문 작성을 도왔다. 그런 도움이 아니었더라면
5학기 만에 석사 과정을 마치기란 어려웠을 것이다. 사업을
시작한 뒤에는 아내가 금융 관련 업무를 도맡아 주고 해외
출장에도 동행해 일을 도왔다.
좋은 동반자 겸 조력자와 평생 이인삼각을 한다는 건, 험난한
인생 항로를 개척하는 최고의 조건이자 경쟁력의 배가라고
생각한다. 집에서도 편을 얻지 못한 사람이 집 밖에서 전투력을
발휘하려면 심적으로 더 고달프다. 내겐 아내로서만이 아니라

사업의 조력자 역할을 충실히 해준 동반자가 있었기에, 하고픈 일에 전념할 수 있었다.

학창 시절 술 마시고 운동하고 연애하면서도 F 학점 받지 않을 만큼 공부한 것이나, 직장에 다니면서 대학원 공부를 할 수 있었던 건, 내 나름의 〈부지런함〉 덕분이다. 웃기는 이야기 같지만, 노는 것도 부지런해야 할 수 있다. 이런 부지런함은 아버지로부터 물려받았다. 새벽 4시에 일어나 깜깜한 어둠 속에 혼자 작업 준비하던 아버지를 보면서, 〈운도 준비가 되어 있어야 살릴 수 있다〉는 무언의 가르침을 받았다.

요즘도 새벽 5시에 일어나 집 근처 헬스클럽에 간다. 1988년부터 지금까지 35년간 변함없이 이어 온 새벽 운동이다. 하루 4킬로미터를 열심히 뛰는 게, 일과의 시작이다. 외국 출장을 가서 힘든 일이 있거나 술을 많이 마셨을 때도, 다음 날 아침이면 꼭 달리기를 했다. 열심히 뛴 다음 느끼는 에너지는 부지런함이 주는 보너스다.

세상은 가능성에 투자한다

현재 제침 분야는 사양 산업에 속한다. 다공정 소량 전문 생산업이기 때문에, 기술을 선점한 경우가 아니라면 미래 가능성을 크게 보기는 힘들다. 하지만 지구상에서 편직물이 사라지지 않는 한, 제침업은 사라지지 않을 것이다. 사양

산업이라고 해도 기능성 고부가 가치 제품을 만드는 고가 소량 생산 업체는 여전히 성업 중이다. 나 역시 계속 사업을 했다면 좀 더 적극적이고 미래 지향적으로 투자했을 것이다. 내가 해외 영업을 시작하고 몇 년 되지 않아 패기 넘치게 기술 합작을 제안했던 독일 그로츠베케르트는 이미 20년 전부터 〈로봇 시스템〉을 도입해 제품을 생산하고 있다. 나도 아들이 제침 사업을 이어 가겠다고 하면 로봇 시스템을 구축할 생각이었다. 하지만 아들은 다른 생각을 하고 있었다.

아들은 사업에 대해 젊은 시절의 나보다 더 강렬한 욕구가 있었다. 대학을 졸업하면서 곧바로 사업하겠다고 했다. 졸업 후 직장에 취업해 〈어느 정도 경험을 쌓은 뒤 시작하면 어떨까?〉 하는 생각이 들었지만, 아이 생각은 확실했다.
사업 아이템이 특이했다. 〈스위셔〉라는 글로벌 위생 관리 업체의 〈화장실 토털 위생 사업〉이었는데, 내게 창업 자금을 빌려 달라고 했다. 아버지이지만 채권자가 될 처지에서 검증할 것은 검증해야 했다. 본사가 있는 노스캐롤라이나주에 가서 스위셔의 대표와 직접 인터뷰를 했다.
나는 직업에 관해 편견이 없다. 그런데도 〈나라면 어떨까?〉를 생각해 봤을 때, 남의 건물 화장실 청소 대행 일을 선뜻 택할 수 없을 듯했다. 하지만 아들은 달랐다. 〈한국에 없는 새로운 사업이고, 화장실 위생 개념을 정착시키는 의미 있는 일이 될

것〉이라며 적극적으로 의미를 부여했다. 그 정도의 열정을
느끼는 일이라면 해볼 만하다는 생각이 들었다.

주변에서는 아들이 가업을 잇지 않는 게 서운하지 않으냐고
묻는 이도 있었지만, 내 생각은 달랐다. 아들은 어려서부터 자기
생각과 스타일이 확실했다. 중2 때 미국으로 유학을 떠난 것도
본인 결정이었다. 자신은 미국에서 공부하고 다양한 경험을
해보고 싶다며 유학을 보내 달라고 했다. 그렇게 어려서부터
자기 주관이 뚜렷한 아이라, 내가 이러니저러니 참견하는 게
무의미했다. 또 한편으로는 〈아버지가 많이 간섭하는 아들은
자기 세계를 펼칠 수 없다〉는 평소의 내 주관도 영향을 미쳤다.

혁기는 미국 본사에서 교육까지 받고 한국에서 사업을
시작했다. 직원을 뽑아서 직접 교육하고, 새벽부터 작은
용달차에 청소 도구와 약품 등을 싣고 청소하러 다녔다. 시간이
좀 지나자 용달차가 7대까지 늘고 거래처도 늘어나는 등 사업이
꽤 잘되는 듯이 보였다. 그런데 2년 만에 그 일을 접겠다고 했다.
청소할 때 쓰는 화공 약품 폐기물이 마음에 걸려 그만하고
싶다는 것이었다. 시작과 끝에 모두 명확한 이유가 있으니
간여할 부분이 아니었다. 10만 달러로 창업한 사업을 2년 후
25만 달러에 매각했으니 괜찮은 결과였다.

그 이후 청담동에 다이닝 바를 만들어 외식 사업을 하면서 사업
확장을 하려고 준비하던 게 수제 맥주였다. 2009년부터

2013년까지 5년간 연구와 준비를 하며, 미국의 유명한
크래프트 맥주사인 〈브루클린 브루어리〉와 직접 접촉해
〈제주맥주〉를 창업하고, 2017년 8월 마침내 첫 제품을
생산했다. 그리고 2021년 5월 우리나라 수제 맥주 업체 최초로
코스닥 상장에 성공했으니 꽤 빠른 성공을 거둔 셈이다.

아들인 동시에 경영자 후배로서 사업을 전개하는 걸 보면서,
내가 사업하던 때와 다른 여러 가지를 느낀다. 창업에 대해
고민하는 젊은이들에게는 현재 활발하게 사업을 벌이고 있는
혁기의 경험이 더 현실적인 참고 사항이 될지도 모르겠다.
수제 맥주 사업을 준비하는 과정을 보면서 가장 인상적이었던
건 〈철저한 준비 과정〉이었다. 5년의 세월 동안, 시장을
분석하고 유통 계획을 세우고 성장에 따른 마스터플랜을
꼼꼼하게 수립해 갔다. 수제 맥주에 주목한 이유도 분명했다.
국내 주류 시장에서 몇십 년간 소수의 맥주 회사 제품만
유통되고, 그에 대응하는 제품은 수입 맥주뿐이라는 것에서
힌트를 얻었다. 빠른 속도로 변화하고 새로운 맛을 찾는 소비자
욕구는 데이터를 통해 확인할 수 있었다. 그런 철저한 계획과
분석이 뒷받침되니 성공 가능성은 자연히 커지는 것이다.
제주도에 양조장을 짓고 지역 브랜드 제품을 만들며 전국화하는
전략도 공격적이었다. 전국 편의점 납품을 앞두고 연남동에 팝
스토어를 만들어 홍보하겠다고 했을 때는, 팝 스토어 운영

비용이 생각보다 커서 〈무리하는 거 아닌가?〉 걱정하기도 했다.
하지만 결과적으로 아들의 판단이 옳았다. 팝 스토어 운영은
브랜드 홍보에 엄청난 도움이 되었다.

사업을 구상하면서 자금 문제를 걱정하는 사람들이 많다.
역설적으로 돈 문제는 고민인 동시에 가장 해결 가능성 큰
문제이기도 하다.
남들은 사업했던 아버지가 있어서 아들이 돈 걱정 없이 사업할
거라고 생각하는 것 같지만, 내게는 나름의 규정이 있다. 혁기가
사업하겠다며 창업 자금을 빌려 달라고 했을 때, 나는 정확하게
내가 도움을 줄 수 있는 한계를 이야기하고, 그 이상은 도움을
줄 수 없으며 설령 망해도 자신이 책임져야 한다는 것을 분명히
했다. 본인도 그 약속을 지키기 위해 때로는 은행 대출을
이용하기도 하고 자금 마련을 위해 동분서주하는 모습이었다.
실제 꽤 큰 액수의 투자를 받기도 했다. 〈사업 아이디어만 좋고
투자자에게 성공 가능성을 잘 피력하면, 투자받는 것은 어렵지
않다〉는 게 혁기의 경험적 의견이다.

현재 우리나라에는 100여 개가 넘는 벤처 캐피털이 있고,
은행에도 벤처 기업에 대한 투자 기금을 운용하는 곳들이 있다.
이런 곳에서 투자받을 가능성을 높이기 위해서는 중요한 두
가지를 잊지 말아야 한다.

첫째, 확실한 아이템을 선정하는 것이다. 확실한 아이템이란 〈미래 가치〉를 가진 것이어야 한다. 쿠팡 같은 회사가 적자를 기록하면서도 나스닥에 상장되고 〈장기적 안목으로 투자해야 할 종목〉으로 꼽히는 건, 투자자들이 미래 가치를 보기 때문이다. 투자자의 속성은 〈수익에 대한 기대〉다. 따라서 투자자에게 〈당신이 우리 회사에 투자하면 몇 년 뒤 어떤 방식으로 돈을 벌 수 있다〉는 사실을 명확하게 설명할 수 있어야 한다.

둘째, 프레젠테이션 능력을 키워야 한다. 투자자를 설득하는 프레젠테이션의 생명은, 내용을 쉽고 간단하게 전달하는 것이다. 아무리 좋은 아이템이어도 내용이 복잡해서 투자자가 이해하지 못 하면 소용이 없다. 많은 벤처 회사가 망하는 이유는, 기술이 없어서가 아니라 투자받지 못한 예가 많다. 〈기술은 살 수 있지만 경영은 살 수 없다〉고 말하는 것도 그런 이유다. 창업을 원한다면 기술 못지않게 경영 감각을 키워야 한다.

셋째, 경영 감각이란 하루아침에 생기지 않는다. 학교나 책에서 이론으로 배우는 것만으로는 채워지지 않는다. 결국은 부딪쳐서 깨달아야 하고, 그러기 위해서는 시간과 에너지를 투자해야 한다. 그 시간을 줄이는 한 방법은 〈온고지신〉을 실천하는 것이다. 〈옛것에서 새것을 찾는다〉는 공자의 가르침은, 삶에서 같은 실수를 되풀이하지 않기 위해서 지나간 일을 제대로 알아야 한다는 의미다. 일에서나 인간관계에서 어떤 문제를

마주할 때, 선배나 앞서간 경험자들은 어떻게 했는지를 한번
생각해 보면 의사 결정에 조금이나마 도움이 될 것이다.

2등이어도 된다

우리 세대는 〈성공=1등〉이라는 공식의 시대에 살았다. 2등은
의미가 없는 것으로 여겼다. 은메달을 딴 운동선수가 좌절감에
고개 숙이는 모습에 익숙한 세대였다. 승자가 모든 것을
가져가는 세상에서, 수많은 사람이 좌절과 상처를 달래야 했다.
그러나 지금은 다르다. 2등을 실패로 여기지 않고, 2등도 통하는
세상이다. 두 번째 손가락이어도 행복하게 살 수 있다.

직장이나 다른 일들도 마찬가지다. 취업난을 고민하면서 꼭
대기업을 고집해야 할까? 기계 분야는 대기업이 아니어도 작은
회사에서 개발할 분야가 무궁무진하다. 실제로 자율 주행, 우주
산업, 생체 공학, 의공학 쪽은 그런 회사들이 많다. 후배 중 한
사람은 〈드론〉에서 엔진 부분을 집중적으로 연구한다. 〈어떻게
하면 드론의 엔진을 더 가볍게 만들 수 있는가?〉가 연구 주제다.
드론에는 엔진만 있는 게 아니다. 날개, 기폭제 등 누군가
관심을 둔다면 또 다른 세부 분야들을 연구하고 발전시킬 수
있다.

처음부터 큰 것, 대단한 것을 해내려는 욕심으로 스스로
힘들어할 필요가 없다. 작지만 자신이 좋아하고 관심 있는

분야를 깊이 있게 연구해서 자기 것을 만들면 점차 큰 분야로
확대해 나갈 수 있다.

2019년 회사를 직원들에게 넘기고 나는 수출 관련 업무만 맡는
작은 별도의 회사를 설립했다. 아버지가 창업한 1954년부터
66년을 이어 온 회사였다. 계속 일할 수도 있었지만, 그보다는
인생의 후반부를 좀 더 풍요롭게 살고 싶은 마음이 컸다.
나는 〈행복〉이란 개념을 〈자신이 원하는 삶을 사는 것〉으로
정의한다. 아들과 딸에게도 〈자신들이 원하는 삶을 살라〉는
말을 자주 한다. 사회나 타인이 제시하는 보편적 기준에 얽매일
이유가 없다. 춤추는 게 행복하다면 춤추고, 여행하는 게
행복하다면 자신이 가고픈 곳으로 떠나보는 거다. 열심히
일해서 버는 돈은, 그런 삶을 가능하게 하는 수단일 뿐이다.
지금 내게 행복한 일은 성악 공부다. 나는 클래식에 깊은 조예가
있는 사람은 아니지만, 오래전부터 아내의 손에 이끌려 종종
연주회에 가곤 했다. 모든 연주가 아름답지만, 그중에서도
성악가들이 참 부러웠다. 자신의 몸이 악기가 되고, 몸통을 울려
그렇게 멋지고 아름다운 소리를 낸다는 게 신기했다.
악보도 제대로 읽을 줄 모르지만 과감하게 시작해 보기로 했다.
학교 후배를 통해 유학 준비 중인 학생 선생님을 섭외하고
일주일에 한 번씩 개인 지도를 받기 시작했다. 정확한 음정과
섬세한 표현력은 부족하지만 목청만은 나도 자신이 있었다.

6개월 정도 레슨을 받으며 연습하자 「눈」, 「남촌」, 「마이 웨이」 같은, 좋아하는 노래 몇 곡이 제법 듣기 괜찮은 소리로 나왔다. 노래 연습하며 더 정확한 소리를 내고 섬세하게 표현하기 위해 몰입하는 시간이 얼마나 행복한지 모른다. 꽤 괜찮게 한 곡 불렀다고 생각할 때, 혼자서 느끼는 뿌듯함은 이루 말할 수 없다. 이것도 마냥 연습만으로는 흥미가 덜할 것 같아 목표를 세웠다. 코로나 19가 끝나고 우리 연세기계 CEO 포럼 구성원들이 한자리에 모이는 날, 갈고닦은 실력을 선보이는 걸 1차 목표로 꾸준히 연습 중이다.

외국어 공부도 좀 더 하고 싶다. 젊은 시절부터 스페인어나 독일어를 공부하지 못한 게 후회스러웠다. 외국어 공부에 대한 갈망은 사업 때문만이 아니다. 그 언어들을 자유롭게 구사할 수 있었더라면 인생 자체가 좀 더 풍요로웠을 것이라는 아쉬움 때문이다. 내가 좋아하는 책을 원서로 읽으면서 한 문장, 한 문장 음미하고 싶다.
여행하면서 현지 사람들과 그들의 언어로 소통한다면 인생이 더 즐겁고 풍요로울 것이다. 그런 희망을 이루기 위해 조금씩이라도 스페인어나 독일어 공부에 도전해 보고 싶다. 사람은 나이를 먹어서 늙는 게 아니라, 더 이상 새로움을 추구하지 않을 때 늙는다.
프랑크푸르트에서 고기로 만든 비너 슈니첼을 안주 삼아 이곳을 대표하는 바인딩 맥주를 마시며, 독일 축구 팬들과 분데스리가 축구를 보는 상상……. 그런 즐거운 자극이 새로운 공부에 대한 동기가 된다.

문성근 삼신제침㈜ 대표 이사. 연세대학교 기계공학과를 졸업하고 삼성전자 가전제품 디자인 설계실에 잠시 근무한 후, 현대와 호남정유를 거쳐 대우자동차에 3년간 근무했다. 일종의 경영 수업 같았던 대기업에서의 직장 생활을 마치고, 아버지가 경영하던 삼신제침공업에 합류하여 해외 영업을 처음 시작, 이후 쭉 회사를 이끌어 왔다. 1954년 창업하여 68년을 이어 온 삼신제침은 현재 세계 38개국에 수출되며 최고의 편직기 바늘로 인정받고 있다.

7

최첨단 시대일수록
인간적 소통이 빛난다

김연철
한화시스템㈜ 총괄 사장 겸 이사회 의장

직장 선택의 기준은 전공을 살려 내 능력을 맘껏
발휘하는 것이었다. 전 세계를 누비며 외국
기업을 상대로 협상을 벌이는 세일즈
엔지니어가 나의 꿈이었고, 그 꿈은 실현되었다.

현재와 미래가 변하고 있다

지난 2018년 1월 스위스에서 열린 제48회 「다보스 포럼」에
참가했다. 「다보스 포럼」은 민간 재단이 주최하는 회의이지만,
세계 각국에서 총리, 장관, 대기업의 최고 경영자 등 유력
인사들이 대거 참가한다. 매년 2천 명에 가까운 참가자들이 약
일주일에 걸쳐 정치, 경제, 문화에 이르는 폭넓은 분야의 문제를
토론하고, 극비의 수뇌 회담과 주요 인사의 중대 발언이 나오는
등 국제적 영향력이 크다.

공식적인 의제는 없으며 참가자의 관심 분야에 관해 자유롭게
의견 교환이 이루어지는데, 나는 주로 항공, 우주, 방산, 기계
분야 의제에 참가해 〈보잉〉, 〈록히드 마틴〉, 〈에어버스〉 등의
관련자들과 의견을 나누며 새로운 세계 경제의 흐름을 확인할
수 있었다. 그 당시 가장 집중적으로 다뤄진 의제는 〈인공 지능
로봇〉, 〈딥 러닝〉, 〈머신 러닝〉, 〈4차 산업 혁명으로의 이동〉에
관한 것들이었다. 특히 인간의 많은 행위를 점차 AI 로봇이
대체하는 상황에서 수많은 사람이 일자리를 잃어버릴 텐데

어떻게 공존할 것인지, 지속적인 성장이 화두였다.

미국에서는 은행에 전화를 걸면 95퍼센트 이상 로봇이 전화를 받는다. 스마트 홈, 스마트 워크 등 이제는 완전한 스마트 시대로 옮겨 가고 있다. 150만 대의 자율 주행 트럭이 나온다는 건 150만 명이 일자리를 잃어버린다는 것과 의미가 같다.

우리가 미처 알지 못하는 현재와 미래에 대한 많은 담론 중 MIT 교수의 딥 러닝에 관한 이야기는 매우 인상적이었다. 그의 연구실에서는 석박사 200여 명이 AI를 이용해 딥 러닝과 머신 러닝을 연구한다고 한다. 그런데 AI도 간혹 엉뚱한 실수를 할 때가 있다는 것이다. 가령 워런 버핏의 회사인 〈버크셔 해서웨이〉의 홈페이지를 만들라고 지시하면, 다 만든 뒤에 대표 사진은 영화배우 〈앤 해서웨이〉의 것으로 장식하는 실수를 저지르는 식이다. 그런데도 그의 연구 사례들을 통해 AI는 인간보다 훨씬 실수가 적고, 발전 속도나 내용도 상상을 초월한다는 사실을 알 수 있었다.

무엇보다 중요한 관심사는, 현재 진행 중인 〈4차 산업 혁명〉에 관한 것이었다. 세상이 2차 산업에서 3차 산업으로 이동할 때는 열심히 공부해서 그 흐름을 따라갈 수 있었지만, 3차 산업에서 4차 산업 사이에는 단순히 공부하고 노력하는 것만으로는 〈건널 수 없는 강〉이 존재한다. 그래서 이 새로운 시대를 맞기 위한 별도의 준비를 해야 한다. 4차 산업 시대에는 구글, 페이스북,

아마존, 스페이스 X 등 온라인 강자들은 살아나고, 월마트 같은 오프라인 기업은 위기에 처하리라는 예측이 제시됐다. 3차 산업 혁명 시대의 강자 중 4차 산업 혁명 시대에 맞춰 변신한 10퍼센트만 살아날 것이란 전망이다.

향후 빅 데이터, AI, 블록체인, 에어 택시, 초소형 위성 안테나, NFT 등의 4차 산업은 더욱 늘어나며 발전하고 바뀌어 갈 것이다. 과거의 기업들이 기존 사업을 고도화, 다각화하며 필요시 M&A를 병행해 성장해 왔다면, 현재와 미래의 기업들은 여기에 더해 경쟁력 있는 기업들과 종횡 연합을 통해 합작이나 자본 투자 등의 협력 방식으로 회사를 공동 경영하는 방식이 증가하고 있다.

세계 경제의 현재와 미래가 급격히 변화하고 있다. 기업이라는 조직에 속한 직장인의 미래 또한 변화할 수밖에 없다. 머지않은 미래에는 현재처럼 매일 출근하는 직장인의 개념은 사라질 것이라고 본다. 현재와 같은 완전 고용이 아닌 〈프리랜서〉 개념으로의 변화는 이미 시작된 상태다. 회사는 자신들이 원하는 스펙을 갖춘 사람을 잡 포스팅이나 잡 플랫폼 등에 공고하고, 구직자는 거기에 이력서를 올려 서로 조건이 맞으면 정해진 기간 일한다. 회사는 필요할 때 사람을 쓰고 개인은 일하고 싶을 때 일하는 한시적 고용 상태가 되는 것이다. 지금은 일부가 이런 형태를 취하고 있지만, 앞으로는 대부분 그 같은 고용 형태로 옮겨 가리라고 본다.

이런 환경에서 경쟁력을 갖추기 위해서는, 장점의 확대 및
전문성 강화, 그리고 철저한 이력 관리를 통해 지속해서 자신의
가치를 높이는 것이 중요하다. 급속한 변화가 이루어지는
세상에서는, 그 흐름을 놓치는 순간 도태된다는 점을 잊지
말아야 한다.

조직은 성장의 발판

같은 회사에서 어떤 사람은 월급쟁이로 일하고, 어떤 사람은
사장처럼 일한다. 그 차이는 무엇인가?
직장에 들어가기 위해 열심히 영어 공부하고 스펙을 쌓지만,
직장에 들어간 다음에는 시키는 일만 하면서 그저 그런
직장인에 머무는 걸 흔하게 본다. 어떤 조직에서건 인재는 S, A,
B, C 등급으로 분류되어, 시간이 흐르며 그 조직에서 중요도와
성공 여부가 결정된다. 자신을 좀 더 나은 구성원으로 만들기
위해 어떻게 할 것인가를 고민하지 않으면 안 된다.
나는 1986년 한화기계 부문에 입사해, 22년 만인 2007년
한화무역 부문 UBI 법인장으로 임원이 되었다. 그리고 여러
계열사의 대표 이사를 거쳐 지금은 이사회 의장을 맡고 있다.
나는 사람들이 흔히 말하는 로열 패밀리도, 뒷배경이 좋은
사람도 아니다, 평범한 일반 사원에서 대표 이사까지 온전히 내
능력과 노력으로 올랐다. 그렇기에 금수저와 흙수저를 거론하며

도전도 해보기 전에 한 발짝 물러나는 사람들에게 자신 있게 경험을 이야기할 수 있다.

내가 몸담은 한화는 예전부터 직원들의 교육에 투자를 아끼지 않는 기업 문화가 형성돼 있다. 우리 회사만이 아니라 기업 대다수가 인재 육성을 위해 이런 교육 기회 제공을 늘려가는 추세이기도 하다. 나는 이처럼 조직에서 제공하는 기회를 적극적으로 활용했다.

입사할 때 〈한화기계〉를 선택한 건 전공을 살려 능력을 발휘하고 싶은 마음에서였다. 전 세계를 누비며 외국 기업을 상대로 협상을 벌이고 비즈니스 하는 게 멋져 보였고, 그 모습이 나의 꿈이었다. 1983년경부터 〈세일즈 엔지니어〉라는 말이 쓰이기 시작하면서, 목표는 더욱 확실해졌다. 하고 싶은 일이 생기니까 열정이 생기고 밤새 일을 해도 힘든 줄을 몰랐다.

인생의 전환점이라 할 만한 기회는 입사 2년 만에 찾아왔다. 회사에서 일본 수출 담당을 선발한다는 소식을 듣고 1년간 일본어 공부에 매진했다. 일본어 교육 기회는 회사에서 제공했기에 별도 비용이 들지 않았다. 하지만 업무와 일본어 공부를 병행해야 한다는 게 애로 사항이었다. 시간이 흐르며 다른 사람들은 업무가 바쁘다는 이유로 교육에 불참했지만, 나는 끝까지 참여했다. 처음 일본어 공부를 시작할 때 다른 사람들은 어느 정도 일본어 기본 실력을 갖춘 반면 나는 완전히

초심자였다. 하지만 교육 과정이 끝날 때 중급반 1등을 차지한
건 나였다.

기계 시험 운전 책임 엔지니어 겸 통역으로 일본에 다녀온 건
불과 3주 정도였다. 그러나 그 짧은 기간의 경험은 내 시야를
훨씬 넓어지게 했다. 당시 일본과 한국의 기술 격차는 비교할 수
없을 만큼 컸다. 나는 일본의 선진 기술을 직접 보고 온 후
매뉴얼을 모두 다시 만들었다. 그 3주간의 경험이 엔지니어로서
평생 큰 자산이 됐다.

그다음 목적지는 미국이었다. 1990년 당시 회사는 F-16 전투기
사업 참여를 검토하고 있었고, 내가 담당 엔지니어로 선정이
되었다. 이 기회야말로 간절히 원하던 것이기에 철저히
준비하고 싶었다. 우선 영어 공부를 제대로 해야겠다는 생각이
들었다. 상사에게 그 이야기를 했더니, 흔쾌히 교육 기회를
만들어 주었다. 회사가 비용을 분담 지원해 주기로 한 것이다.
나는 그 기회를 놓치지 않고 영어 공부를 정말 열심히 했다.
유학파처럼 유려한 발음의 영어는 아니지만 그렇게 쌓은 영어
실력으로 미국, 영국, 프랑스, 독일, 체코, 이탈리아, 러시아,
스위스, 스웨덴, 네덜란드, 중국, 일본, 홍콩, 싱가포르, 베트남,
말레이시아 등 세계 각국을 드나들며 세일즈 엔지니어로서 맘껏
일하는 꿈을 이루었다. 나중 〈글로벌 감각이 뛰어난 CEO〉라는
평가를 들을 수 있었던 건, 일찍이 남보다 앞서 선진국의 경제
현장을 누비며 경험을 쌓은 덕분이었다.

많은 직장인이 회사에 교육 기회를 요구하면서, 실제 기회가 주어지면 〈업무와 병행하기 힘들다〉거나 이런저런 이유를 대며 중도에 포기하거나 아예 시도하지 않는 경우가 있다. 자신의 성장 기회를 스스로 포기해 버리는 아쉬운 일이다.

예전에는 어학 공부나 업무 관련 자격증 취득 또는 연수 등이 큰 혜택이었다면, 요즘은 개인 능력에 따라 더 큰 지원을 받을 수 있다. 몇몇 기업이 사내 벤처를 육성하고 있고 우리 회사 역시 2년 전부터 사내 벤처 창업을 지원해, 현재 방산 전자와 AI 관련한 세 개 정도의 프로젝트가 진행되고 있다. 최소 3년에서 5년 정도의 연구 개발 시간이 필요하다고 볼 때, 머지않은 시간 내에 결과물을 얻게 되리라 기대하고 있다.

일반 직장인은 월급 받으면서 주어진 일을 하지만, 사내 벤처에서는 직원이 사장처럼 일할 수 있다. 연구 개발 결과가 나오면 회사와 판권을 공동으로 소유하고, 특허 사용료나 기술료를 받을 수도 있다. 나아가 회사의 지원을 받으며 해외 회사와 공동으로 제품을 개발할 수도 있다.

더 큰 성공을 좇아 직장을 그만두고 벤처 창업하는 젊은이들이 늘고 있지만, 그들 중 성공의 열매를 수확하는 사람은 그리 많지 않다. 연구 개발은 곧 돈과 시간을 견뎌 내는 문제이기 때문이다. 반면 몇억씩 드는 연구 개발비를 회사로부터 지원받는 사내 벤처는, 시간과 비용이라는 불안 요소에서 벗어나 더욱 안정적으로 연구와 개발에 집중할 수 있다.

직장은 단지 생계를 위해 노동을 제공하고 대가를 받는 곳인가? 〈먹고살기 위해서 일한다〉는 소극적 개념은 스스로 발전을 포기하는 것과 다름없다. 생각의 방향을 조금만 바꿔 보면 인생의 방향이 달라질 수 있다. 자신을 조직에 단순히 노동을 제공하는 수동적 존재로 보는 게 아니라, 그 조직을 발판으로 성장하는 적극적 존재로 만들어 보는 것이다. 독창적인 아이디어와 거기에 매달릴 능력과 끈기가 있는 사람이라면, 조직 내의 이런 기회들을 발판으로 4차 산업 혁명 시대를 주도하는 사람이 될 수 있다.

능력을 특화한 나만의 방식

나는 늘 직책에 비해 큰 업무들을 맡곤 했다. 차장 2~3년 차에 항공 사업팀장을 했다. 사업팀은 영업팀과 기획팀을 합한 팀이었고 전임자는 임원이었다. 부장 때는 천안 공장장을 했고, 임원이 되면서 해외 법인장으로 대표직을 수행했다. 임원이 된 이후에는 한화기계, 한화정밀기계, 테크윈 등의 주요 계열사 대표이사를 역임하며, 그룹의 미래 사업을 이끄는 경영인이라는 평을 받았다.

나는 회사에서 남들보다 앞서 인정받은 직원이었다. 대리, 과장급일 때부터 그룹 최고 경영진의 해외 출장에 동행했고, 임원이 결재하면서 내 협조 사인이 있어야 최종 승인을 할 정도로 과분한 신뢰를 받았다.

〈혹시 윗사람들에게 고분고분하게 굴며 심기를 잘 맞춘
직원이었던 게 아니냐?〉고 묻는다면, 분명 그런 종류의 능력은
아니었다고 말할 수 있다. 신입 사원일 때 회의 석상에서 사장의
뜻에 반하는 의견을 당차게 이야기하고, 부장한테 이해하기
어려운 욕을 먹었을 때는 분해서 밤잠을 설치고 다음 날 찾아가
따지기도 했다. 그저 윗사람의 명령에 고분고분 따르기만 한
직원은 아니었다. 그런데도 조직 내에서 일찍 인정받을 수
있었던 건, 나만의 방식으로 업무에 최선을 다했기 때문이라
생각한다.

한번은 해외 출장길에 상사로부터 기계 부품 하나를 사서
오라는 명령을 받은 적이 있었다. 하필 출장 초반에 살 수밖에
없는 물품이어서, 도시를 이동할 때마다 그 무거운 짐을 들고
다니는 게 보통 고역이 아니었다. 그런데 돌아와서 부품을
전달하려다 보니 설명서가 마음에 걸렸다. 설명서는 당연히
영어로 작성된 것인데, 설명 내용이 복잡해서 이해하기 쉽지
않을 것 같았다. 그래서 설명서를 번역해 부품과 함께 전달했다.
단언하건대 영어 설명서 하나 번역해서 내 직장 생활에 보탬이
될 거라고 계산해 본 적은 없다. 누군가 한 사람이 약간의
시간과 노력을 들여 여러 사람이 편하게 일할 수 있도록 한다면,
당연히 해야 할 일이었다.

그런데 그 일이 있고 난 뒤, 상사는 어디에서건 나와 관련된 이야기가 나오면 〈특별한 사람〉이라며 나를 칭찬했다는 이야기가 들려왔다. 나중 서로의 소속 부서가 달라진 후에도 내 업무를 살펴보고, 어려운 일이 있으면 도와주기도 했다.

직장인을 평가할 때 〈시키는 일만 하는 사람, 시키는 일도 못 하는 사람, 시키는 일에 플러스알파를 하는 사람〉으로 구분하곤 한다. 그 플러스알파가 대단한 걸 의미하는 것은 아니다. 다른 사람이 무심코 지나치는 작은 부분 하나를 더 챙기는 것만으로도 결과가 달라질 수 있다.

처음 입사해 〈공작 기계 사업부〉에서 맡은 업무는 기계 전면 보수였다. 당시 대졸 엔지니어의 역할은 도면을 그리는 것이고, 실제 기계를 직접 다뤄 볼 기회는 없었다. 하지만 상사는 〈엔지니어가 제대로 일하기 위해서는 손에 기름을 묻히고 직접 조립을 해봐야 한다〉며 〈1억 원까지는 날려도 좋으니 이것저것 다 해보라〉고 독려했다.

나는 지금까지도 상사의 그 말을 잊지 못한다. 그때 신입 사원 월급이 36만 원이었던 걸 생각해 보면, 상사가 보장한 〈날려도 좋은 1억 원〉은 어마어마한 거액이었다. 그런데도 그는 〈실패 없이는 기술 개발이 되지 않는다〉는 점을 강조했다. 많은 시행착오가 있었지만, 여러 기계를 직접 조립해 보는 것만큼 좋은 공부는 없었다. 그런 과정을 거치고 나니 어떤 기계를 봐도 작동 원리가 눈에 들어왔다. 이런 경험은 나중에 대표 이사직을 수행하면서 종합적 판단 능력의 바탕이 되었다.

엔지니어로서 기계를 설계하고 조립하는 일만이 아니라 구매와 생산 관리까지 제품과 관련된 모든 업무를 경험할 수 있었다. 〈공장〉과 〈영업〉을 모두 안다는 건 엔지니어로서는 엄청난 재산이다. 과거에는 영업을 말 잘하는 사람이 하는 것으로 여겼다. 그래서 공대 출신 엔지니어보다 똑똑한 경영학과 출신을 영업의 적격자로 생각했다. 하지만 아무리 영리하고 말을 잘해도 제품에 관해 완벽하게 알지 못하면 제대로 영업할 수가 없다. 직장 업무에서 공작 기계, 항공기 유압, 산업 기계, 기계 설계 등 학교에서 배운 모든 전공 지식을 다 활용할 수 있었다는 것도 행운이자 만족스러운 일이었다.

기술과 영업을 두루 안다는 자신감과 능력은, 나를 〈제품 잘 만들고 잘 파는 데 특화한 사람〉으로 만들어 주었다. 그 결과 한화기계 대표 이사로 임명되었을 때는 3천5백 억 원에 머무르던 회사를 1조 2천 억 원까지 키웠고, 적자를 보던 회사의 사업부를 모두 흑자로 전환해 〈실전형 야전 사령관〉이라는 별명에 걸맞은 성과를 기록할 수 있었다.

적자 기업을 맡아 흑자로 전환하는 일은 매우 고통스럽고 힘들지만 그만큼 보람이 따르는 일이다. 회사가 적자를 보는 이유는 지속성, 성장성, 수익성 관점에서 질적 성장으로 보지

않고 일회성, 정체성, 양적 성장을 추구하기 때문이다. 이런
모습은 마치 인간의 삶이 성공과 실패로 나뉘는 것과도 닮아, 그
이유를 분석하는 게 매우 흥미롭다.

적자 기업에 대해서는 우선 사업성을 검토한다. 먼저 전체 시장
규모, 대상 시장 규모, 고객사 경쟁 관계 등을 고려해서 매출
계획을 도출해 내고, 매출을 달성하기 위한 투자 계획과 인원
계획을 넣어서 사업성 검토를 한 후 수익이 난다고 판단하면
수행하는 것이다. 이때 가장 중요한 점은 〈사업을 수행할
역량〉이 있는지에 관한 판단이다. 사업 수행을 위한 소요 역량
대비 내가 가진 보유 역량을 빼면 부족 역량이 나온다. 이 부족
역량을 극복할 수 있는지, 그리고 능력 확보에 들어가는 투자
비용을 넣고도 수익성이 있다는 걸 확인하는 게 중요하다. 좋은
사업이라고 그냥 시작했다가는 십중팔구 실패한다. 난 철저히
분석해서 적자 보는 사업을 모두 흑자로 돌렸다.

방송사의 서바이벌 오디션 음악 프로그램을 애청한 적이 있다.
그중에서도 「K팝 스타」라는 프로그램은, 미국 출장 중에도 챙겨
보며 시청자 투표에 참여할 만큼 관심이 많았다. 도전하는 노래
한 곡을 멋지게 부르기 위해 온 힘을 다하는 모습은 매번 큰
감동을 주었다. 경연에 참가할 때 원석 상태이던 참가자들이,
경연 과정을 통해 각각의 모양과 휘광을 자랑하는 보석으로
다듬어지는 과정은 더욱더 감동적이었다. 인간의 성장만큼

감동을 주는 것은 없다.

직장 생활은 서바이벌 오디션과 닮은 점이 있다. 조직은 가능성이 있는 인재를 발굴하고, 그들에게 기회를 주며 더 큰 일을 할 수 있도록 성장시킨다. 「K팝 스타」에서처럼 자기 비법을 전수해 주는 멘토를 만날 수도 있다. 스스로 〈나는 능력이 부족해서……〉 그런 기회가 거리가 멀다고 말하는 건 핑계다. 세상은 능력 좋은 사람 못지않게 성실하고 적극적인 사람에게 호의적이다.

나 역시 선배들과 회사에 의해 그렇게 성장했다. 나는 약간의 능력에 성실과 노력이라는 양념을 듬뿍 쳐서 성장의 기회를 잡았다. 내가 누군가에게 기회를 줄 수 있는 위치에 오르면서부터는 후배들에게 그런 기회를 열어 주기 위해 더욱 노력하고 있다.

최악의 상황, 최고의 협상

영국 항공기 부품 회사의 임원인 그의 별명은 〈닥터 No〉였다. 협상 테이블에서 어떤 조건을 제시해도 일단 〈No〉라며 고개부터 저어서 붙은 별명이었다. 그날도 그는 우리 측 제안마다 〈I can't〉라며 단호하게 고개를 저었다. 딱딱한 영국식 발음 때문에 〈칸트can't〉라는 단어가 더 도드라지게 들렸다. 어떻게 하면 그 부정적인 답을 멈추게 할까 생각하다가, 그가 다시 한번 〈I can't〉라고 할 때 곧바로 응수했다.

「If you are Kant, I'm Socrates.」

처음엔 어리둥절해 하던 그가 내 말의 의미를 알아듣고는
웃음을 터뜨렸다. 팽팽하던 주도권 싸움이 웃음으로 풀려
버리자 그 이후는 순조로웠다. 그날 그는 더 이상 〈칸트〉를
외치지 않고 계약서에 사인했다.

영업은 곧 협상이다. 저마다 다른 특성을 보인 사람과의
협상에는 커트라인이나 정답이 없다. 상대에 따라 모두 방법을
달리해야 하며, 철저한 준비 작업은 필수다.

경영과 기술을 다 안다는 건 협상 테이블에서도 유리했다. 원가
전문가가 오면 기술을 내세워 이기고, 기술 전문가가 오면
원가를 앞세워 이겼다. 국내 다른 대기업이나 해외 업체에서는
협상 테이블에 오기 전 나를 경계하는 〈김연철 주의보〉가
생겼다고 우스갯소리를 하기도 했다.

〈협상의 귀재〉라는 별명을 얻은 내게도 절체절명의 긴박함
속에서 마음 졸이며 임한 순간이 있었다.

2008년 미국 투자 은행 리먼 브러더스가 파산 보호를
신청하면서 세계 금융 위기의 시발점이 된 〈리먼 사태〉 당시,
나는 한화무역 부문 UBI 법인장으로 미국에서 근무하고
있었다. 금융 회사의 파산은 일반 기업의 파산과 비교할 수 없을
정도로 파급력이 어마어마하다. 더구나 미국 역사상 최대
규모의 기업 파산이었기에, 이후 기업과 은행들의 파산과 손실,

기업의 구조 조정과 높은 실업률 발생 등 마치 폭탄이 도미노처럼 터지는 것 같은 상황이었다. 장기적인 경기 침체는 필연이었고, 거대한 블랙홀과 마주한 느낌이었다.

우리 회사는 자동차 부품 제조업 부문에서 직격타를 맞고 있었다. 자동차 판매 대수가 1천7백만 대에서 880만 대로 줄어들며 매출이 약 45퍼센트로 감소했다. 재고가 늘어나자 공장 창고에는 원자재와 재고가 쌓이고, 생산이 줄어든 결과 인력이 남아돌았다. 현금이 거의 바닥을 드러내는 극한의 상황에서 비상 경영 체제에 돌입해야 했다. 우선 사장인 내 월급부터 삭감하고, 법인에서 쓰던 각종 회원권도 모두 사용을 중지시켰다. 직원들에게는 너무 미안했지만 신문과 문구류 등의 지원을 중단하며, 비용 절감에 동참해 주기를 호소하는 수밖에 없었다. 설비 가동을 50퍼센트 줄이고, 설비가 고장 나면 가동을 멈춘 기계에서 부품을 떼서 수리했다. 처음 경험해 보는 극한의 상황이었지만, 주변의 회사 중 절반이 사라지거나 합병 절차를 밟는 상황을 생각하면, 여전히 회사가 돌아간다는 건 그나마 희망이었다.

모든 방법을 동원해 버텨 보려 해도, 무섭게 오르는 유가는 우리가 어떻게 해볼 수 있는 영역이 아니었다. 유가가 오르자 자재비는 하늘 끝을 모를 정도로 치솟았다. 자재비가 제품 가격보다 더 높아진 상황에서 제품을 만들 수가 없었다. 문제는

미리 구매 계약을 해놓은 자재들이었다. 이 계약을 그대로
이행했다가는 회사가 망할 지경이었다. 전략적으로 접근하지
않으면 안 됐다.

당시 우리는 미국, 일본, 한국의 회사들과 거래하고 있었는데,
먼저 미국 회사를 찾아갔다. 이럴 때는 현실을 직시한 솔직한
협상 외에는 방법이 없었다.

「내가 계약 구매를 이행하게 되면, 당신 회사는 미래 고객
하나를 잃게 됩니다. 내가 망하면 당신도 망합니다. 당신 회사와
우리 회사는 장기간을 함께할 파트너이니 함께 죽는 게 아니라
함께 살 방법을 찾아야 합니다.」

이전의 구매 계약에 대한 파기를 요구하면서 대신 이자는
주겠다고 덧붙였다. 상대방의 얼굴에는 〈황당하다〉는 기색이
역력했다. 오직 계약서에 의해 모든 비즈니스를 이행하는 미국
회사에 이런 제안을 한다는 건, 거의 상식 파괴나 다름없었다.
하지만 앞뒤를 예측할 수 없는 위기 상황에서 회사를 살리기
위해서는 달리 도리가 없었다. 나로서는 만용이 아니라 있는
힘을 다 쥐어짠 용기였다.

미국 회사 담당자는 비난, 원망, 욕설이 뒤섞인 말들을 실컷
퍼부은 뒤에 결국 내 제안을 수용해 주었다. 그런 험한 말을
듣고도 안도감을 느껴 보기는 처음이었다. 반면 일본 회사는 그
제안을 100퍼센트 수용하지는 않았다. 대신 구매 예정이었던
자재는 우리 몫으로 보관하고 이자는 받는 것으로 계약을

변경해 주었다. 나중 필요할 때 자재를 쓰도록 하는 컨사인먼트 스톡 방식을 택한 것이다.

가장 고통스러웠던 건 인력 절감 문제였다. 직원들을 모아놓고 경영 설명회를 하며, 회사의 현재 상태와 앞으로의 계획에 대해 솔직하게 털어놓았다.

「회사가 몹시 어렵습니다. 현 상태에서 여러분을 계속 고용하면, 회사는 망하고 여러분은 돌아올 곳이 없어집니다. 여러분을 일시 해고할 수 있도록 동의해 주면, 어떻게든 회사를 정상화하여 여러분을 다시 복귀시키겠습니다.」

직원들은 고맙게도 나를 믿어 주었고, 여섯 차례에 걸친 힘든 구조 조정을 진행했다. 해고자 명단을 정리하던 어느 날, 직원 한 사람이 나를 찾아왔다. 그가 한 이야기는 이런 것이었다.

「지금 정도면 내가 해고될 차례인 것 같습니다. 나는 사장님이 빨리 회사를 정상화해 우리를 복귀시켜 줄 것이라 믿습니다. 그러니까 부담 없이 나를 해고해도 좋습니다.」

그 말에 담긴 진심과 간절함이 전해져 너무 가슴이 아팠다. 그런 감정을 꾹 누르며 그에게 〈반드시 복귀 약속을 지키겠다〉고 다짐했다. 나는 나를 믿는 사람들과의 약속을 지키기 위해 더 열심히 뛰었다. 내 직책은 법인장이었지만 회사를 살리고 직원들을 일터로 부르겠다는 마음은 오너와 다름없었다. 그 어려운 상황에도 신제품 개발을 계속했고, 25퍼센트 적은 인원으로 30퍼센트 생산을 더하며 생산성 향상을 꾀했다. 어려운 상황에서도 자동차 판매 대수가 조금씩 늘어나며 매출과 이익이 증가하기 시작했다. 그렇게 우리 회사는 가장 빨리 정상화되어 직원 대부분을 복귀시킬 수 있었다.

리먼 사태 당시의 상황은 IMF와 더불어 가장 어려웠던 순간으로 남아 있다. 거래 회사들에 요청한 계약 변경이 받아들여지지 않았다면 어땠을까? 어쩌면 일시 해고를 감행했던 직원들과의 약속을 지키지 못했을지도 모른다. 사실 일방적 계약 변경이나 파기는 상도에 어긋나는 일이다. 솔직히 그런 제안을 하면서도 받아들여지리라는 확신은 없었다. 하지만 리먼 사태의 경우 천재지변이나 다름없는 상태였다. 머리 위로 떨어지는 벼락을 그냥 맞고 서 있을 수만은 없었다. 협상에 성공하지 못할 경우를 대비한 2안도 마련하고 있었지만, 계약 변경에 대한 제안이 받아들여지지 않았다면 상황은 상당히 어려운 흐름으로 갔을 게 분명했다. 포기하지 않았던 게 반전의 발판이 된 셈이다.

협상에서는 단호함과 배짱이 필요할 때나 유머가 필요할 때도 있으며, 위기의 순간에는 모든 것을 걸고 정면 돌파하는 게 답일 수 있다는 걸 다시 한번 확인한 사건이었다.

리더, 스타일보다 중요한 원칙

리더는 공정하며 예측할 수 있는 사람이어야 한다.

직원들을 상대로 강의하거나 대화할 때 강조하는 것이 있다.
〈조직의 일원이 됐으면, 임원이나 사장을 목표로 일하라〉는
것이다. 나는 평사원으로 입사해 직장 생활 37년 중 16년을
대표 이사나 임원으로 일해 왔다. 〈자리〉를 목표로 일한 건
아니었지만, 큰 목표는 동기 부여를 확실히 하는 동시에 능력
발휘의 원동력이다.

사장이나 임원은 결재만 하는 사람이 아니라, 영업의
최전선에서 자기 회사 제품을 홍보하고 판매하며 최고의 판매
실적을 올리는 글로벌 영업맨으로 표현하는 게 더 정확하다.
시장과 고객, 경쟁 관계 등에서 내외부의 환경적 변화와 추세에
맞춰 계속 변화하며 경쟁 우위를 유지해야 한다. 회사가 잘될
때일수록 3년 후, 5년 후, 10년 후에 무엇을 먹고살 것인지를
고민하며 미래를 준비하고 사업 포트폴리오를 재구성하는
능력을 갖추어야 한다.

계열사를 옮겨 새롭게 대표 이사로 부임할 때면, 나는 가장 먼저
직원들을 대상으로 〈설문 조사〉를 했다. 조직이 당면한 과제, 그
과제에 부딪히게 된 이유, 성장을 위해 활용되지 않은 기회,
기회 활용을 위한 조직의 역할, 자신이 대표 이사라면 어디에
집중하겠는가? 설문 조사를 통해 직원들이 생각하는 조직의

문제점과 발전 방향을 파악하는 작업이다. 이 설문 조사는
사장으로서는 조직의 문제 파악을 돕는 동시에, 직원들이
스스로 문제를 재인식하고 해결 방법을 생각하도록 하는 이중
효과를 거둘 수 있다.

두 번째는 전 직원을 상대로 개별 면담하는 것이다. 사장과 함께
조직의 전략 과제를 해결해 나갈 직원 한 사람, 한 사람의
특성을 아는 것은 무엇보다 중요하다. 따라서 아무리 시간이
걸려도 직원들과의 개별 면담은 반드시 이행하고, 면담이 끝난
뒤에는 식사를 포함한 간담회로 서로의 결속력을 다진다.

세 번째는 설문 조사와 개별 면담 결과를 취합해, 직원 의견이
충분히 반영된 〈경영 계획 설명회〉를 여는 것이다. 이 경영
계획안에는 조직(하드웨어), 운영 프로세스(소프트웨어),
적재적소에 적임자 배치(콘텐츠) 등을 담아, 성공하는
조직으로의 방향을 제시한다. 이 같은 〈경영 계획 설명회〉는
사장 부임 3개월 이내에 하는 것을 원칙으로 했다. 3개월이
넘어가면 신뢰의 효과가 떨어진다고 판단했기 때문이다.

이렇게 만들어진 전략 방향과 전략 과제를, 직원들이 마음에서
우러나 실행하게 하는 게 사장, 즉 리더의 역할이다. 그럼 그
역할을 어떻게 수행할 것인가? 나는 〈서번트 리더십〉과 〈소통의
리더십〉, 그리고 〈효율의 리더십〉을 중시하고, 나 자신도 그런
리더의 모습을 지향해 왔다.

업무 내용 파악은 마이크로로 하게, 일은 매크로로 하게 하며 위임 전결로 일을 추진하는 게 내 스타일이다. 사장이 무엇을 어떻게 지원해 주면 임직원들이 효율적으로 일할 수 있을지, 이걸 고민하고 실행하는 게 〈서번트 리더십〉의 핵심이다.

〈소통의 리더십〉을 이행하기 위해서는 쓸데없는 권위 의식을 버려야 한다. 나는 평소 지방 출장에 비서를 거의 동행하지 않는데, 한번은 우리 회사의 창원 공장에 들어가려다 경비 직원에게 제지당한 적이 있다. 〈어디 가느냐?〉고 묻기에 솔직하게 〈내 사무실에 갑니다〉라고 했더니, 수상쩍다는 듯이 나를 쳐다봤다. 그제야 나타난 경비팀장이 나를 알아보고 어쩔 줄 몰라 했지만, 전혀 개의치 않았다. 모든 직원이 사장 얼굴을 알아야 하는 건 아니며, 오히려 정체 모를 사람의 출입에 깐깐하던 그 경비 직원은 자신의 업무를 충실히 이행한 것이기 때문이다.

회의 시간에 상석을 따지지 않고 아무 자리에나 앉아 누가 사장일지 모를 정도로 격렬하게 회의하며 최상의 의견을 도출해 내는 비권위적 문화, 영업 사원들과 노래방에 가서 브레이크 댄스인지 막춤인지를 모를 정도로 신나게 놀며 허심탄회하게 서로의 고충을 이야기할 수 있는 수평적 관계, 이런 모습이 내가 지향하는 조직 문화이자 〈소통의 리더십〉이다.

〈효율의 리더십〉은 곧 생산성의 극대화로 이어진다는 점에서 매우 중요하다. 나는 회의 시간이 긴 걸 좋아하지 않는다. 회의

전에 자료를 먼저 받아 검토하고, 대면 회의는 30분 이내에
마치는 걸 기본으로 한다. 정기적 회의 대신 자료 보고로
대체하고, 자료를 본 뒤에 문제가 있는 부분만 따로 답을
요구한다. 거기에 적절한 답이 오면 안건을 승인하고, 재검토가
필요하면 이슈 회의를 소집하는 식이다. 직원들의 시간을
절약하기 위해 사장이 순회 결재하고, 서류가 올라오면 여덟
시간 이내에 결재하는 걸 원칙으로 하니 직원들도 좋아한다.

리더십의 스타일은 다양하다. 그러나 스타일과 상관없이 지켜야
하는 원칙이 있다면, 리더는 공정하고 예측할 수 있는 존재여야
한다는 점이다. 조직의 전략 과제를 부문, 본부, 사업부, 팀, 직원
개인에게 공정하게 할당하고 공정하게 평가하며 적절한 보상이
이루어지도록 하는 원칙은 반드시 지켜야 한다.
나는 임직원들에게 〈좌청룡, 우백호를 만들지 말라〉는 말을
하곤 한다. 조직 내에서는 철저하게 〈일 잘하는 사람이 내
편〉이라는 인식이 뿌리내리도록 해야 한다. 파벌, 학연, 지연에
의한 기회 제공이나 승진이 아니라, 능력에 따라 공정하게
기회를 부여하고 성과를 보장해야 더 명확한 동기 부여를 할 수
있다.
리더십은 배의 조정 장치와 같다. 선장이 키를 기분 내키는 대로
돌리면 배는 목적지를 향해 나아갈 수 없다. 일하다 보면 상황이
좋을 때도 있고 나쁠 때도 있는데, 그때마다 리더의 말이

달라진다면 직원들은 마음 놓고 역량을 발휘할 수가 없다.
일관성 있게 조직이 나아갈 방향과 방법을 제시하며, 다른
사람들이 신뢰할 수 있는 예측 가능한 존재가 되는 것, 그게
리더가 갖추어야 할 기본이자 최고의 덕목이다.

「리더는 공정하며 예측할 수 있는
사람이어야 한다.
직원들을 상대로 강의하거나 대화할 때
강조하는 것이 있다. 〈조직의 일원이
됐으면, 임원이나 사장을 목표로
일하라〉는 것이다.」

미국 항공기 부품 제작사와의 험난한
협상이 끝난 뒤 임원 소유의 보트에
초대되었다. 좋은 비즈니스가 오래
지속되기 위해서는 상대와 좋은 친구가
되어야 한다.

사장은 영업맨이다. 나는 협상을 즐긴다.
협상에는 철저한 계산과 냉정함, 그리고
유머와 진심이 필요하다.

소통과 리더십은 학습하는 것

대표 이사로서 회의를 주재하던 어느 날이었다. 팀장 한 사람이
자신의 의견을 이야기하자, 다른 임원이 〈그건 나중에 우리끼리
이야기하면 된다〉며 말을 잘라 버렸다. 의견을 피력할 기회를
잃은 팀장은 머쓱하여 입을 다물었다. 나는 〈오늘 회의는
그만하자〉고 말했다. 참석자들은 의아해하며 나를 바라봤다.
「오늘 회의는 그만하고 임원은 제게 서면으로 보고해 주세요.
그러면 저도 서면으로 의견 보내겠습니다.」
회의는 구성원의 다양한 의견을 듣기 위해 하는 것이다.
누군가의 의견은 중요하고, 누군가의 의견은 간과될 수 없다.
흔히 〈소통이 중요하다〉고 말한다. 소통이 원활하지 않은
조직은, 마치 피가 제대로 흐르지 않는 인간의 몸과 같다.
어디에선가 그 흐름이 막히면 탈이 나기 때문이다. 조직에서
이런 소통이 원활하기 위해서는 상급자와 임원들이 열린 마음을
가져야 한다. 이런 사실들은 상당히 상식적인 생각이지만, 실제
행동으로 잘 옮겨지지 않는다는 게 문제다.

나는 직원일 때 내가 상사나 임원들에게 원했던 걸, 임원이 된
후에 행동으로 옮기려고 노력했고 또 당연히 그래야 한다고
생각했다. 이런 마음가짐을 갖게 된 것은 조금은 무겁고 또
아프기도 한 대학 시절의 경험 때문이다.

대학 시절 나는 소위 운동권으로 분류되는 탈춤반 학생이었다. 친구의 권유로 탈춤반에 가입해 이념 서적들을 읽으며 내가 알지 못하던 세상에 눈뜨기 시작했다. 그 당시 운동권의 필독서나 다름없던 조세희 작가의 『난장이가 쏘아올린 작은 공』을 읽고, 그동안 내가 알지 못했던 우리 사회의 어두운 단면에 큰 충격을 받았다. 사회 과학 서적들을 빌려서 읽고 전공과 관련 없는 정치학 강의를 듣기도 했다. 자연스럽게 강의를 빠지는 날이 늘어나며 전공 공부 따라가기가 점점 어려워졌다. 그사이 나를 탈춤반으로 이끌었던 친구는 서클을 탈퇴하고 자신의 일상으로 돌아가 있었다.

어떤 과목이었는지는 기억나지 않는다. 교수님의 강의를 제대로 이해하지 못한 채 수업이 끝난 뒤, 텅 빈 강의실에서 나 자신에 관해 생각해 봤다.
〈나는 어떤 삶을 살고 싶은 것인가?〉
운동권 선배 중 몇몇이 그런 것처럼, 온전히 기득권을 포기한 삶을 선택할 수 있을까? 현재 상태가 지속된다면 나의 미래는 어떻게 될까? 〈나〉와 〈우리〉, 〈현재〉와 〈미래〉의 가치가 머릿속에서 치열하게 논쟁을 벌이고 있었다. 자신에게 솔직하게 〈어디까지 갈 수 있을까?〉를 몇 번이고 물었다. 내 개인적 삶을 온전히 희생하는 길을 끝까지 걸어갈 수 있다는 확신이 없었다. 그렇게 치열하게 고민해서 얻은 결론은 〈내 나름으로 사회에

보탬이 되는 방식을 찾자〉는 것이었다. 한 사람의 시민으로
평범한 사회생활을 하면서, 우리 사회가 발전하는 데 역할을
하는 것, 그게 내가 내린 결론이었다.

〈한때 운동권〉이었다는 전력은 내 마음속 훈장이 아니며,
끝까지 신념을 다하지 못했다는 부끄러움도 아니다. 모든
인간이 하나의 모습으로 살 수 없듯이, 나는 그 속에서 내가
최선을 다해 개인과 사회에 책임을 다할 수 있는 길을 찾았을
뿐이다. 그리고 또 하나, 탈춤반 활동을 하며 전공 서적보다
사회 과학 서적에 심취했던 그 시간은, 내게 절대 헛되지 않았다.
도서관에서 열심히 공부한 친구들에 비해 성적은 뒤떨어졌지만,
나는 주변과 세상을 둘러보는 더 큰 시야를 갖게 됐다.
책을 읽고 친구들과 토론하며 상대의 말을 귀담아듣고, 내
생각을 전달하기 위해 끈기와 설득이라는 인내심을 배웠다.
그런 경험이 쌓이고 내면에 녹아, 나의 최고 가치인 겸손과
소통의 리더십을 만드는 바탕이 되었다고 믿는다. 인간 사이에
소통이라는 강이 흐르기 위해서는, 말하는 것 못지않게 듣는 게
중요하다는 걸 체득한 소중한 시기였다.

우리에겐 아직 더 많은 열정이 필요하다

얼마 전 뉴스를 보다가 〈조용한 사직quiet quitting〉이라는
단어를 접하게 됐다. 〈열심히 일하는 것을 그만둔다〉는 뜻의 이

신조어는, 자신에게 주어진 최소한의 업무만 하면서 받는
만큼만 일한다는 의미라고 한다. 기사에 따르면 미국의 젊은
직장인들 사이에서 이런 인식이 유행하기 시작했으며, 우리 MZ
세대 역시 이런 생각을 하는 이들이 다수라고 한다. 일종의
〈마음속 퇴직〉인 셈이다.
우리가 벌써 이런 시대를 맞이해도 되는 걸까?

지금 내가 몸담은 한화시스템은 국내 유일의 방산 및 정보 통신
기술ICT 서비스 융합 업체다. 〈피아 식별 장치〉, 〈다기능
레이더〉 등 최첨단 방산 관련 제품으로 매년 사상 최대의 매출과
영업 이익을 거두고 있다.
최근 몇 년 사이에는 〈우주 인터넷〉과 〈도심 항공 교통〉 관련
분야에 집중적인 투자가 이루어지고 있다. 미래의 이동
수단으로 주목받는 도심 항공 교통과 우주 인터넷 관련 시장
규모는 향후 엄청나게 확대되리라는 전망이다. 이에 세계적
우주 인터넷 기업인 〈원웹〉에 3억 달러를 투자하며 이사회에
합류해, 저 궤도 초소형 위성을 통한 고품질 무선 인터넷 서비스
경쟁에 전력을 다하고 있다.

UAM 기체의 개발을 놓고도 국내외 경쟁이 치열하다. 우리
회사는 2020년 미국 항공기 전문 업체인 오버에어와 공동으로
UAM의 기체인 〈버터 플라이〉를 개발 중이다. 우리 회사가

개발 중인 수평-수직 방향 선회 방식인 벡터 트러스트는 최상의 기술로 이륙 후 순항 형태로 불리는 복합형 기체보다 높은 안정성과 고효율을 자랑한다.

이륙할 때는 수직으로 하늘을 향하게 틸트로터를 사용하여 활주로 없이 헬기처럼 뜨고, 전진 운항 시에는 고정익과 유사한 방법으로 비행하므로 속도를 높일 수 있다. 다른 경쟁국에서 개발 중인 〈멀티콥터형 회전 날개를 여러 개 붙여서 띄우는 방식〉에 비해 월등히 빠른 속도와 장거리 비행이 가능하다는 장점이 있다.

2024년까지 버터 플라이의 개발을 마치고, 2025년에는 양산과 시범 운행하는 게 현재의 목표다. 영화에서나 보던 〈하늘을 나는 택시〉, 미래 도시의 모습이 바로 우리 눈앞에 성큼 다가와 있다. 하루하루 숨 가쁘게 급변하는 세계 경제의 흐름과 생존을 위한 기업의 몸부림을 마주하는 나로서는, 기사에서 본 〈조용한 사직〉이라는 말에 어색한 거리감을 느낄 수밖에 없었다. 취업에 플러스 요인을 만들고 〈4차 산업 혁명 시대〉에 살아남기 위해 코딩 학원에 다니고 탭스 점수를 따다면서, 정작 직장에 들어간 뒤에는 〈마음속 퇴직〉 상태를 택한다는 게 쉽게 이해되지 않았다.

과연 어떤 게 〈일과 개인 삶의 균형〉을 이룬 모습일까? 자신은

주어진 최소한의 업무만 하지만, 회사는 자신에게 최상의
복지와 급여, 승진 기회를 보장해 주길 요구한다면, 그건
워라밸의 불균형이 아닐까?

부장 때쯤으로 기억한다. 중요한 협상을 위해 영국으로 출장을
가는데, 회사에서 비행기표를 편도만 끊어 주었다. 편도 표를
받고 어리둥절해하는 내게 상사는 〈협상에 성공하면 돌아오는
비행기표를 보내 주겠다〉고 했다. 협상에 실패하면 영국에
살든지 바다를 헤엄쳐 돌아오든지 알아서 하라는 것이었다.
요즘 같으면 아마 〈회사의 갑질〉이라며 직장인들 커뮤니티에서
엄청나게 비난받았을지 모르지만, 그때 나는 상사의 그런 말을
〈협상에 관한 회사의 절박한 상황〉으로 이해했다.

우리 세대는 일 때문에 휴가를 못 가거나 회사 업무를 개인의
삶보다 우선순위에 두는 걸 직장인의 당연한 삶처럼
받아들였다. 그런 삶에서 얻는 것과 잃는 것을 익히 알기에,
후배들이 과거의 우리처럼 살기를 바라지 않는다. 근로 소득을
통해 부의 축적을 이루기 어려워진 오늘날의 상황에서,
젊은이들의 노동에 대한 경시는 슬프지만 인정할 수밖에 없는
현실이라는 것도 공감한다. 하지만 우리의 개인적 삶과 각자가
속한 조직 또는 사회는 상호 작용을 통해 발전하거나
퇴보한다는 걸 잊지 말았으면 한다. 자기 삶을 지키려는 확고한

의지와 욕구만큼, 자신이 속한 조직과 우리 사회의 발전에 어느 정도는 발을 맞춰야 한다는 의식 정도는 가져주었으면 하는 바람이다.

직장인들이 최고의 고민으로 꼽는 〈인간관계〉, 특히 세대나 성별이 다른 사람들과의 가치관 차이에 대해서도 좀 더 열린 마음을 가졌으면 한다. 4차 산업 혁명을 넘어선 초고도 첨단 시대가 도래한다고 해도, 그 시대의 발전을 이끌고 문제를 해결하는 건 결국 인간이다. 사람이 서로를 이해하지 못하면서, 인간을 위한 기술을 개발한다는 건 상당히 모순적인 일이다. 세계 최강국인 미국이 200년 넘는 시간에 걸쳐 이룬 경제 발전을, 우리는 70여 년이란 짧은 기간에 이루어 냈다. 석유 한 방울 나지 않고 특별한 자원도 없는 아시아의 작은 나라가 이런 경제 발전을 이룬 건, 오직 인적 자원과 그들의 아낌없는 열정 덕분이었다.

개인 삶의 만족은 적정선에서 타협할 수 있지만, 우리 사회의 발전은 〈이만큼 왔으니까 더 이상 안 가도 된다〉며 멈출 수 없다. 그런 일시적 멈춤 상태로 경제 침체를 겪고 그 여파가 정치에까지 미치며 퇴보하는 나라들의 모습에서 경각심을 느껴야 한다.
우리보다 잘사는 나라들도 여전히 앞으로 나아가고 있다. 우리

역시 계속 나아가야 한다. 그렇기에 우리에게는 아직 더 큰
노력과 열정이 필요하다.

김연철 한화시스템㈜ 총괄 사장 겸 이사회 의장. 연세대학교 기계공학과를 졸업하고 한화기계
부문에 입사해 〈세일즈 엔지니어〉로 일했고, 22년 만인 2007년 한화무역 부문 UBI 법인장으로
임원이 되었다. 적자를 보던 회사의 사업부를 모두 흑자로 전환해 〈실전형 야전 사령관〉이라는
별명을 갖고 있으며, 한화의 여러 계열사에서 대표 이사를 거쳐 지금은 총괄 사장과 이사회
의장으로 일하고 있다. 2년 전부터 사내 벤처 창업을 적극 지원하는 한편 방산 전자와 AI 관련한
프로젝트를 진행 중이다.

공대력

발행일   2022년 12월 15일 초판 1쇄

기 획   하유미
지은이   차기철 · 김지섭 · 이종구 · 감우균 · 임병섭 · 문성근 · 김연철
발행인   홍예빈 · 홍유진
발행처   주식회사 열린책들

경기도 파주시 문발로 253 파주출판도시
전화 031-955-4000 팩스 031-955-4004
www.openbooks.co.kr

Copyright (C) 연세 기계 CEO 포럼, 2022, *Printed in Korea.*
ISBN 978-89-329-2307-9 03810